JN000594

The Best Mysteries 2020

ザ・ベストミステリーズ
推理小説年鑑

日本推理作家協会　編

講談社

ザ・ベストミステリーズ
推理小説年鑑

目次

The Best Mysteries 2020

第73回日本推理作家協会賞短編部門受賞作

★は第73回日本推理作家協会賞短編部門最終候補作

装幀　next door design

序

日本推理作家協会代表理事
京極夏彦

まずは、本書を手に取っていただいたことに感謝いたします。

本書――『推理小説年鑑　ザ・ベストミステリーズ２０２０』は、その名の通り昨年発表された国内ミステリー小説の中から日本推理作家協会が選定した、傑作〝短編〟ミステリーの精華集です。

短編小説の明確な定義はありません。さらに短い作品を掌編小説として区別することもありますし、ショートショートという別な区分もありますが、基準は曖昧(あいまい)です。ひとつだけ確実なのは〝短い〟ということだけです。

短い小説は確かにサイズこそコンパクトなのですが、かけられる手間や注がれる技能は長編小説の場合となんら変わるものではありません。

建築物と同じです。建物の規模が小さいからといって設計図が要らないということはありませんし、基本的な設備が不要ということもないでしょう。玄関がないだとか、トイレがないだとか、電気や水道が通じていないなどということはありません。

いや、小さいからこそ、より工夫は凝らされることになるでしょう。当然、手抜き工事も許されません。土台から仕上げまで気が抜けるところはないはずです。部材の選定も、細部の意匠も、家具調度の選定に至るまで細心の注意を払わなければ、良い家はできないのです。サイズは関係ありません。

そのように念入りに考え抜かれ、丹精込めて造られた、居心地の良い、住み易い、極上の〝小さな〟家――そんな短編小説ばかりを集めたのが、本書です。

しかも、本書に収められている小説は、すべてミステリーなのです。

そう、その小さな家には、必ず足を踏み入れた者を驚かせるための仕掛けが施されていることでしょう。いずれも現代の名工たちが持てる技量の限りを尽して施した、極上の仕掛けばかりです。

扉を開けて足を踏み入れてみてください。

本書はアンソロジーですから、素敵な家から素敵な家へ次々と住み替えることができます。お気に入りの家があったなら、同じ匠の別の家も探してみてください。もっと大きな家に住み替えてみるのもいいでしょう。面白い小説は、読む者に別の人生を垣間見させてくれるものなのですから。

それでは、じっくりとお愉しみください。

夫の骨

矢樹（やぎ）純（じゅん）

第73回（令和２年度）
日本推理作家協会賞短編部門
受賞作

1976年青森県生まれ。弘前大学人文学科卒業。総合スーパー勤務、出版社での校正アルバイトを経て、漫画原作者として活動する（実の妹で漫画家の加藤山羊とコンビで）。2011年、第10回『このミステリーがすごい！』大賞に投じた『Ｓのための覚え書き　かごめ荘連続殺人事件』が編集部推薦の〝隠し玉〟に選ばれ、翌年に同作で小説家デビューを果たす。本作は、短編集『夫の骨』（2019年）の巻頭を飾る表題作で、語り手の「私」は、今は二人ともこの世にいない夫と義母の秘密に触れることになる。最後の一行は秀逸で、不安な余韻が長く残る。（K）

一

その朝、私はいつになく早い時間に目を覚ました。

はっきりとは覚えていないが、夫がいた頃の夢を見ていた気がする。

夫の孝之の低い声、柔和な目を思い起こしながら、胸の底が揺れるような、落ち着かない気持ちで体を起こした。

寝室を出て、廊下の突き当たりの洗面所に向かう。小用を済ませ、顔を洗い、うがいをした。

十年前、胃癌を患った夫の父が闘病の末に亡くなり、子供のいない私たち夫婦が、この家で義母と同居すると決まった。夫はリフォーム業者を呼んで、二階にトイレと洗面所を作らせた。夫の選んだ樹脂製の洗面台は汚れがつきやすく、昔は頻繁に磨き上げたものだが、老眼の進んだ今では、あまり気にならなくなった。

洗面台の上に設えられた鏡の中の自分の顔も、眼鏡をかけていないので、はっきりとは見えない。目の周りの肌の色が暗いのは、皮膚がたるんでいるせいか。しばらく染めていないため、髪に白い部分が目立つ。

薄暗い家の中はしんとして、なんの音もしない。一階に居間と台所と、和室が一部屋、二階に和室と洋室のある古い一軒家は、私だけで住むには広すぎた。

義母の佳子は同居を始めて七年目にグループホームに入所したのち、二年前に肺炎で他界した。七十六歳だった。夫は実の母親を小学校に上がった年に亡くしており、佳子はその数年のちに後妻となった、血の繋がりのない母親だった。そのためか、家族としてこの家で暮らしながらも、夫は佳子に対しては、どこか他人行儀な態度を崩さなかった。

なのに昨年、あたかも佳子の魂の緒に搦め捕られたように、夫は急死した。

あれから、もう一年が経つ。

先日、一周忌の法要を済ませてもまだ、私の頭の中は、塵が詰まったように漠然としていた。夫の死を、心の深いところでは受け入れられず、曖昧な悲しみに包まれて毎日を過ごしてきた。

だが、今朝はいつもと違った。こんなにすっきりと起きられたのは、いつ以来だろうか。

　長年、看護師として働いてきて、寝る時間は不規則なのが当たり前だった。仮眠の前に睡眠導入剤を飲む習慣が良くなかったのだろう。この春に六十歳で定年退職した今も、薬を使わないと、夜はなかなか寝つけない。この頃はいつも深夜過ぎまで起きていて、昼前に起きる生活だった。

　タオルで口元を拭い、寝室に戻ると、サッシ窓を開け、寝間着のままベランダに出た。

　冷たい空気に身を縮めながら顔を上げると、淡い色の空に無数の綿を散らしたような雲があった。

　夏の重たげな雲と違って、ずいぶん遠く、高いところにある。昇っていく太陽を背に、その一つ一つの内側から光があふれるように、それらは輝いていた。

　やっぱり、今日は何かをしなくてはいけない。

　啓示を受けたような心持ちだった。取り留めなく、散漫に過ごすのではなく、前へ進まなければいけない。

　それで私は、しばらく開けたことのなかった庭の物置を、整理することに決めた。

　台所へ降り、レンジで解凍したご飯とインスタントの味噌汁で朝食を済ませると、身支度を整えて庭へ出た。

　色濃く茂った柘榴の葉が風に揺れ、さらさらと音を立てている。今年はいっそう見事に咲いた隣家の金木犀が、ひんやりとした空気の中に甘い香りを漂わせていた。

　深呼吸をして、庭を見渡す。花壇には枯れたひまわりが、首を折ったまま捨て置かれていた。その足元にいつ植えたものか、青々とした彼岸花の葉が伸びている。

　園芸が趣味であった佳子がグループホームに入所してから、庭仕事を引き継いだのは夫だった。夫が他界して、今度は私が花壇の世話を始めたのだが、思いつきで植えては水やりを忘れて萎れてしまったりと、どうにも上手くいかず、庭は荒れる一方となっている。

　空気はすっかり秋めいていたが、日差しが当たる背中はぽかぽかと暖かい。日焼けしないよう、幅広の帽子を被って、タオルを首に巻いた。軍手をはめながら、庭の隅に据えられた物置へと歩を進めた。

　高さは二メートルを少し超えるくらい、広さは三畳ほどもあるスチール製の大きな物置は、夫がまだ子供の頃に建てられたものだと聞いた。ダイヤルを合わせて南京錠を外し、滑りの悪い引き戸を少しずつ開ける。耳障りな音を立てて隙間が空くと、差し込む光の筋の中に埃が舞った。

　まずは手前にあるものを出さないと、奥へは入れない。

引き戸をさらに大きく開けて、物置の中の道具を庭に並べていく。

　空っぽの灯油のポリタンク。シャベル。使わなくなったごみ用のストッカー。レジャーシート。自転車の空気入れ。廃材の入った段ボール箱。

　そこまで出して、やっと壁面に設えた棚に手が届くようになった。使いかけの園芸用の肥料を見つけ、こちらは花壇の脇に置く。

　棚の中段に、透明のビニール袋で包まれた大型のリュックサックが置いてある。夫のものだった。少しためらったが、それも抱えて外に持っていく。

　ビニール袋は、警察から戻ってきた時のまま、端をガムテープで留められていた。

　昨年の夏、夫は一人で北アルプスの常念岳に登り、帰らぬ人となった。

　提出した登山届の予定の時間を過ぎても下山せず、夜になって県警から連絡が来て、翌朝始発で長野へ向かった。駅までパトカーが迎えに来てくれて、警察署の殺風景なロビーで夫の服装、リュックサックの色を聞かれた。遺体が見つかったのは、昼過ぎだった。

　道に迷って歩き回るうちに、沢に落ちたのだろうという話だった。

　ガムテープを剥がそうとすると、ビニール袋が破けた。そのまま裂いてリュックサックを取り出し、ざらついた背面を撫でる。顔を近づけると、古い衣服のような湿っぽい匂いがした。

　夫が山登りを始めたのは、佳子が亡くなって二か月が過ぎた頃だった。

　それまで運動らしい運動もしていなかったし、登山に興味があるという話も聞いたことがなかった。週末に早速隣県の山に登ると言われ、急にどうして、と尋ねると、夫は少し黙ったあと、会社の人に勧められたのだと答えた。

　防水スプレーをかけてくれと渡されたリュックサックは使い込まれたもので、ベルトのところに名前が縫い込まれてあった。夫の父の名だった。

　それを見て私は、夫が山に登るのは、佳子のためなのだと察した。そしてあの日の、佳子の華やいだ声を思い出した。

「孝之さん、どんどんお父さんに似てくるわね。背が高くて、でも撫で肩で。後ろから見ると本当にそっくり」

　確か、夫の父の三回忌だった。佳子はずいぶんはしゃいだ様子で押入れから古い登山服を出してきては、夫の体に合わせて満足そうに眺めていた。

　後妻と聞いた時は、昔のテレビドラマなんかの先入観から、我の強い女を想像していたのだが、佳子はいかにも地味で主張するところのない女だった。結婚の挨拶で初めて顔を合わせた時も、化粧はごく薄く、眉を整えている様子もなかった。

　だが、彼女と目を合わせた時、私はいつも、なぜだか落ち着かない気持ちになった。

　何が、とははっきり言えない。ただ佳子は私とは違う、異質な人間だという、そんな皮膚感覚のような心もとなさがあった。

　佳子は背が低く、痩せていて、スカートから覗く血色の悪い足は老人のように筋張っていた。一緒にいてもほとんど自分から話すことはせず、周囲の人の話に淡い笑みを浮かべて相槌を打っていることが多かった。小さな目をきょろきょろと動かし、他人のお茶の減り具合にばかり気を配っているような人だった。

　その佳子が、あの時はやけにおしゃべりだった。

「あの人、退職したら日本中の山に登るんだって、張り切っていたのよ。倒れた時も、死んだら仲間に頼んで山に散骨してもらう、なんて言ってた。そんなの嫌だって頼んだら、やめてくれたけど」

　寂し気に微笑みながら見せてきた古いアルバムには、登山仲間と肩を組んで笑う夫の父の写真が差し込まれていた。舅はあまり愛想のない人で、険のある顔つきばかりが印象に残っていたが、そうして笑顔になると、確かに夫と同じ優しい目をしていた。

「孝之さんも山登り、してみたらどう？　最近、流行だっていうじゃない。道具も無駄にならないし、あの人も息子の孝之さんが使ってくれたら、喜ぶと思うのよ」

　佳子が夫の父を深く愛していたことは、傍から見てもありありと分かった。

　末期の胃癌で入院した夫の父を、佳子はバスで一時間かかる総合病院まで毎日見舞った。自宅療養となってからは、車椅子を押して散歩に出たり、少しでも食べられるように好物をこしらえては、丁寧にすり潰して食べさせてあげたりと、甲斐甲斐しく世話をした。私も仕事が休みの日は介護の手伝いに顔を出すようにしていたが、佳子は他人の手には触らせたくないといったふうで、食事やトイレや入浴の介助を、私にはさせなかった。

　のちに夫に聞いたところによれば、佳子は夫の父の幼馴染だったのだそうだ。八歳年上の夫の父を、佳子は兄のように慕ったという。

夫の実の母親は、夫が六歳の時に急性骨髄性白血病を発症し、三十歳の若さで亡くなった。佳子は幼い息子を抱えた幼馴染を気づかい、家の手伝いに通ううちに、深い仲となっていったのだろう。

だが、当時小学生だった夫としては、複雑な思いがあったはずだ。

夫は自分と十八歳しか年の違わない義母である佳子を、決して「お母さん」とは呼ばなかった。私も夫に倣って、彼女を「佳子さん」と呼んでいた。同居を始めてからも、夫は佳子を身内ではなく、長年世話になっている家政婦であるかのように、一定の距離を置いて接していた。

なのにどうして、夫は佳子の死後、彼女の生前の望みを叶えるかのように、山へ登ったのか。

汗が顎を伝う感触で、我に返った。太陽の位置が、さっきより高くなっていた。

抱えたままとなっていたリュックサックをビニール袋の上に降ろし、腰に手を当てて体を伸ばす。首を回すと、廃材の段ボール箱が目に入った。

L字に曲がったパイプの切れ端や、真四角でないベニヤ板。長さの揃っていない角材。錆びついた金属の棒。夫はこれらを、何に使うつもりだったのだろう。

結婚してから知ったことだが、夫はものを捨てない人だった。二人暮らしをしていたアパートも、夫の本やレコード、衣類が押入れからあふれ、2DKが手狭に感じられたほどだ。この家に移り住んでからも、健康器具やゴルフの用具、庭仕事の道具と、色んなものが増えていった。この物置もいつしか、夫のもので埋め尽くされた。使わないものだけでも処分したらと提案したこともあったが、夫は困ったような顔をするだけで、決して手放そうとしなかった。

だが、それを嫌だとは感じなかった。

夫はあまり話さない、掴みどころのない人だった。私にはそれらの夫のものが、夫のことを語ってくれているように思えたのだ。

だからこれまで、この物置を開けることができなかった。

夫の遺したすべてのものを見ても、夫のことが分からないままだったらと考えると、怖かった。

物置の戸を広く開けて光が入るようにすると、棚の奥にある一度も触ったことのない道具類を検める。

木製の小さな工具箱。片方、底が剝がれたままになっている登山靴。表面のひび割れた革製のゴルフバッグ。細かな傷が目立つ黒々としたボウリングの球。紙袋に入れられた古い包装紙の束。自転車のタイヤのチューブ。少しだけ残っているらしいセメントの袋。

その中に、三〇センチ四方の小さな桐箱が、無造作に置かれてあった。

持ち上げると、何が入っているのか、陶器の欠片が触れ合うような軽やかな音がした。

蓋は固く閉じていたが、両手の指を角のところにかけ、少しずつずらしていくと、きゅっと嫌な音を立てて外れた。

白っぽい、木屑のようなものが入っている。よく見えないので、抱えたまま外に出た。

最初はそれを、珊瑚だと思った。

子供の頃に、海水浴の思い出にでも拾ったものだろうか。だけど、それにしてはずいぶん軽いように感じる。

箱を揺すると、細かな破片の下に、看護学生時代に産科の講義で見た標本と同じものが現れた。二つの丸い穴は、かなり下の位置に開いている。顎の中に歯が二重となっている。頭頂部は大きく十字に割れ、隙間が空いていた。

だとすると、これは――。

臨月の胎児か、生後間もない乳児の骨だ。

二

不意に眩暈がして、その場にしゃがみかける。箱を手にしたまま、呆然と立ち尽くしていたらしい。

桐の箱を棚に戻すと、おぼつかない足取りで物置を出て、日陰となっている水栓の方へ向かった。蛇口をひねり、軍手を外して丁寧に手を洗う。タオルを濡らし、額に当てた。

どうして、あんなものが――。

物置に目をやって、戸を開け放したままなのに気づいたが、足が動かなかった。

息苦しさに空咳をする。喉が渇いていた。のろのろと靴を脱ぎ、縁側から家に上がる。

台所が、いやに遠くに感じられた。立ったまま、冷蔵庫の麦茶をグラスに注ぐ。手が震え、キッチンマットに薄茶色の飛沫が散った。口をつけると、焦げたような匂いが鼻に抜けた。

息を吐き、椅子の背を摑みながらゆっくり腰を下ろす。テーブルに置いた空っぽのグラスを、じっと見つめ続けた。答えがそこに映っているかのように。

　二十五年間、一緒に暮らしてきたが、夫のことが分からないままだった。

　だが、分からないことを、不安には思わなかった。私は分からないままに、夫を信じることができた。

　夫は、私が子供のできない体と知っていて、結婚を決めてくれた人だった。

　看護師として忙しく働き続け、三十歳になった頃、下腹部に張りと違和感を覚えた。受診した時には、もう手遅れだった。卵巣嚢腫で、卵巣を二つとも取らなければいけなかった。痛みもなく、下腹部の膨らみは、単に太ったせいだと思っていた。自分の体こそ注意して診てあげないでどうするの、と、当時の看護師長に叱られた。

　それから数年後、その看護師長の自宅で開かれた新年会で、夫と知り合ったのだった。

　独身の男女が夫と私だけだったことを考えると、最初から私たちを出会わせる目的で呼ばれたのかもしれない。師長の旦那さんの後輩だと紹介された同い年の夫は、見上げるほど背が高く、物静かな人だった。端整な顔立ちにそぐわない柔和な丸い目と、そこにいるのにその存在を実感できない、透明な雰囲気に惹かれた。なぜだか夫も、真面目だけが取り柄の私を気に入ってくれて、付き合いが始まった。

　半年の交際を経て、より深い関係となる前に、私は自身の体のことを打ち明けた。

　静かに私の言葉を聞いていた夫は、君さえ良ければ、この先は結婚を前提に付き合って欲しい、と言った。

　その翌年に私たちは結婚した。私の体のことを、夫は両親には告げなかった。

　改めてそんなことを話す必要はない。何か言われたら、俺に原因があるということにすればいい、と夫は主張した。私は、結婚する以上、そういうわけにはいかないと食い下がった。

　すると夫は、母親の佳子が後妻であることを、その時初めて打ち明けた。

　仕事人間だった夫の父は毎日帰りが遅く、出張のために頻繁に家を空けた。夫が高校三年生の時には海外に単身赴任をし、丸二年も日本に帰らなかったことすらあったそうだ。休みの日は趣味の登山に忙しく、ほとんど親子の会話をすることなく育ったという。唯一心の拠り所であった実母を失った時も、父親は息子の世話を近所に住む親類に任せきりで仕事に打ち込み、そして一年も経たないうちに、幼馴染であるという佳子が家に出入りするようになった。

大学進学を機に一人暮らしを始めた時は、やっとこの家を出られたと、重い枷を解かれたような清々しい気持ちになったという。夫にとって、父と義母は家族というには遠い他人のような存在で、だから彼らのために、自分たちが煩わしい思いをしたくないのだと夫は語った。その声は普段と変わらず平静だったが、伏せられた目は感傷的な、暗い色を帯びていた。

夫のそんな心情を知ってからは、夫の両親とは私自身、ほとんど交流せずに過ごしてきた。年始の挨拶など最低限の付き合いと、夫の父が病に倒れた時に介護の手伝いをした程度で、だから夫の父の死後、夫が佳子と同居したいと切り出した時、私は少し意外に感じた。

自分たち夫婦があの家に暮らすのは、当然の権利なのだと、夫は主張した。

癌の治療費のために貯蓄を使い果たし、夫の父の資産は家と土地しか残っていなかった。佳子の相続税は私たち夫婦が支払うしかなく、いつか自分たちの家を建てるためにしていた貯金を切り崩すことになった。だったら今二人で住んでいるアパートの家賃を払い続けるよりも、部屋数は充分なのだから、実家に住むべきだというのが夫の意見だった。

しかし、私にはそれが、建前であると感じられた。

「本当に、一人ぼっちになってしまったわ」

夫の父の四十九日の法要が終わり、後片づけをしている時だった。洗い物を終え、台所の椅子に力なく座り込んでいた佳子が、どこか諦めたような調子でつぶやいた。

夫の父の葬儀や通夜に、佳子の身内は一人も来なかった。両親を早くに亡くし、兄弟もなく、付き合いのある親類もいないという。

その孤独ゆえに、佳子は唯一身近な存在だった幼馴染である夫の父に、心を寄せるようになったのかもしれない。

あの時、居間にいた夫は礼服を脱ぎかけたまま、佳子の小さな背中を、じっと見つめていた。夫は佳子をこの家に一人で残すことを、不憫に思ったのだろう。

舅が亡くなってから、法要の打ち合わせだとか、遺品の整理のためだと理由をつけて、夫はしょっちゅう実家に立ち寄るようになった。口には出さなくとも、夫が佳子を気づかっていることは見て取れた。

恐らく夫は、父親の死をきっかけに、これまで他人のように接してきた佳子との関係を、修復することにしたのだ。

私は夫の変化を、そのように考えていた。

しかし――。

空のグラスが台所の窓から射す日差しを受けて、テーブルに複雑な光の筋を広げていた。立ち上がる力もなく、私は椅子の背に体を預けていた。

桐箱の中の、赤ん坊の骨。

胸から喉へ、熱いものが這い上ってくる。しかしどこかでつかえたように、涙も声も出なかった。どうかすると破裂してしまいそうで、浅く息をする。

頭に渦巻くのは、疑問ではなく、答えだった。

ああ、あれは、そういうことだったのだと。

その小さな骨を桐箱に入れ、物置に仕舞ったのは――。

夫に、違いなかった。

三

「一緒に住んでもらえて、本当に嬉しく思っているの。あの人が亡くなってから、この家に一人でいると、辛くて辛くて仕方がなくて――ありがとうね、孝之さん」

二人で住んでいたアパートを引き払い、夫と私がこの家に引っ越してきた日。

手作りのちらし寿司を振る舞ってくれながら、佳子はしみじみと言い、夫に頭を下げた。

その時初めて、夫を見つめる佳子の目に、粘ついた熱のようなものを感じた。

訝しげな私の視線に気づいたのだろう、佳子は取り繕うように私の方を向き、これからよろしくね、と微笑んだ。

佳子はこれまで使っていた夫婦の寝室を私たちに使わせ、自分はその隣の、子供部屋だった夫の部屋で寝ると言い張った。それではあまりに申しわけない。せめて一階の広い和室を使ったらどうかと提案すると、やんわりと断られた。

「だってあそこは、お仏壇があるから。私なんかが入ったら、悪いもの。ねえ、孝之さん」

べたべたと甘えるような口調だった。夫の顔には、何の表情も浮かんでいなかった。そして静かに、佳子さんの好きにしたらいいと言った。

同じ家に住むことになったその日から、私が以前から佳子に抱いていた違和感――自分とは異質なものだという感覚は、さらに強くなっていった。それは、佳子自身の変化にも起因していた。

私と夫との三人で暮らすようになってから、佳子は活き活きと目を輝かせ、嫁である私以上に家のことに気を配り、夫の世話を焼くようになった。控えめで物静かという印象とは違い、はつらつと家事をこなした。

佳子は朝、晩と食事のほとんどを作ってくれた。私が台所に立つのは休みの日と、洗い物を手伝う時くらいで、仕事の日には弁当まで用意してくれた。洗濯はさすがに任せるのは気が引けて、自分のものだけ夜に洗うようにしていたが、家の掃除は充分すぎるほどやってくれた。廊下はいつも磨き上げられ、洗面台や風呂場の鏡には曇り一つなかった。

家事の苦手な私が教えを請うと、快く仕込んでくれもした。おかげで煮物や和え物といった夫の好きな献立が覚えられたし、苦手なアイロンがけも上達した。

だが、なぜだか庭仕事だけは、決してやらせなかった。

「お庭だけは好きにさせて欲しいの。私の、一つだけの趣味なのよ」

実際、佳子の手入れした庭は見事なものだった。聞けば今ある庭木のほとんどは佳子が植えたものなのだそうだ。

特に佳子は庭の東側に昔からある柘榴の木がお気に入りで、庭師を頼むことなく自ら鋸で不要な枝を落とし、毛虫を焼き、丁寧に世話をしていた。毎年秋にはご近所にお裾分けしても余るほど、たくさんの実を実らせた。

私は柘榴は酸っぱいばかりでさほど美味しいと思わなかったし、ぎっしりと小さい実が詰まった様子が苦手で、ほとんど口にすることがなかった。しかし佳子は丁寧に小さな実を外し、ガラスの器に盛って種ごと食べるのが好きだった。

夫も柘榴は好きらしく、佳子と二人、向かい合ってあの赤い粒を口に運ぶ様は、なんだか酷く私を不安な気持ちにさせた。

その柘榴の木の根元に、夫が穴を掘っていた。

一昨年の夏の、佳子の通夜の晩だった。

身内のいない佳子の通夜は、この自宅で営まれた。近所の人だけが参列してくれた、寂しい通夜だった。

振る舞った飲み物や菓子の片づけを終えると、線香番をするという夫を仏間に残し、疲れ切って床に就いた。けれど眠れなくて、ぼんやりと色々なことを思い出すうち、庭の物音に気づいた。

階下へ降りると、夫の姿がなかった。足音を忍ばせて縁側へ出ると、サッシ窓が開いていた。温く湿った空気に混じって、土の匂いが漂っていた。

月のない夜だった。闇の中に、ほの白く浮かぶ夫の背中が見えた。その上に黒々とした小さな葉が、重なり合って揺れていた。

　礼服の上だけを脱いだ恰好で、夫はシャベルを振るい、柘榴の木の根元に無言で穴を掘っていた。

「――何をしているの」

　声が上擦るのを抑えながら、ようやく呼びかけた。

　夫はゆっくりと振り返り、真っ白な顔で私を見た。助けを求めるように目は泳ぎ、苦しげに喘ぎながらも、夫は何も打ち明けようとはしなかった。

　ただ、ごみを捨てるための穴を掘っていたのだと、白々しく告げ、私に背を向けた。

　あの時、私はどうして庭に降りて、確かめようとしなかったのだろう。

　思えばあれが、最初に夫の手を離した瞬間だった。

　薄暗い台所で、不意に寒気を覚え、身を震わせる。汗が冷えたのだろう。

　朝にはあんなにも秋らしく晴れていたのに、いつの間にか、日が陰り始めていた。

　日を凝らして流しの上の小さな窓を見た。曇りガラスの向こうに先ほどまでの明るさはなく、窓を覆う格子が陰鬱な影を描いている。雨でも降りそうな気配だ。

　天気予報くらい見ておくのだったと、後悔しながら立ち上がる。片づけの途中の荷物を濡らしたくはなかった。重い体を引きずって、再び庭に出る。

　見上げると、いつ降り出してもおかしくないような濃い灰色の雲が、空を覆っていた。濡れて困るものから先に仕舞おうと、まずはビニール袋ごと置いてあったリュックサックを抱え上げ、物置へと急ぐ。

　夫の遺品を胸に抱きながら、私は自身を省みていた。

　夫のことが分からないのは、分かろうとしなかったからだ。

　分かることを、恐れてきたから。

　桐箱の中のものは、きれいに骨だけになっていた。

　あの箱の大きさでは、いくら赤ん坊でも入らない。

　つまり桐箱の中の骨は、骨だけになったあと、移し替えられたものなのだ。

　柘榴の木の下で、骨になったものを、掘り起こして。

　それをしたのは、夫に違いなかった。

　だが夫はなぜ、そんなことをする必要があったのか。

　それ以前に、赤ん坊の死体など、どこから現れたというのだ。

　――赤ん坊の死体。

そのことに思い至り、血の気が引いた。

この家の物置に、隠すように置かれていた乳児の骨。

それはおそらく、この家の誰かが産んだ――または産ませた子のものということになる。

なぜその子が亡くなったのかは分からない。死産だったのかもしれないし、生まれてすぐに死んでしまったのかもしれない。

だが、その遺体が弔われることもなく埋められていたというのは、尋常ではない。

なぜ、そんな状況が生じたのか。

そんなことをする人間が、家族の中にいたのか。

夫。夫の父。佳子。

それぞれの顔を思い浮かべながら、息苦しさに胸を押さえる。

やはり、そう考えるしかない。あの赤ん坊を産んだのは――。

――佳子だ。

四

この家で佳子との同居を始めて六年が過ぎた頃、佳子は階段で転んで足を骨折し、自宅での介護が必要になった。

そんなことになってさえ、佳子は一階の仏間に移ることを拒んだ。幸い、トイレは二階にもあったが、風呂や食事のたびに、体を支えて階段を上り下りしなくてはいけなかった。

夫も食事の介助などは手伝ってくれたが、入浴の世話は任せられず、また仕事柄、私の方が手際良くできるので、結局介護のほとんどは私の手によるものとなった。年齢のためか治りが遅く、私は一か月近く仕事を休むことになった。

私が勤める病院では介助の必要な患者は週に三回の入浴となっていたが、きれい好きな佳子は、毎日風呂に入りたがった。

不自由なのは足だけなので、介護用のいすをレンタルし、体を洗うのは自分でさせた。浴槽の出入りは私が手を貸した。

初めて佳子を風呂に入れた日、細い体を抱き上げながら、ある疑問が湧いた。ためらう気持ちもあったが、どうしても気になったので、その晩のうちに夫に尋ねた。

「佳子さんって、子供を産んだことがあるの？」

あの時の夫は、どんな顔をしていただろうか。

手にしていた本からちょっとだけ私の方に視線を移し、どうしてそんなことを聞くのかというふうに眉を上げた。そんな話は聞いたことがない。親父と結婚したのが最初のはずだ。

それだけ答えて、ページに目を戻してしまった。

入浴の介助の時に見た、お湯の中に揺らめく佳子の下腹部。皮膚に、うっすらと白い筋が浮いていた。

あれは、妊娠線だった。

子供を産んだ同僚が、更衣室で一緒に着替えた際にこぼしていた。お腹が大きくなった時に、皮膚が伸びて表面の組織が割れ、産後もその痕が残るのだと。その時に見たのと同じものが、佳子の下腹部にもあった。佳子は、妊娠したことがあるのだ。

いつかはそのことを、佳子に尋ねるべきかと思った。だが迷っているうちに、それは叶わぬことになった。

その時の骨折がきっかけとなり、まだ七十代半ばだった佳子は、急激に弱っていった。

歩けるようになってからも、佳子は部屋から出てこようとしなかった。食事の時だけは降りてくるが、食べ終わるとうつろな顔でテレビを観ているばかりで、ほとんど話そうとしない。当然、家のこともできないので、家事は夫と交代でしていた。

病院に相談に行った方がいいのでは、と夫と話していた矢先、佳子が小火を出した。

味噌汁の鍋を火にかけたまま、風呂に入っていたのだという。幸い、近所の人がすぐに気づいてくれて、台所の壁が焦げただけで済んだが、いよいよ放っておけなくなった。

大学病院で検査を受け、佳子はアルツハイマー型認知症と診断された。

将来のことを考えると、私も夫も、介護のために仕事を辞めることはできない。子供のいない私たちは、頼れるのは自分の年金だけだ。話し合いの末、佳子は自宅から車で十五分ほどのところにある、グループホームに入ることになった。

それからは、週に二度は夫とともに、佳子の元を訪れた。

身内でありながら、こんなふうになるまで気づけなかった自分を、責めてもいた。会いに行く時は佳子の好物を用意するなど、刺激になることをできるかぎりやった。

夫は時々、仕事の帰りにもグループホームに寄ってきた。なるべく話しかけるのが良いと聞いたので、その通りにしたのだろう。昔のことを尋ねると、記憶があいまいなところはあってもよく話すのだと、夫は報告してくれた。

表情はいつもと変わらず静かだが、そんな時は声が明るくて、夫も佳子の身内として、彼女の回復を願っているのだと分かった。

佳子がグループホームに入って二年目のことだった。食べ物が気管に入り、病院に運ばれたと連絡が来た。入院先の病院に駆けつけたが、私が着いた時にはもう意識がなかった。

先に着いていた夫は、蒼白となって目を見開き、じっと佳子の顔を見つめていた。唇をぎゅっと結んで、何かに耐えるようにその場に立ち尽くしていた。

ホームから付き添ってきたらしい、いつも世話をしてくれていた若い女性の介護士が、病室の隅でうつむいていた。責任を感じているのか、その顔は硬くこわばり、祈るように震える手を胸の前で組み合わせていた。

佳子は肺炎を起こし、三日後に亡くなった。

義母の通夜の夜に、夫が柘榴の木の根元を掘っていた理由を、私は問い質すことができないままだった。

佳子の死から、夫は極端に話をしなくなった。夕食のあとはいつも、見るとはなしにテレビに顔を向けたまま、何かを考えているふうに遠い目をしていた。

このままではいけないと思ったが、夫を包む厚い膜のようなものが、私を拒んでいた。その膜の中で、夫は夫でないものに変わっていくように感じた。

佳子の四十九日が過ぎた頃だった。夫が庭先で、佳子の部屋の本棚を壊していた。

紐で括られた本の山が、いくつも縁側に並んでいた。佳子の地味な色の衣類が、無造作にごみ袋に詰められていた。何をしているのかと声をかけると、夫は目を合わせず、手を動かすのをやめないまま告げた。

これからは寝室を別にして、俺が佳子さんの部屋を使いたい。夜勤明けで君が寝ている時に、目覚ましを鳴らすのが悪いから。

静かだが、私が拒むことを許さない硬い口調だった。

夫の申し出を、受け入れるしかないのか。

私はなんだかそれが、取り返しのつかないことのような気がした。

だが、取り返しのつかないことはもう起きてしまったような気もして、結局は、夫の希望通りにした。それから間もなく、夫が急に山登りを始めると言い出した時も、私は逡巡しながらも、反対はしなかった。

それから私たちは、今までと同じように、二人で夕食をとった。その場しのぎのように、今日あったことなど、意味のない言葉を交わした。そうして食事が済むと、夫は風呂を使い、二階へ上がっていった。

毎晩、部屋の薄い壁の向こうに、夫の気配を感じながら寝た。

佳子の部屋で、夫は一人、何を考えて過ごしていたのだろう。

そんな日々が一年続いたのち、夫は山へ出かけたまま、帰ってこなかった。

五

夫の遭難の一報を受け、発見された際に必要な着替えを取りに夫の部屋に入った時、私は愕然とした。

いつの間にこんなことになっていたのか。

夫の部屋は、空っぽだった。

布団と、いつも着ていた少しの衣服だけ、意図してそうしたのだろう。一冊の本も、手紙も残っていなかった。

私は、夫が自ら死を選んだのだと確信した。

遺書も残さず、何も言わずに、私を置いて行ってしまった。

怒りよりも、虚しさが心を覆った。私は夫のことが、分からないままだ。

一晩中、沢の水にさらされ冷たくなった夫の体に触れた時も、分からなかった。真っ白な骨になった姿を見ても、分からなかった。

そんな夫が、物置の中に残していったもの。

あの小さな軽い箱が、夫のことを知る唯一の鍵なのだ。

気づけば夫のリュックサックを抱えたまま、物置の入り口に立ち尽くしていた。

まだらに空を覆う灰色の雲の濃淡から、霧のような細かな雨が落ち、シャツの背中を湿らせていた。大きく息を吐くと、リュックサックを物置の軒下に下ろす。

庭に運び出した荷物が濡れるのも構わず、物置の奥へと足を向けた。

埃まみれの床に、手近にあった包装紙を広げた。軍手をはめ、桐箱の中のものを取り出し、並べていく。

佳子の産んだ赤ん坊。

いつ、どうして死んでしまったのかは、分かりようがない。

　だが佳子はその遺体を柘榴の木の根元に埋めた。そして佳子の死後、夫はそれを掘り返し、桐箱に収めた。

　その事実が意味するところは何か。

　佳子と夫の父の間にできた子であれば、当然夫婦の子として育てられただろう。

　もしも死産であったり、生まれた直後に亡くなったとしても、遺体を庭に埋めるなどということはしない。もちろん葬儀を出すはずだ。

　であれば、この赤ん坊は夫の父以外の男との間にできた子ということになる。

　いくら夫の父が留守がちであったとしても、この家で気づかれずに妊娠し、出産することなど不可能だろう。

　そう考えてから、思い直す。夫の父は、夫が高校三年生の頃に海外に単身赴任し、その後二年間、一度も帰国しなかったのだ。

　なるべく外出をせず、近所の目をやり過ごすことができれば、人知れず子供を産むこともできたのかもしれない。夫は高校卒業後、大学進学のために一人暮らしを始め、それからは佳子はこの家に一人だった。だとすれば——。

　どちらにしても問題は、佳子が埋めた赤ん坊の骨を掘り出したのが、夫だということだ。

　それしか考えられない《可能性》に、必死に吐き気をこらえた。

　佳子が危篤となった時、夫は私より先に病院に着いた。意識があるうちに、佳子の口から、柘榴の木の下に埋めたもののことを聞かされたのではないか。佳子がそうして、夫だけにこの事実を打ち明けた理由は、おそらく——。

　夫の父が家を空けている間に、佳子は当時高校生だった夫と関係していたのだ。

　そうして義理の息子との間にできてしまった子を、堕ろすことができないまま、産み落とした。そしてその赤ん坊をどうすることもできず、柘榴の木の、根元に埋めた。

　小さな骨を見つめたまま、私は夫のことを思った。

　佳子から、おぞましい秘密を告げられ、夫はそれを掘り返し、桐の箱に隠した。

　だが、どうして死ぬ前に、きちんと始末しなかったのか。

　一切を残さずに逝ってしまったくせに、これだけを私に押しつけるのか。

　——もしかしたら最後まで、答えを出すことができなかったのかもしれない。

毎晩、隣の部屋で夫は一人、この苦難と向き合っていた。

眠れない私は、夫が同じように眠っていないことに気づいていた。

薄い壁の向こうで、何度も寝返りをうつ気配を感じていた。

なのに、何も聞かなかった。

白茶けた骨が、ゆらゆらと燃えているようだった。目のふちが熱くなるほどに怒りをこめて、それを凝視していた。手を差し伸べることを恐れ、夫を見放した自分が、許せなかった。

――そうして白い破片を見つめているうちに、ふと気づいた。

この骨は、いくら乳児のものとしても、一人分には足りないのではないか。

よく見ると、頭蓋骨はあるが骨盤がない。大腿骨も片方しかなかった。

軍手をはめた指で、丁寧に選り分ける。肋骨と思しき骨は、わずかしか残っていない。脊椎も、数えてみるとほんの四つだけだ。

これは、どういうことなのか。自宅の庭に埋めたのだから、野生動物が掘り返すはずもない。山の中じゃあるまいし――。

山の中。そう考えて、思い至った。

夫が山登りを始めたのは、佳子が亡くなったあとだった。

山登りは、夫の父の趣味だった。

そして夫の父が、死後にそうして欲しいと望んでいたのは――。

私は立ち上がると、物置の外に出て、夫のリュックサックを開けた。

底の方に透明のジップ式のビニール袋があった。空に見えた袋の中に、白い破片が残っていた。

夫はこの赤ん坊の骨を、少しずつ山に持って行き、夫の父が望んだように、散骨していたのではないか。

わざわざそんな方法を取ったのは、そうすることで父への裏切りを償いたかったのかもしれない。

私は再び物置の奥へと戻り、包装紙の上の白い破片を見下ろした。

赤ん坊の骨は、これだけ残っている。

弔いは、まだ途中だった。

夫は死ぬつもりで山へ行ったのではない。不幸にも、遭難して命を落としたのだ。

私は、置いて行かれたのではなかった。

乾いた骨の上に、熱い涙が、頬を伝って落ちた。

夫がその内に抱えてきたものを、確かに受け取った。そう思えた。

小さな白い欠片を、元通り、桐箱の中に丁寧に戻す。

夫の子の骨を、こんなところに置いてはおけない。桐箱を胸に抱くと、それが置かれるべきところへ運んだ。

仄暗い仏間で、私は四つの遺影を見上げていた。

夫の母。夫の父。佳子。そして夫。

もう一つ、弔うべき魂がここにある。残された私にしかできないことだ。

私には自分の考えが、ほとんど間違いのないものと思えていた。

だが一人だけ、この事実を確かめられる相手がいたことを思い出した。この時間なら、まだ職場にいるはずだった。

隣の居間に足を向けると、電話でタクシーを呼ぶ。ほどなく到着したタクシーの運転手に、生前、佳子が入所していたグループホームの住所を伝えた。

六

「どうもご無沙汰していました。その後、お変わりないですか」

二年前、佳子が誤嚥をして救急車で運ばれた時、病室には夫の他に、もう一人の人物がいた。

あの日、グループホームから病院まで付き添ってきた若い女性介護士は、私の突然の訪問に少々面食らっている様子で、おどおどと挨拶をした。彼女は昨年、夫の訃報を知り、葬儀にも参列してくれていた。

一周忌の法要を無事に済ませたことを告げ、ロビーから家族向けの面談室に場所を移すと、改めて聞きたかったことを尋ねる。

「義母が意識を失う前、夫に何を告げたのか。どんなことであってもいいから、教えて欲しいんです」

私の問いに、介護士はとまどい、答えあぐねているようだった。だが、引き下がるわけにはいかない。

私は笑顔を作り、努めて軽い口調で訴えた。

「もちろん、義母の話は、認知症からくる妄想の類だったと思うんですよ。だけどそのことで、夫がずいぶんと悩んでいたようだったから——一周忌を終えて、私も気持ちの区切りをつけたいんです。夫のことを知らないままでいるのは、気持ちが悪いでしょう。もう二人とも亡くなっているんだから、困る人もいません。どんな馬鹿馬鹿しい話でも、真に受けたりなんかしませんから、教えてくださいよ」

介護士は根負けした様子で、「もちろん、妄想の症状に違いないと思いますよ」と前置きして話し始めた。

「佳子さんは、息子さんに、庭の柘榴の木の下に赤ちゃんの死体が埋まっているから、掘り出して供養して欲しいっておっしゃったんです」

「まあ、そんなおかしなことを言ってたんですか」

初めて聞いたというように、私は呆れた声を出した。介護士は私が本気にしていないと取ったのか、ほっとした様子で先を続けた。

「佳子さんって、幼馴染の旦那さんのことが、ずっと好きだったんでしょう。彼が他の女性と結婚してからも、ずっと道ならぬ関係だった、なんて言うんですよ。まあ、きっとそうだったら良かったっていう、妄想なんでしょうけれど」

思わぬ話が始まって、私は眉をひそめる。介護士はそんな私の様子に気づいていないのか、変わらず明るい調子で佳子の《告白》について語った。

「それで、旦那さんと本妻さんの間に子供ができた時に、当時は不倫関係だった佳子さんも旦那さんの子供を妊娠してしまったんですって。堕ろすように言われたけれど、自分だけが産めないというのが、どうしても嫌で、産むことに決めたって。でも、佳子さんは頼るご両親もいなかったし、経済的にも育てられそうになかったから——」

それで、と、動揺を気取られないように、低い声で先を促す。

「自分の赤ちゃんを産んだあと、本妻さんが入院している産院は分かっていたから、忍び込んで赤ちゃんを取り換えたんですって。それで本妻さんの赤ちゃんの顔に布を被せて死なせたあと、せめて両親と一緒にいられるように、旦那さんの家の庭の柘榴の木の下に埋めたんですって。妄想にしても、凄い話ですよね」

あっけらかんと話し終えると、介護士は肩をすくめた。

震える膝を押さえながら、勤務中に時間を取らせたことを詫びて、立ち上がった。介護士は屈託ない笑顔でエントランスまで見送ってくれた。

帰りのタクシーの中で、私は佳子のことを思い浮かべていた。

夫を見る時の、赤らんだ目元。夫に呼びかける時の、甘ったるい声。

佳子はあの家で、血の繋がった自分の息子と暮らせて、幸せだったろうか。

自宅に帰り着いた時には、もうすっかり日は落ちていた。夫と、佳子と三人で暮らした家は、夕闇の中に黒い影のようにうずくまっていた。

今は誰もいないこの家で、私も影になったように、真っ暗な仏間に座り込む。

桐箱を膝に乗せ、そっと揺らした。

孝之と名付けられた子の、小さな骨たちが、かさかさと鳴った。

いったい、私の夫は、なんという名だったのだろう。

神様

秋吉理香子（あきよしりかこ）

2008年に「雪の花」でYahoo! JAPAN文学賞を受賞。翌年に受賞作を含む短編集『雪の花』でデビュー。受賞後第一作に当たる『暗黒女子』が話題を呼ぶ。『聖母』『絶対正義』など、一連のダークな味わいのサスペンス作品が多かったことから、人間の本質をえぐる容赦ない結末が待ち構える〈イヤミス〉の新たな旗手として知られている。一方で、「アイス・クイーン」と異名を取る女性機長を探偵役にした『機長、事件です！』のようなライトタッチのミステリーも手がけている。（N）

街中(まちじゅう)にイルミネーションが輝き、ジングルベルやこの時期定番のポップソングが流れる中、わたしは渋谷にあるファーストフード店で時間を潰していた。

ジュース一杯と無料の水で、目いっぱい粘る。どうしようもなくお腹がすいたら、一番安いハンバーガーを食べる。だけどできるだけ、自分のお金は使わない。というか、使えない。

家にはしばらく帰っていない。学校にも通ってない。二十四時間営業のファミレスで過ごすか、横になりたければネットカフェに行く。

ネカフェならシャワーも浴びれるけど、三十分で三百円はかかるし、ボディソープやシャンプーとコンディショナーを自前で用意しなくちゃいけないところもある。もったいないし、ネカフェだと湯冷めして風邪をひきかねないから、もう一週間くらい髪も体も洗ってない。

久しぶりに、ふかふかのベッドで体を伸ばして寝たい。ゆっくり湯船につかりたい。

店のドアが開いて身を切るような風が吹き込んでくるたび、一張羅の黒いダッフルコートに顔をうずめる。ショートカットにしたことを後悔した。髪が長いとシャワーに時間がかかる。つまり金がかかる。シャンプーやコンディショナーも余計に要る。だから先週、思い切って千円カットへ行ったのだった。

財布をあらためて確認する。所持金は百二十三円。緊急事態だ。

まとまったお金を手にしたのは、いつだっけ。わたしは指折り数えてみる。そうだ、二週間前だ。八千円もらった。贅沢したわけでもないのに、どうしてここまで減っちゃったんだろう——って、当たり前か。八千円、割る、十四日。一日五百七十円しか使えないじゃん。それなのにファミレスでランチを食べたり、コンビニでスイーツを買ったりしちゃったから。千円カットも痛かった。

やっぱりこの二週間、神を探すべきだった。衣食住を恵んでくれる神。だけど、しなかった。立て続けに、いやな神ばかりに当たってしまったから。

エッチしてるところをネットで生配信されそうになったり、怪しい薬を盛られそうになったり、他の男に売られそうになったり。

ひやひやすることばかりで、命の危険も感じた。

もういやだ、と思った。

神なんていないじゃん。

いやというほど思い知ったのに――

結局、今日わたしは神を探しに来ている。神待ち少女が自然と集まってくる、この店に。

こんな生活を、もう三か月ほどしている。神に出会うたびに、わたしはすり減る。欠けていく。失っていく。

わたしは孤独で、非力で。だから強くなりたくて、だけどどうすればいいかわからなくて、漂流し続ける。

そして、やっぱり神を待つしかないんだ――生きていけないから。

「ここ、いい?」

頭の上から、声が降ってきた。

顔を上げると、長い髪をかなり明るめにブリーチした女の子が、トレーを持って立っている。

「どこも空いてなくてさ。あんた一人でしょ?」

彼女は決めつけて、わたしの向かいの席に腰を下ろした。黒いコートを脱ぐと、中も黒いニットのワンピ。ニットって、体にぴったりして、おっぱいが大きく見えるんだよなあ。うっとり眺めているうちに、彼女が口を開いた。

「あんたも〝神待ち〟でしょ?」

「え?」

わたしは一瞬、どう答えようか迷う。

「隠さなくてもいいって。あたしもだから」

彼女はポテトをつまんだ。

「化粧もさりげないし、ちょっと大人っぽいけど、あたしにはわかる。あんた、アンダーでしょ?」

アンダーとは十八歳未満のことだ。言いあてられてわたしが身構えると、彼女は「大丈夫だって、あたしも同じ」と笑った。

「あんた、荷物少ないよね。ロッカーに預けてるの?」

「うん」

「それ正解。大きな荷物を持ってたら、夜回りに声かけられちゃうもんね。あいつらさ、最初はにこにこして、友達っぽい感じで『あれ、旅行?』って近づいてきてさ、さりげなく『いくつー』とか職質に持ってくってのがパターン。いかにもお前ケーサツだろって感じの奴もいるけど、わざとギャルっぽくしてたり、元ヤンっぽくしてる奴も最近は多いんだ。だからロッカーは金かかっけど、目をつけられるよりマシだし。まー神待ちの必要経費だよね。でもマジで夜回りには気をつけなよ。アンダーだってバレて、ソッコーでパトカー乗せられた子、知ってるから」

「うん、わかった」

一方的なトークに引きながらも素直にうなずくと、彼女は満足げに微笑んだ。

「これ、食べていいよ」

フライドポテトがたくさん載ったトレイを、こちらに寄せてくる。

「あんた、ジュースと水だけじゃん」

「いいの?」

「困った時はお互い様」

「お金、持ってるんだ?」

「二万くらいね」

「すごい」

「ダメダメ、足りないよ。もうすぐ年末年始で、神がいなくなる。だから今日はなんとしても神様に降臨してもらわなくちゃね。あー、でも……」

言いながら、彼女は辺りを見回した。

「今日は厳しいかもなあ」

大きなため息をつく。

「クリスマスイブだから、飲み会帰りとかカップルなんかの一般人が多すぎる。平日だったら、もうこの時間には神候補が何人も来てるのに。神様はシャイだから、これじゃ声かけにくいだろうし。最悪」

彼女は悔しそうにストローを噛みながら、シェイクを吸いこむ。

「普通に掲示板が使えてた頃は良かったんだけどさ、今は業者が多いじゃん。ツイッターじゃあ監視されてるし。もうネットでは、匿名の神待ちは無理だよね。まあ、だからあんたもここに来てるんだろうけどさ」

わたしが言葉を挟む余地もなく、彼女は続ける。

「ネットを使ってたら、誰かが捕まった途端、芋づる式に捕まっちゃうもん。やっぱり直接に限るよ。まあ、そういう神待ち少女と神に広まったのが、この店だよね。とはいっても、あまりに有名になりすぎるとここも監視の対象になるだろうから、本当に今のうち。ま、とにかく、もうネットは使わないほうがいいってこと。おとといまで泊めてくれてた神は、えーと何だっけな、アナグロが一番だ、とか言ってた」

アナグロじゃなくて、アナログじゃないかなあと思ったけど、わたしも自信がなかったので黙っておいた。

「ただ、神にとってのリスクは大きいんだって。ほら、掲示板だったら十八歳以上じゃないと登録できないとこ多いけど、アナグロだったら基本、確認できないじゃん? でもまあ、掲示板だって年上の人に登録してもらってから使ってる子もいるし、結局リスクは一緒かもね。あはは。ところであたし、ルイ。あんたは?」

唐突に彼女が名乗ったので、面食らう。

「あ、わたしは……ナナ」

「ナナちゃんか、かわいー。いかにも神待ち少女って感じ」

「いや、意味わかんない」

わたしが突っ込むと、ルイは嬉しそうな顔をした。

「なんかさ、〝ナナ〟って髪の毛ゆるふわ女子って感じの名前なのに、ベリーショートってのがいい。ギャップ萌え」

「何よそれ」

「んで? ナナはなんで家出してきたの?」

「父親が暴力振るうから」

「あー、多いねー。うちはね、ハハオヤに男ができる度に、追い出されんの。うちのハハオヤ、十六であたしを産んでんだよね。だからまだ三十二。今の男、いくつだと思う? 十九だよ。無職で、うちに転がりこんできた」

「ふうん」

「あんた、裸エプロンをガチで見たことないでしょ? 自分のハハオヤがしてるの、マジ引いたわ」

わたしが笑うと、彼女は気をよくしたようだった。

「あんたはなんでこんなことしてんの」

「お金、ないもん」

「あはは、みんな一緒か。クリスマスなんだからさあ、パーっと気前のいい神、降臨してくんないかなあ」

「でも……神なんて、いないよね」

ぽつりと言うと、「ん?」とルイが身を乗り出してきた。

「今思えば本当にバカなんだけどさ」

わたしは自嘲気味に鼻で笑う。

「神って、本当に見返りなしで泊めて食べさせてくれるんだと思ってた。だって掲示板にも『エッチ無しでOK』とか書いてあったし、それを真に受けてたの。だけど結局、泊めてもらってるうちにヤられちゃう。そんなの、神じゃないじゃん」

吐き捨てると、ルイは「なるほどねえ」と頷いた。

「でもお金はもらえたでしょ? お小遣い」

「ほとんどもらえなかった。宿泊代と食費を考えたら、体をタダで差し出すのは当たり前だろうって。小遣いをやるのは、俺が寛大だからだって、めっちゃ恩着せがましく」

「いくらくらい?」

「ゼロの時もあったし……まあ、その時は一週間も泊めてもらったし、仕方ないかなって納得したけど、あとは千円とか……まあ最高で一万円かな。あれは嬉しかったなあ」

わたしが言うと、ルイが大げさに首を垂れ、「はあー」とため息をついた。

「ばかだね、あんた」

「え？」

「相手の言い値でどうすんの。こっちは十代だよ？　もっと値打ちつけなきゃ」

「値打ちつけるって……どうやって」

「まったくもう、しょうがないな。じゃあ、あたしが、超効率の良い方法を教えてあげるよ」

「うん」

正直、さっきまではルイの長話に付き合うのはタルいと思ったりもしたが、今は真剣に耳を傾ける。

「まず、先にたらふく飯を食わせてもらう。ＯＫ？　腹が減っては戦ができぬ」

「うん、いつもお腹すいてるから、それはやってる」

「で、次に、家に行く。ラブホを使いたがる男もいるけど、それじゃだめだからね。絶対に家。わかった？」

「どうして」

「それは後で話す。とにかくあんたは男の家に行ったら、まずさっさと一人でシャワーを浴びる」

「だけどそんなことしたら、エッチＯＫって言ってるようなもんじゃゃん」

「いいんだって。どうせヤられんだからさ。いい？　ここからよく聞きな。シャワーからあがったら、バスタオル一枚を巻いて出てくる。ポイントは、体をガチで拭きすぎないこと。肩とか鎖骨とか胸元とか、多少、しずくを残しておく」

意味が分からない。

わたしは目をぱちくりさせた。

「だから聞きなって。当然、男は喜ぶわな。あんたも準備オッケーだって思って、押し倒そうとする。で、ここでストップよ」

「ストップできるかなあ」

「しない場合に備えて、キンタマを蹴り上げる準備をしておくこと。でもまあ、あたしの経験から言うと、だいたいストップするね。どうしてかっていうと、ちょっと押せばヤれるって男もわかってるから。こういう駆け引きを楽しむ男も多いし」

「なるほど。それで？」

「で、値段交渉に入る。谷間をときどき作って、ちらっと見せながらね。むらむらさせたら値段吊り上がっていくから」

「そっかあ。でもわたし、貧乳だから谷間なんて……」

「無理やり寄せれば、シワくらいできるでしょ」

「シワ！　ひどいなぁ」

「まあいいから。で、ここからが肝心。できるだけ高く吊り上げたら、必ずエッチの前にもらう、そしてしっかり自分のバッグにしまう。男はね、ヤる前とヤッた後では、違う人格になってるから。この世で最もケチなのは、ヤッた後の男だから。うん」

「はあ」

ルイの勢いに、わたしは圧倒されっぱなしだ。

「お金をもらったら、さっさとエッチする。終わったら、アンダーだってことをバラす。相手は真っ青になる。そこで、口止め料として追加で二万でも三万でもふんだくる……以上、神待ち講座でした」

「ちょ、ちょっと待ってよ。そんなの、絶対に取り返されるに決まってるじゃん。相手は男だよ？」

「だからラブホじゃなくて、自宅に行くんでしょ。男は住所を知られてんだよ？　諦めるしかないって」

「そっか、なるほど……」

「もちろん危険はあるよ。だけどそもそも神待ちってリスク大きいじゃん。知らない男と密室で過ごすんだからさ。だから同じだよ。その中で、これがわたしの編み出した、最高最大の効率いい方法ってわけ」

わたしはぽかんとして、目の前の同年代の女の子を見つめた。この方法に行きつくまでに、彼女はいったい、どれだけの修羅場をくぐり抜けてきたのだろう。

「まあ確かに……神待ち自体が危険だもんね。これまでだって怖い思いをしてきたし」

「でしょ。もちろん用心はしなきゃダメよ。頭おかしい男だっているんだからさ」

「ああ……神待ち少女が殺された事件もあるもんね」

都内の色々なエリアで、家出中の少女が殺される事件が相次いでいた。彼女たちは人気（ひとけ）のない公園や路地裏、廃屋で、首を真一文字に切られていた。もともと家族からも捜されていない場合が多いので、身元さえわかっていない子もいる。社会のはみ出し者を踏み潰すような、卑劣な犯行だと、ワイドショーなどで言われていた。

「そうだよ、あれはマジでヤバいって。今まで何人だっけ？　四人？　五人？　ええと、渋谷、池袋、上野、新宿、北千住――」

「数えてないから、人数は正確にはわかんないけど」

「キモいよね。異常性癖じゃん。殺さないとイケない奴でしょ。かといって、怖くても神待ち止められないしさ。そもそもしなくていいくらいなら、最初からしてないわけだし。まあだからこそ、用心しながら効率を最大限に、だよ。わかった?」

「うん」

ルイはわたしの素直さに満足したのか、のびをしながら店内を見回した。

「はー、もう十時かぁ。なんか今日は全然ダメそう。きっと君は来な〜い〜、ひとりきりのクリスマスイブ、オオ〜、サイレンナイ〜、ホーリーナイ〜」

言葉の途中から、ルイは店内に流れるポップソングに合わせて、口ずさんだ。

「来ないのは君じゃなくて神だよね」

わたしがツッコむと、ルイは吹き出した。そしてまた、嬉しそうな顔をした。

そうか、わたしが反応するのが嬉しいんだ。この子、寂しいんだ。そういえばわたしだって、まともに人と話すなんて久しぶりなんだと気がつく。

「ちょっとおしっこ。あー冷える」

ルイは席を立ち、トイレに入っていった。

待っている間、残っていた数本のポテトを口に入れる。冷たくて、しなびていた。アツアツのポテトは世界一美味しいのに、冷たいポテトは世界一まずいと思う。

我慢してポテトを食べていたら、男が店内に入って来た。男はホットコーヒーを注文して受け取ると、ゆっくりと店内を見回す。人を捜しているようで、だけど切羽つまっているわけではないような感じ。

もしかして神候補だろうかとちょっと期待しながら、視線を送る。その視線を感じたのか、男はわたしのところへやって来た。

「君、何してるの? ひとり? もしかして泊るところ、探してる?」

「うん」

「じゃあ、うちに来るかい?」

やった。

「ホテルは嫌だよ。自宅がいい」

「いいよ」

わたしは男の顔をまじまじと見る。背はそんなに高くないが、不細工ではない。この人とだったらエッチできそうかな、とぼんやりと考える。

神になろうとする男には、色んなタイプがいる。ダサいビニール製のリュックサックにアイドルの缶バッジをつけまくってる奴とか、今時どこで売ってるんだろうと思うケミカルウォッシュのジーンズを穿いてる奴とか、体臭も口臭もひどい奴とか。そんなこれまでの神と比べたら、かなりマシだ。

「お待たせ……って、あれ」

ルイが帰ってきて、わたしと男を見比べる。

「もしかして神降臨?」

「そうみたい」

わたしが答えると、男は恥ずかしそうに「外で待ってるから」と出て行った。

「やったじゃん。あたしの講座、覚えてるね? もらえるだけ、がっつりもらいな」

「そのつもり」

「その後さ、もしよかったらだけど、うちらでカラオケでもいかない?」

「カラオケ?」

「いや、もし朝まで爆睡するならいいよ。疲れてるだろうし」

「ううん、いいよ、行こう」

わたしにだけ神様が現れたことが、申し訳なかった。

「たくさんお小遣いもらうから、一緒にカラオケ行こう。で、そこで眠ったらいいし。奢るよ」

「やりぃ」

ルイはにやりと笑った。

「じゃあ終わったら、ここに電話して」

わたしに電話番号を渡してくれた。

「LINEのIDも一応ちょうだい」

わたしが言うと、「あはは、ガラケーなんだ、あたし。スマホに替える金なくて」と笑った。

「じゃあ連絡待ってるね。あいつ、早漏だといいね」

ルイの言葉に大笑いしながら、わたしは空のカップとストローを捨てて、外に出た。

男はトシキといった。

住んでいるのは、渋谷センター街から歩いて二十分くらいの、エレベーターもない、古い三階建てアパートの一階。入ったらすぐに台所があって、その奥に、もともと和室だったのを無理やりフローリングにした的な、押し入れのある洋室がある。洋室にはソファ、テレビ——そしてベッドがある。

部屋に入ったら、まずは腹ごしらえだ。トシキに一応断って、冷凍庫にあったチーズドリアやパスタを、チンしては片っ端から食べていく。何日もろくなものを食べていなかったうえに、冷凍食品は量が多くないので、いくらでも食べられた。トシキはそんなわたしにお茶をいれてくれた。

食べ終わったら、次にすること。

「お風呂、入ってもいい?」

「もちろん、ゆっくりしなよ。狭いけど、清潔にはしてるつもり」

小さなユニットバスで、わたしは念入りに頭と体を洗う。それから軽く体を拭いて、風呂場を出た。

「あの」

ソファに座ってテレビを見ていたトシキは、バスタオル一枚のわたしを見てぎょっとする。

「ナナちゃん、何してるの? 風邪ひくよ」

「トシキさん」

わたしが隣に座ると、トシキはその分、離れていった。

「着替えがないの?」

「そうじゃなくて——」

さりげなく両腕を真ん中へ寄せて、無理やり胸の谷間を作ってみる。ところがトシキは全く反応しない。やっぱりこんな貧乳じゃダメなんだ。わたしはバスタオルの裾を少しめくって、ふとももを出してみた。

「ああ」

やっとトシキは合点がいったようだった。

「そういうつもりで声をかけたんじゃないから。気にしなくていい」

「——本当に?」

「ああ、本当」

ホッとしながら、わたしはバッグから取り出した服を着る。その間も、トシキはこちらを見ないようにしていた。

「そうだ。リンゴがあるよ。食う?」

気まずかったのかトシキが立ち上がったので、わたしは「うん」と言った。

トシキが台所にいる間、ソファにねそべった。ずっとファーストフード店の固い椅子に座っていたから、お尻が痛い。それに冷えていて、シャワーを浴びただけでは温まりきらなかった。ソファは柔らかく、心地よく、なんだかホッとする。

わたしはテレビをつけ、リモコンでザッピングした。そろそろ一時だ。深夜ドラマでもやってるかもしれない。アニメでもいいや。

こんな風にテレビを見るのは久しぶりだ。一息つこうと潜り込む病院の待合室で眺めているが、ほとんどがおばさん向けの情報番組で、わたしが見たいような番組は見られない。もちろんチャンネルも替えられない。ネカフェでテレビは見られるけれど、財布の中身を考えたら時々しか行けないし、行くときはたいてい爆睡している。

だからこうやって、くつろぎながら、のんびりとテレビを見られるのは、やっぱりいい。最高に家庭的で、幸せな時間だ。

たとえ見知らぬ男の家であっても、「家」という安心できる箱に入りたい。失った家庭の匂いを、少しでも感じたい——だから神待ち少女たちは、多少のリスクを背負ってでも、泊めてくれる人を探し続けるのかもしれない。

本当にエッチしなくていいのかな。だったら嬉しいけど——って待てよ。しなくていいってことは、お小遣いをもらえないってこと?

わたしは愕然とする。抱かれなくてすむのは嬉しいが、こちらも金をくれとは言いづらくなる。どうしようかと考えた末、先に金目のものをもらっておくことを思い付いた。時計、アクセサリー、なんでもいい。諭吉(ゆきち)でも出てくれば、最高だ。

わたしはそうっと押し入れを開ける。そのとたんに、制服を着た女子高生がこちらに倒れこんでくる。

悲鳴を上げそうになって、あわてて口に手を当てた。女の子は、そのまま床にぱたりと倒れる。

等身大のカラーパネルだった。

しかしアニメキャラなどでなく、実際の写真を大きく引き伸ばして転写したものらしい。どこかで見たような気がするが、アイドルにしては可愛くもなく、パッとしない。素人っぽい、ごく普通の子だ。

この子、誰?

彼女——じゃないよね。

彼女なら、パネルなんかにしなくたって、本物と一緒にいられるんだし。

気持ち悪い男だと思いつつ、押し入れの物色を始める。これまでにもダッチワイフを集めていた神もいたから、パネルならマシな方だ。

冬物のジャケットやらセーターやら、かさばるものが無造作に詰め込まれている。それからプロテインパウダーの大きなプラスチックボトルがいくつかと、コミックや雑誌。意外に思ったのは、段ボールの中に大量の新聞紙があったことだ。わたしの周りで新聞を取っている人なんていないし、トシキだって読むように見えないのに。金目のものでも隠してあるのかと探ってみたが、どうやら違う。それに、同じ日付でも色々な新聞社のものがあった。

不思議に思いながらも漁り続けていると、分厚いフォルダーが出てくる。何気なく開くと、「渋谷で女子高生の遺体を発見」「似た手口　同一犯か」という見出しが目に飛び込んできた。フォルダーには、新聞の切り抜きが大量にスクラップされている。しかしめくっているうちに、ランダムに事件をスクラップしているのではなく、どうやら神待ち少女連続殺人に関する記事だけが選ばれていることに気がついた。ところどころ文字が赤ペンで囲んであったり、波線が引かれている。トシキがこの事件に尋常ではない興味を持っているのは明らかだ。だけど、どうして？

ふと、色々なものが詰め込まれた透明の衣装ケースが目に入る。うっすらとブラジャーのようなものが見えたので、気になって、そっと蓋を開けた。

衣装ケースの中には、透明のチャック付きのポリ袋がぎっちりと詰め込まれていた。袋にはソックスの片方だけとか、丸められたパンストとか、明らかに使用済みのパンティーなどが密封されている。

トシキにはコレクション癖があるのか。

いつもなら、そういう男もいるんだろうと流すところだが、事件のフォルダーを見たあとだから気味が悪い。それにしても、これは一体、何人分なんだろう？　ブラジャーだけでも八枚ある。キャミソールもざっと五枚——と数えていた時、唐突に思い出した。

わたしは等身大パネルをもう一度見る。

そうだった。

この子、連続殺人の犠牲者だ——

全身の毛が逆立ち、冷や汗が出る。

この服や小物は、その子のものなんだ。

ということは。

つまり、トシキが——

どくん、と心臓が跳ねる。

大変なところに来てしまった。

逃げなくちゃ。

こんなものを見つけたことを知られてはいけない。元通りにしまって、「コンビニ行ってくる」とかさりげなく外に出るんだ。

震える手で衣装ケースの蓋をし、等身大パネルを押し込む。しかし、パネルがおさまりきらなくて、押し入れの引き戸がなかなか閉まらない。

早く。

早くしないと——

「何やってるんだ！」

トシキが血相を変えて、こちらへ来る。手にした果物ナイフがぎらついていた。

わたしは息を呑んで、目をぎゅっとつぶった——


……何も起こらない。

目をつぶったまま硬直していたわたしは、そうっと目を開ける。

トシキが押し入れを全開にして、衣装ケースをもとの場所に戻してスペースを作り、丁寧にパネルを収納しなおしている。

「あ、ごめんごめん、大声出して」

トシキが頭を掻いた。

「これ、すごく大事なものだからさ。君が引き戸にはさんだまま、無理やり閉めようとしてるもんだから、一瞬パニクっちゃって」

パネルを扱う手つきは妙に優しく、とても大事にしているのが伝わってきた。

「うん……」

穏やかなトシキが、かえって不気味だった。

わたしが証拠品を見つけてしまったことは、すでに知られている。今のうちに、玄関から——

「ちょ、ちょっと待って！」

部屋を出ようとすると、ぐっと腕を摑まれた。

「もしかして、衣装ケースの中を見た？」

わたしは必死で、「ううん、何も見てない」と首を振る。しかしトシキは、「見たんだね」とため息をついた。

「君は多分、誤解してる」

トシキがわたしの腕をほどいた。

「危害なんて加えないから安心して。ちょっと落ち着いて、そこに座ってくれる？」

信用していいのか、一瞬迷う。けれども危害を加えるつもりなら、わたしが彼をベッドに誘った時から今まで、いくらでもあったはずだ。わたしはソファに座ることに決めた。

「聞きたいことがあったら、なんでも聞いてくれ。答えるから」

「あなたは誰なの？」

「言ったじゃないか。トシキというのは本名だよ」

彼はポケットから財布を出し、運転免許証を見せた。谷村敏樹、とある。

「あなたが連続殺人の犯人なの？」

「まさか」

「じゃあ、女の子の服とか下着はなに？　あのパネルは、あなたが殺した女の子じゃないの？」

「半分は当たっている」

「半分？」

「あの子は、確かに殺された子だからね」

思わずわたしは身構える。トシキは苦笑した。

「僕が殺したんじゃないよ。犯人はもちろん、連続殺人犯だ。そして衣装ケースの中身は、その子の遺品」

「え？　どうしてそんなものが？」

その問いに、トシキは悲しそうな眼をした。

「殺されたのは――僕の妹なんだ」

わたしは目を見開く。

「ポリ袋に入っていたのは、殺された現場に残されたボストンバッグに入っていたもの。妹は、大きなバッグに着替えをいくつもつめこんで、泊まり歩いていたから。事件のときに身に着けていたものは、警察に押収されたままだけど、それ以外のものは返された。母親が、辛くて手元に置けないって言うんで、僕が保管してる」

「パネルは？」

「目撃者捜しのために、自腹で作った。駅とか人通りの多いところにあれを置いて、この子と一緒にいた怪しい男を知りませんかって、チラシを配ってたんだ」

「そうだったんだ……」

体から緊張が抜ける。

「妹は、僕より二つ下でね。生きていれば、十七になる。君と同じくらいかな？」

十九歳だと嘘をついていたわたしだったが、とっくに見抜かれていたようだ。ここは素直に頷く。

「両親は僕らが小学生の時に離婚していて、僕は父に、妹は母に引き取られたんだ。僕と妹は仲が良かったから最初のうちは毎週のように会ってたんだけど、だんだん回数が減っていってね。小学生だったから電車賃も限られてたし、転校先の小学校で新しい友達となじむのに必死で、どうしても週末は友達を優先しちゃったり……いろいろと理由はある。僕が中学に入るころには、全く会わなくなっていた。

だから僕は妹が新しい学校になじめず、いじめられてたのも知らなかった。不登校になっていたこともね。母は母で、シングルマザーとして早朝から深夜まで働いていたし、心身ともにギリギリで、妹のことは気になりつつも、対処してやれなかったらしいんだ。

中学生になってもあいかわらず不登校だし滅多に外へも出ない引きこもり状態だったんだけど、突然、夜出かけるようになった。どうやらネットで友達を見つけたみたいでね。最初、母も心配していたみたいだけど、外出できるようになっただけでも、妹にとっては大きな進歩だった。だから大目に見ていたらしいんだ。

幸か不幸か、妹も君みたいに、化粧をしてちょっとした服を着れば大人っぽくてね。補導されずに夜遊びを満喫していたんだな。

そのうちに、家に帰らなくなった。友達の家を転々としてると母は聞いてたらしい」

わたしはどう答えていいかわからず、黙ってうつむく。

「事件が起こったのは、一年前だ。やっぱりこれくらい寒い日でね。今でも覚えてる。早朝に、母から泣きながら電話がかかってきた。妹が、上野の公園で殺されているのが発見されたと。そのうちに、妹が知らない男の家を転々と泊まり歩いていて、事件に巻き込まれたことを知った。僕が神待ちという言葉を知ったのは、その時が初めてだよ。

そして警察の見解では、妹が十八歳未満であることを知った『神』が、発覚を恐れて殺害したんじゃないかということだった」

トシキは辛そうな表情で続けた。

「六年ぶりに妹と再会するのが霊安室だなんて夢にも思わなかったよ。しかも妹は、僕が覚えていた、健康的にぽっちゃりしてて、ほっぺたも丸くて、いつもにこにこ笑っていた女の子と、とても同じとは思えなかった。痩せこけて、髪もつやがなくて、肌もかさついている。まるで別人だった。生活に疲れきった中年のおばさんみたいで、下手したら、母よりも老けて見えた。傷のある首には真新しい包帯が巻かれていた。

自分が情けなくてね。会えなくたって、電話一本なら、いつだってできたのに。話くらい聞いてやれたのに。悔しくて、どうしようもなくて――」

トシキがそこで言葉を切って、うつむいた。膝の上で握りしめた両方の拳が、こまかく震えている。

「何か月かして、またニュースで少女が殺されたと報道された。今度は新宿の路地裏だった。やはり刺殺されていて、傷口の形状や深さから、妹の時と同一犯の可能性が高いということだった。

しかも、その少女も十八歳未満だった。小柄で華奢な感じとか、ショートカットだとか、雰囲気が妹に似ていて似ていてね。犯人の好みには一貫性があるのかもしれないと気がついたんだ。

　それ以来、背格好が似ていて、ショートカットで、十八歳未満じゃないかと思う子には声をかけて、うちに泊めるようにしているんだ。二度と、妹のような被害者を出さないって誓ったからね」

「だからわたしにも声をかけたのね……」

「とはいっても、ただの自己満足だけどね。それからも事件は続いてる。やりきれないよ。上野に新宿……」

「北千住もだってね」

「北千住？」

　トシキが意外そうに、わたしを見た。

「え、違うの？」

「事件は山手線の中で起きていたはずだけど。この一連の事件については、僕の方が詳しいんだから、間違いないよ」

　トシキはスマートフォンを取り出し、『神待ち少女』『連続殺人事件』と打った。検索画面で一覧が表示される。

「渋谷、池袋、上野、新宿……あれ、ちょっと待って」

　そのうちの一つの記事をタップし、トシキは息を呑んだ。

「どうしたの？」

　わたしも脇からのぞき込む。

　二十四日午後六時ごろ、北千住の廃屋で、都内の高校に通う女子生徒の遺体が発見されました。刃物で切られていたことから、千住署は殺人事件として――

「へえ、今日の夕方か。このニュース、どれくらい前から出てたんだ？」

「え？　知らないけど」

　わたしが答えると、トシキが、『神待ち少女　連続殺人事件』に『北千住』と加えて検索した。

「出たばかりの情報みたいだな。君はいったい、どうして知ってたの？」

「聞いたの」

「誰に？」

「ルイっていう子。今日知り合ったの。ほら、さっき髪の長い子が一緒にいたじゃない？　一緒に神待ちしようって、ファーストフードの店で突然声かけられた。その子とおしゃべりしてる時に、この事件のことが話題になって。お互い気をつけようって話してたんだ」

「へえ……その子はどうやって知ったんだろう」

「警察に知り合いでもいるんじゃないの」

「いや、マスコミ以外の一般人に、報道前の情報を漏らすとは、いくら親しくても考えにくい」

「そうなの？　じゃあ、北千住で死んだ子が、知り合いだったとか」

「ふーん……その子から、もっと話を聞いてみたいな」

「後でカラオケに行く約束してるよ。一緒に来る？」

「カラオケ？」

「うん。別れ際、誘ってくれた。お小遣いをもらったら、奢るって約束したんだ」

「なるほど……僕から小遣いをもらった後に落ち合うわけだね」

「お小遣い……くれる？」

「ああ、あげるよ」

トシキがにっこり笑った。

「その前に、もうちょっとその子のことを知りたいな」

わたしはルイがポテトをくれたことや、色気と脅しで小遣いを吊り上げるテクニックを細かく教えてくれたことなどを話した。

「なるほどね」

トシキはしばらく考え込んでいる。

「とりあえず今、電話してみようか？」

「ああ、そうだな、お願い」

わたしはスマホを取り出し、さっきもらったルイの番号にかける。

——はあい、ナナ。

ルイはご機嫌で応えた。

——どうだった？　どんな神だった？

「うん……まあまあかな」

——まあまあ？　どうまあまあ？

「なんか、ケチられたっていうか」

——えー、そっかあ。

ルイの声のトーンが、下がる。

「まあとにかくフリーになったからさ。カラオケ行く？」

——うーん……。

さっきまでノリノリだったのに、気のない返事だ。

——やっぱ今日はやめとこうかな。疲れたかも。ネカフェ行って寝るわ。

「えー。付き合いわるーい」

わたしは、わざと残念そうな声を出す。

——しょうがないじゃんか。じゃあまた……。

「なーんてね。うっそ！　ルイの講座が役に立ったよ。今日から三日は焼き肉に行けそう」

――マジ⁉　すげえ、やるじゃんか。

ルイはけたけたと笑った。

――今、まだ渋谷？

「え？　そうだけど、なんで？」

――やっぱ、カラオケ行こうか。

「いいの？　疲れてたんじゃないの？」

――いいよいいよ。じゃあ、X神社の入り口で待ち合わせる？

「え、どこそれ？」

ルイが説明してくれる。駅から離れたところにある神社のようだ。

――じゃあね。すぐ行くから。

ルイとの電話が切れた後、トシキが言った。

「やっぱり、カラオケにはナナちゃんだけ行ってきてくれないかな」

「え、どうして？」

「いきなり被害者の遺族である僕が行くと驚くと思うし、言いにくいこともあるだろうから」

「ああ、なるほど」

「僕の代わりに、ナナちゃんが色々聞き出してみてくれる？」

「うん……別にいいけど」

わたしが同意すると、トシキは「ありがとう。気をつけてね」と、わたしに二万円を握らせた。

神社は繁華街から外れた人気（ひとけ）のないところにあった。寒さに震えながら待っていると、ルイが駆け寄ってくる。

「ごめんごめん。待った？」

「ううん」

「はー、今日はマジ寒いね。じゃ、行こうか」

ルイは神社の中へと向かって、迷いなく歩いていく。

「あれ？　カラオケ行くんじゃないの？」

「そうだよ」

「なんで神社に入んの？」

「近道だから」

「近道って……どこへ抜ける近道？」

ルイは黙って歩き続ける。

神社は都会にあるとは思えないほど木がうっそうと茂っており、月明かりも遮られている。叫んでも、きっと声は誰にも届かない。

ルイの横顔には出会った時の屈託のなさが見られなかった。まるで別人のようだ。

「……ルイ？」

声をかけた瞬間だった。

光るものが、わたしの首筋にまっすぐ向かってきた。

迷いなく。

ブレることなく。

あ。

刺される……。

ぎりぎりでよけた勢いで、わたしは地面に転がる。間髪を容れず、ルイが馬乗りになってきた。

ああ。

こんな風に、女の子たちは殺されてきたんだ――

ルイの表情には、焦りが見て取れる。きっとこれまで、彼女は手早く一発で仕留めてきたのだろう。不意打ちで襲ったから、抵抗などされなかったはずだ。わたしが身をかわしたので驚いたに違いない。

わたしが彼女の手を押さえるより、彼女の動きの方が早かった。再び、首をめがけてナイフが振り下ろされる。一連の動きが、まるでスローモーションのように見えた。

――ああ、そっか。

鋭い切っ先が、正確に首筋を狙ってくるのを見ながら、合点がいった。

――ショートカットの子ばかり狙うのは、どんな体勢になっても髪が邪魔にならないからか――

飛び降り自殺をする人は、ほんの数秒の間に色々なことを思い出すという。この時のわたしは、まさにそんな感じだった。

体も心もまるで宙に浮いているようで、まっすぐに迫ってくる刃先を目でとらえつつも、驚くほど冷静に考えていた。

――なるほどなぁ、殺人にも女子目線かぁ。

切っ先が頬をかすめ、熱い痛みが走る。やっと現実に戻った時、急にルイの腕が力を失った。ふっと瞳が暗くなり、体が少し揺れたかと思うと、そのままわたしに倒れ込んでくる。

「大丈夫か、ナナちゃん」

視界にトシキが入った。

ルイの体を持ち上げてくれたので、隙間から這い出す。

「トシキさん……来てくれたんだ」

「ああ、家で待ってる間にじっくり考えていたら、もしかしてルイが犯人なんじゃないかって思い当たった。ナナちゃんが心配になって、慌てて来たんだ。ちょうど君に襲いかかるところだった。間に合って本当によかったよ」

ルイの背中には、深々とナイフが刺さっていた。さっきトシキが使っていた果物ナイフと違い、新品に見える。

「このナイフ……さっきのと違うね」

「え？　たまたま買い置きがあって」

「ラッキーだったね」

「ああ。買ったのはずいぶん前だね。足はつかないと思う」

「そっか」

「怪我はない？　――あ、ほっぺた切れてるね」

トシキが痛々しそうに、わたしを見る。

「大丈夫だよ。トシキさんが来てくれなければ、わたしは今頃殺されてた。そう考えたら、こんな傷、どうってことないよ」

暗い雲にかすんだ月明かりの下で、トシキが少しだけ笑った。やっぱり、ほんのちょっとハンサムだと思った。

「――このナイフで、こいつ、妹を殺したんだな」

トシキが、ルイの手に握られたナイフを見ながら、声を震わせる。

「くそ！」

ルイを蹴ろうとしかけて、トシキは代わりに近くの石を蹴った。砂埃が舞って、石が転がっていく。

殺すことには迷わなくて、蹴ることには迷うんだ、とわたしはぼんやり思う。

「急いで逃げないと。こんな奴の為に捕まるなんてばかばかしい。ナナちゃん、君も来るだろう？　今日、君がこいつと一緒にいたところを、誰かに見られてたかもしれない。今逃げないと、真っ先に君が疑われる。さあ、早く」

「でも……ナイフ、どうしよう」

「放っておけばいいよ。僕は手袋をはめていたから、指紋はついてない」

「そっちじゃなくて、こっち」

わたしはルイの手を視線で示した。

「ああ、そうか。ナナちゃんの血がついたもんな。持っていった方がいい」

しゃがみかけたトシキを「いいよ、取るから」と制する。柄に触れると、手袋越しにも冷たさが伝わってきた。

これでルイは何人も殺してきたのか――

自分の血がわずかについたナイフの柄を、ぐっと握り込んでみる。そしてルイになったつもりで、トシキの首に漢字の一を描いた。血が、思ったより勢いよく噴き出す。

わけがわからないというように、トシキが目を見開いた。口をぱくぱくさせたあと、膝から崩れ落ちる。

トシキがロン毛じゃなくてよかった。

苦しんでのたうち回っている男を見下ろす。

どうして——？

トシキの目が、そう訴える。

「あんたさ、ルイが犯人かもしれないって気づいてたくせに、わたしを囮にしたでしょ。わたしが神待ちなんてしなくちゃ生きてけないような人間だから、殺されかけてもいいと思ったわけ？　勝手に復讐に利用すんな」

躊躇なく、トシキの腹に蹴りを入れる。トシキの体が丸まり、少し痙攣したかと思うと、動かなくなった。

「家で待ってて考えてるうちに思いついたって？　間に合うわけないじゃん。チャンスだと思って、本当は最初からこっそりついてきてたんでしょ？　いそいそと新品のナイフ持ってさ」

わたしはもう一度、トシキの腹を蹴る。ドス！　と足に衝撃が走ったが、トシキはもう反応しなかった。

「ばーか。わたしだって、ルイが犯人なんじゃないかってピンときたっつーの。北千住のこと知ってたり、ショートヘアのわたしに声をかけてきたりさ。試しにお金がないって言ってみたら、急に冷たくなったしね。あんたがわたしを囮にしようとしてるのも、バレバレだったよ。ルイと二人きりで会ってこいって言った時から、あんたのこと殺すことに決めてた。気づかれないとでも思った？　甘いね」

わたしはしゃがみこんで、ルイとトシキの死体から、財布を取り出す。ルイは三万と少し、トシキは五万ほど。

「へーえ、けっこう持ってんじゃん」

思わず歓喜の口笛を吹いた。

馬鹿だね、トシキ。笑っちゃう。

この世は弱肉強食なんだ。

ルイが殺人犯じゃないかと気がついたときは、もちろん驚いた。

だけど、悪いことだとは全く思わなかった。むしろ、神待ちなんてしなくたって、男に体をいじられなくたって、稼いだ子を殺して奪うという楽な方法があったのかと、目が開かれる思いだった。

きっと、ルイにもあったのだ。

搾取され続け、みじめで、死にたくなるほど何もかも嫌になったことが。だから搾取する方に回った。

そして彼女は気づいた。

家にも帰らず、家族とも友達とも疎遠な神待ち少女。補導や職質を恐れ、匿名でいようとする神待ち少女。そんな彼女たちは、同性にとっても格好の獲物だということに。

「これまでの殺人事件で使われてきたナイフで、あんたが死んでる。一方、ルイは出所のわからない新品のナイフで死んでる。これって、あんたが一連の事件の犯人で、ルイを新たな獲物にしようとしてたところを反撃されたって思われるかな。またはルイが真犯人で、あんたが復讐しようとしたところを返りうちにあったたって思われるかな。どっちのストーリーになるんだろう。ニュースが楽しみだね」

喉から血を流し続けているトシキに最後の蹴りを入れて、わたしは歩き始めた。

神社を出たところに立つ街灯の明るさに、高ぶっていた脳が冷静になり、返り血に思い至る。着替えを取りに行こうにも、このまま人通りのあるところに出るわけにはいかない。

どうしよう――

慌てて自分の服を確認して――笑いが込み上げてきた。

真っ黒いコート。

生地が血を吸って光っているけれど、ほとんど目立たない。空が明るくなる前なら、充分やりすごせる。

そうか。

だからルイは黒ずくめだったんだ。

きっとこれも、女子目線の鉄則。

鉄則その一。華奢で弱そうな少女を選ぶこと。

鉄則その二。ショートカットの少女――ああ、大きなピアスもつけていない方がいいね――を狙うこと。

鉄則その三。殺す時には、全身黒ずくめでいること。

そうだ。

事前に強力な防水スプレーをかけておくことを鉄則に加えたらどうだろう。

血しぶきがかかったって、撥水されて玉になってつるつる服から落ちていくの。

わお、これってなかなか斬新じゃない?

くすくす笑いながら神社を出て、堂々と大通りに向かって歩いていった。

通り過ぎたコンビニのドアが開き、ジングルベルが祝福するように鳴り響く。

わたしは星の輝く空を見上げ、「メリークリスマス」と呟いた。

青い告白

井上真偽（いのうえまぎ）

神奈川県生まれ。東京大学卒業。2014年、『恋と禁忌の述語論理（プレディケット）』で第51回メフィスト賞を受賞し、2015年、講談社ノベルスより同作にてデビュー。「『数理論理学』というエンタメには鬼門のような題材の作品でデビューさせて頂きました」とは、デビュー作への著者コメントである。2016年、『その可能性はすでに考えた』が第16回の、2017年、『聖女の毒杯　その可能性はすでに考えた』が第17回の本格ミステリ大賞候補に。前者は、恩田陸氏をして「井上真偽の可能性はすでに本格の可能性と同義語だ」と言わしめた作品でもある。（Y）

僕が古橋薊（ふるはしあざみ）というクラスメイトを意識したのは、高二の冬だった。

特に美人でもなければ、人を惹きつける話術や愛嬌があるわけでもない。例えば——目立つ女子のグループが教室で会話中、一人がふと近くの机に尻を乗せる。そこで初めてその席にまだ古橋が座っていることに気づいて、慌てて降りて謝罪する——そんな場面を目撃したことがある。言うなれば、誰もその存在を意識しない教室の備品のような。さながらカーテンか掲示板のポスター。そんな感じの女子だ。

実は彼女とは、一度だけ会話したことがある。

まだクラス替えに皆が馴染んでいない、二年の一学期。一年からの顔なじみ同士で休み時間を潰していたとき、会話が「理想の告白のシチュエーションは何か」という他愛のない話題に及んだ。

すると何を血迷ったのか、僕の中学からの腐れ縁、雁屋（かりや）が、たまたま近くにいた彼女に訊ねたのだ。

「なあ。古橋さんって、どんなシチュエーションで告白したい？」

彼女は読んでいた分厚い本から顔を上げた。一重の細い目をさらに糸のように細めて、こちらの唐突で無意味な質問を真剣な様子で考え込む。

「相手がお漏らしをしたとき、とか？」

その答えに、僕らは一様に固まった。

「だって」

と、彼女は続けた。

「その人の一番格好悪い姿を好きになってあげるのが、愛じゃないの」

僕らはますます困惑した。

冗談なのか本気なのか。僕らは彼女のキャラクターがまだよくわからなかったので、ひとまずハハハ、と愛想笑いを返した。一瞬の沈黙後、どうするんだよ、という非難の視線がいっせいに雁屋に集中する。

「……深いね」

最後は雁屋が無難に返し、その場は収まった。

彼女との会話といえば、後にも先にもそれだけだ。いや、正確には会話したのは雁屋だから、僕は直接には一度も口をきいていないことになる。

またそのときの彼女の発言が僕に鮮烈な印象を与えた、

ということでもなく、単に変わった女子として記憶されたにすぎない。僕にとって古橋とは、きっと将来雁屋あたりと話したとき、古橋? ああ、いたね、そんな女子――と、漠然と名前があがる程度の存在になるのだろう。

　少なくとも高二の冬までは、そういう認識だった。

　だからそんな彼女が、あの僕にとって四面楚歌のホームルームのあと――冬の西日の差す教室で、孤独に意志を固める僕に音もなく近づき――はっきりとこちらの名を口にして呼びかけてきたとき、僕はひどく驚いた。

「東（あずま）。伊藤（いとう）さんの死因、調べるんでしょう? 手伝うよ」

　県立倉（くら）ノ浜（はま）高校は、山と海に挟まれた町にある何の変哲もない高校だ。

　偏差値はそこそこ。有名大学に進学する生徒もいれば、夢を追って専門学校を選んだり、家庭の事情で就職する生徒もいる。特にスポーツ強豪校でもなく、ブラスバンド部や合唱部が全国大会に出場するといったような華々しいエピソードもない。もし我が校創立以来の十大ニュースをあげるとすれば、きっと校舎改築や学区変更などの地味な出来事が上位を占めるだろう。

　そんな平凡な高校の裏門から続く普通の坂道を、僕は古橋と自転車を並べて歩いていた。

　寒い冬の日だった。空は鈍色で重く、風は痛いくらい冷たい。左右には黒々とした桜の幹が、まるで幽霊のようにひっそりと並んでいた。通称「桜坂」――春にはその名の通り桜が咲いて見事だが、しかしそんな通学路は日本中にごまんとあるに違いない。

「……あのさ」

　門を出てから、ずっと押し黙っていた彼女が急に口を開いた。

「ごめん」

　なぜ謝られたのかがわからなかった。

「何が?」

「その、私さ……。男子と、あまり喋り慣れてなくて」

「え?」

「と言うか、人にあまり慣れてなくて。こういうときって、どんな会話するかな? 普通」

　僕はやや呆気にとられて彼女を見た。確かに教室では一人でいることが多い彼女だが、必要なときはクラスメイトと普通に受け答えしているようだし、そこまで会話が苦手だとも思えない。

「別に……思いついたことを話せばいいんじゃないか。何もなければ、天気の話とか」

「ああ、そうか。天気か。天気。天気ね……」

彼女は空を見上げ、呟く。

「灰色だね」

僕はやや訝しげに彼女を見た。彼女の身長は女子では高いほうで、並ぶと目線の高さがだいたい同じになる。その無表情な横顔からはまったく考えが読めない。さっきは苗字もいきなり呼び捨てだったし、てっきり人怖じなどしない性格かと思っていたが——いったいどういうつもりで、伊藤の死因の調査を手伝うなどと言い出してきたのか。

そんな疑問を抱くうちに、坂を登り切った。開けた視界の先に水平線が見える。倉見湾だ。道路はここから緩い下り坂になり、高台の住宅地を抜けて湾のほうへ向かう。

僕が自転車に乗り直すと、彼女もサドルにまたがった。足の長さに対してサドルの位置が低いのか、膝が若干窮屈そうに折れ曲がっている。なぜサドルの高さを調節しないのだろう。

「ええと、古橋……さん？」

「古橋でいいよ」

「もしかして古橋って、伊藤と仲良かった？」

「いいや。全然。伊藤さんは、日の当たる存在って感じだし」

暗に自分は日陰者だと言いたいのだろう。確かにクラスの中心的グループにいた伊藤に比べて、古橋はクラスの集まりにもときどき忘れられるほど存在感が薄い。別に嫌われているというわけでもないのだが。

今度は彼女が訝るように僕を見た。

「どうして？」

「いや。別に——」

困惑を隠しつつ、坂を下りだす。シャーという軽快な車輪の音に混じり、ときおりギィ、ガシャガシャと耳障りな音が聞こえた。彼女の自転車だ。油が切れているのか。

「……あのさ」

寒風を浴びながら、彼女が言った。

「実は私、ずっと憧れてて。こうして男子と二人で、自転車下校するの」

僕はキッ、と自転車のブレーキをかけた。

ザザッとタイヤが路面を滑って止まる。そこから数十メートル以上進んだ位置で、ようやく彼女の自転車も停止した。彼女は振り返ると、どうかした？　とでもいうように首を傾げる。

僕はしばらく何と言うべきか迷った。

「あのさ、古橋」近寄りつつ、伝える。「これでも、こっちは結構真剣なんだ。伊藤の死因調査のこと。だからもし、ふざけ半分で手伝うっていうなら——」

言いかけて、ふと言葉を止めた。

古橋が、まっすぐな目で僕を見ていた。

「わかってる。ふざけてなんかないよ」

その目を細め、海の方角を向く。

「はっきりさせたいよね。伊藤さんの死因が——事故か、自殺か」

潮の匂いを孕む風が、彼女の肩までの髪を舞い上げた。

彼女は髪の乱れを気にもせず、ただ風の吹くままにまかせている。自分の身なりに——というより、自分の身に起こる出来事に無頓着なようだ。そのあたりも存在感が希薄な理由の一つだろうか。とらえどころのない彼女の空気感に呑まれ、僕はつい黙って見守ってしまう。

彼女は視線に気づくと、ようやく髪をかき上げて言った。

「ごめん、変なこと言っちゃって。でも、さっき東が、思ったことを言えって言ったから」

「……何でも言えとは言っていない」

「ところで……ついでに言うと、この寒い中、なぜ東は手袋もせず自転車に乗っているの」

「いいだろう、別に。こっちもついでに言うと、その自転車、油差したほうがいいぞ」

彼女の独特な調子につられ、僕もいつの間にか遠慮のない口調になってしまった。しかしそれが功を奏したのか、僕の返しに古橋が少しだけ口元を動かす。笑ったのだろうか。

……まあ、悪い人間ではないのだろう。

そう判断し、再びペダルに足を掛ける。手伝う動機は何であれ、協力してくれるのならありがたい。なにせクラスで僕は今、誰でも味方に欲しいほどの四面楚歌状態なのだ。

自転車を漕ぎ出そうとすると、彼女が僕らの下りてきた坂を振り返って、呟いた。

「なんか……変わっちゃったよね。うちの高校。あいつが来てから」

その言葉に、ペダルを踏み込もうとした僕の足が思わず止まる。

——そう。確かに僕らの高校は、何の変哲もない高校だった。

あの教師、葛西卓が来るまでは。

「どうも！　今年度赴任した、葛西卓です」

葛西が新任の国語教師として僕らのクラスに現れたのは、一学期初めのことだった。

「特技はベンチプレスで、自己ベストは百二十キロ。毎日ジョギングを欠かさず、ボルダリングのジムにも通っています。でもねえ――こう見えても僕、昔は『いじめられっ子』だったんですよ。だからいじめは決して見逃しません。いじめ、ダメ、絶対！」

第一印象はマッチョな中年オヤジ。短髪で、体育教師のようながっしりした体格をしていた。ジャケットの二の腕が風船のようにパンパンだったのを妙に覚えている。

生徒受けは普通だったが、最初の中間テストが終わったころから、葛西は徐々にその本性を現し始めた。

葛西はまず、「いじめ防止委員会」という学校組織の委員に就任した。

前の高校で、いじめ問題をいくつか解決した実績があったらしい。葛西の働きかけで、いじめアンケート調査や不登校生徒のカウンセリングなどの回数が増え、また生徒が使うＳＮＳの監視も厳しくなった。

けれど、「成果」は上がらなかった――いじめが見つからなかったからだ。

もちろん実態はわからない。しかし葛西にとっては、実際にこの学校にいじめが存在するかどうかより、成果が上がらなかったことのほうが問題だったようだ。体育館に続く渡り廊下で、保健医の新城先生と葛西がやりあっている場面に出くわしたことがある。

「ですから、葛西先生。高山くんは別に、いじめられて不登校なわけではないんですよ」

「ですがね、新城先生。中間テストまでは、彼は普通に学校に通っていたんですよね？　そしてテストの成績も悪くはなく、親御さんと不仲なわけでもない――ならやっぱり、その時期にクラスで何かあったと考えるべきじゃないですか」

「ですから、それは……いじめというより、もう少し繊細な問題なんです」

「聞き方が甘いんじゃないんですか？　そこでね、新城先生。一つご相談なんですが、今後保健室通いや不登校生徒の問題も、うちの委員会の管轄として――」

そしてその会話通り、いじめ問題で「成果」を上げられない葛西は、今度はその不登校問題に目をつけた。

「東。ちょっといいか」

昼休み、トイレから教室に戻る途中、僕は廊下でいきなり葛西に呼び止められた。

「お前、高山と同じ中学出身だよな？」

「はあ」

「仲、良かったか？」

「いや、まあ……普通です」

「そうか。まあいい。ちょっと協力してほしいんだ」

葛西は高山と面識のある生徒を集め、彼の再登校を支援するグループ——葛西の言葉を借りれば、「高山救済チーム」——を作ろうとしていた。僕は渡り廊下の会話を聞いてから葛西にやや不信感があったものの、自分でも高山の不登校を見て見ぬふりしていた、という後ろめたさがあったので、むしろ積極的にその活動に協力した。

けれど結果として、僕らの努力は実を結ばなかった。

夏休みに入ると、高山が転校してしまったからだ。

表向きは父親の仕事の事情ということだったが、僕らが干渉しすぎたことも原因にあっただろう。後日、葛西から転校の知らせを受けると、「高山救済チーム」の僕らは皆落胆し、中には高山への怒りをぶつける生徒もいた。こちらがこれだけ手をかけてやったのに、逃げ出すとは何事だ——というわけだ。

けれどそれは、お門違いだと僕は思った。高山は別に自分から助けてほしいと願ったわけではない。僕らは自分の至らなさを反省しこそすれ、その失敗の理由を当の高山に押しつけるのは、助ける側の傲慢さというものではないか。

だから当然、葛西もフォローするものだと思っていたら——。

葛西は言った。

「高山ももう少し、人に心を開けるやつだったらなあ……」

その後、たまたま職員室の前を通りかかった僕は、中で葛西が他の先生たちに謝罪する声を聞いた。

「本当に、僕が至らなかったんです。僕の力が足りなかったから。僕が最後まで、あいつの心を開いてやれなかったから。ですが、彼がまだ自分の殻に閉じこもりたいというなら、今はそうさせてやるべきかと。彼が次の高校で、今度こそ人に心を開いてくれること——それだけが僕の願いです」

それ以来、僕ははっきりとあいつが嫌いになった。

顔に潮風が吹き付けた。強くて冷たい風だ。けれど冬の坂道を自転車で駆け下ってきた肌には、むしろ生温かく感じる。

「気を付けて、東」

背後の金網フェンスの向こうから、古橋の平坦な声が聞こえた。

「足下。まだ雪で凍ってるかもしれないから」

言葉は優しいが、まるでロボットのように感情のこもらない口調だった。まあ一応心配はしてくれているのだろう。僕はそう好意的に解釈してうなずき、下から波の音が轟く崖縁に向かって慎重に歩を進める。

——鶴鳴岬(つるなきみさき)。

この町の最南端に位置する岬だ。

湾を囲む断崖に鶴のくちばしのように突き出ていて、高さはゆうに二十メートル以上。一応この町の観光名所だが、一部にはもっと不名誉な岬として有名だろう。

つまりは……自殺の名所。

鶴鳴岬という本来の地名の由来は知らないが、よく現場検証のため立ち入り禁止のテープが張られているので、僕らは密かに「テープ岬」と呼んでいる。最近も、つい数日前までそのテープが張られていた。今は警察も撤収し、元の姿を取り戻している。

僕は岬の先端に立った。狭い岩場だ。広さは大きめのボートくらい。今が冬ということを差し引いても草木はなく、尖った岩のほかは赤茶けた砂がある程度。雪は日差しと海風で解けたらしい。

こわごわ、崖の下を覗く。

遥か下方に、渦巻く海流と白い飛沫が見えた。

——こんな高さから、伊藤は。

「……へえ。すごいね。『テープ岬』って、こんな感じなんだ」

すると突然、真後ろから声が聞こえた。驚いて振り返ると、いつの間にか彼女がすぐ背後まで来ている。気配がないのでちょっとしたホラーだった。……僕で足場の安全を確認してから、金網を越えてきたということか？

「……あまりこのへんの岩に寄りかかるなよ。脆そうだから」

「うん、わかった。気を付ける」

「この岬、来るの初めてか？」

「うん。だってここ、基本はデートスポットって認識だし。もし私みたいのが一人で来たら、絶対飛び降り目的だって思われるでしょ。第一……」

古橋がそこでふと口を閉じる。ちらりと僕を見て、不自然に視線を逸らした。

嫌な予感がした。

「まさか、古橋……こうして男子と二人で海を見るのも初めてだ、なんて考えてるんじゃないだろうな」

「まさか」

彼女は言下に否定する。だがそのあとに奇妙な間があり、やがて彼女はおずおずと片手をあげると、人差し指と親指で小さな「C」の字を作った。

「ごめん。本当は少し、考えてた。でも、ほんのね、少し。少しだから」

僕は声を失った。いったい……何を考えているのか。困惑気味に見守っていると、彼女は身構えるように動きを止め、その能面のような顔をますます冷たく無表情にした。照れ隠し、と呼ぶにはあまりに可愛げに乏しい。

「……遊び気分なら、帰れよ」

僕はひとまず釘を刺すと、現場をよく調べるために岬の先端にしゃがみこんだ。

四つん這いになって体を安定させ、改めて崖の下を覗き込む。

テープ岬の下の景観は、左右で対照的だった。

南の海に向かって左手、つまり東側は、先ほど見たように深い入り江になっている。岸壁は激しい荒波で削られ、遠くには漁港も見えた。

一方の右手、すなわち西側は岩場だ。目も眩むような高さの下に、剣山のような鋭い岩の連なりが見える。今はときどき波をかぶっているだけだが、潮が高くなると海面が岩の上まで達して、ほぼ全体が水没する。

また岩場沿いの磯浜はランニングコースも兼ねた遊歩道になっていた。ただ季節柄、この時期に付近を訪れる人はほとんどいない。

気づくと、古橋が僕のすぐ隣にいた。

「……怖いね」

あまり怯えを感じさせない口調で言う。

「この時間帯だと、こんなに岩がはっきり見えるんだ。まるで牙みたい。痛そう。こんなところに飛び込むなんて、私には絶対無理」

彼女は向きを変えると、今度は反対側の入り江をのぞき込む。

「うん。これならまだ、こっちの海に飛び込んだほうがいい」

　僕は黙ってその言葉を聞いていた。急に口数が多くなったが、言葉に感情が乗っていないせいか妙に説明的に感じる。——いや、実際僕に向かって説明しているのか。

　彼女が再び僕と同じ方向を向く。

「伊藤さんって、高いところ平気だったの？」

「さあ……わからない」

「幼馴染じゃないの？」

「小中が一緒で、家も近かったってだけだ。そういう知り合いは伊藤以外にもいるよ」

　ふうん、と古橋は気のない相槌を打った。急に身を屈め、制服の汚れも気にせずその場に腹ばいになる。

「ねえ、東……。やっぱり普通に考えて、自殺なら入り江のほうに飛び込むと思うよ。今みたいに、下の岩場の様子が確認できる時間帯なら。この西側の岩場に飛び込むのは、東側の入り江に飛び込むよりきっと何十倍も勇気がいる。だからもし、あれが本当は自殺だったのだとしたら……」

　少しだけ、彼女の声が湿り気を帯びる。

「伊藤さん、よっぽど周りが見えてなかったんだね」

　僕は沈黙する。彼女の肩が一瞬僕の腕に触れ、すぐに逃げるように離れた。頭上ではミャアミャアと、狂ったような海猫の鳴き声が響く。


　葛西による次の犠牲者は、僕の小学校からの知り合い、伊藤はるかだった。

　目立つグループにはいたが、性格は温和なほう。男子人気もそこそこあり、そのほんわかとした雰囲気から、グループを問わずクラスメイトの多くに「はるるん」の愛称で親しまれていた。

　ただ伊藤は、成績があまり良くなかった。

　中二あたりまではまあまあ上位だったが、中三で急に落ちはじめ、私立高校の受験に失敗した。それでうちの高校に来たのだが、伊藤は——というより、伊藤の親は——本当は公立でも、もう少し上の進学校を選びたかったようだ。ただ、高偏差値の私立を第一志望にしたので、必然的に公立は安全圏内で、という話になり、ランクを下げざるを得なかったらしい。

　その高校でも、伊藤は落ちこぼれた。受験の失敗でさらに自信を無くしたのだ。

「なんかさ。数学の授業とか、聞いててももうよくわかんないんだよねー」

たまたま自転車で下校が一緒になった帰り。伊藤はノーブレーキで坂道を下りながら、おどけるように言った。

「私、バカになっちゃったからさー」

そんなとき、葛西がまた新たな活動を始めた。夏休み明けの二学期、勉強に脱落した二年の生徒たちを集め、勉強会を立ち上げたのだ。

通称「できる会」。それはもはや学校のカリキュラムとは何の関係もない、葛西のまったく私的な活動にすぎなかったが、どういうわけかその発表は朝の全校集会の場で行われ、各クラスにはプリントまで配られた。

『来たれ！　倉ノ浜高校の〈落ちこぼれ〉たちよ！』

プリントは、そんな見出しで始まっていた。

『僕、葛西卓はある疑問を持っています。それは、今の学校教育が〈勉強についてこられる生徒〉だけを前提にしていないか、ということ。その学習ペースに乗れない生徒たちが、現状〈落ちこぼれ〉と呼ばれているのです。

しかし彼らは本当に〈落ちこぼれ〉なのか？　違う、と僕は声を大にして言いたい。彼らをきちんと〈拾え〉なかった僕たち教師こそが、真の〈落ちこぼれ〉なのだ。

だから僕は、その〈落ちこぼれ〉の汚名を返上したい。僕とともに、今の学校教育に革命を起こしませんか。――いざ来たれ、倉ノ浜高校の〈落ちこぼれ〉たちよ！』

そのプリントを見た僕の母親は、「いい先生ね」と感心して言った。

当の生徒たちの反応といえば、微妙だった。聞き流す生徒が大半だったが、一部の生徒の心には、その葛西の勧誘文句は確実に心に響いた――たとえば伊藤のような、「落ちこぼれ」という単語に敏感な生徒には。

校庭の銀杏がいっせいに黄色く染まった、十一月のある日の放課後。僕は特別教室から出てくる伊藤と、廊下で鉢合わせした。

「葛西の勉強会？」

「うん」

「あいつの教え方、どう」

「うーん……」伊藤は苦笑する。「国語以外は、どうかな。でも、教えるのは基本、葛西先生じゃないから」

「葛西じゃない？　他の先生も教えに来るのか？」

「そういう日もあるけど、原則生徒同士で教え合う、っていうのが会の方針だから。アクティブラーニング、っていうグループ学習法なんだって。人に教えるのが一番自分の勉強になるって。それに先生も忙しいしね」

なんだそれ、と一瞬思った。

「なあ、伊藤……あいつのこと、あまり信用しないほうがいいと思うんだ」

「どうして?」

伊藤の素直な目に、僕は瞬間たじろいだ。

「東くんも、先生反対派? 先生、言ってた。何か新しいことをやろうとすると、必ず反対する人が出てくるって。世間は向上心のある人に厳しいって。でも、そういう世の中だからこそ、足を引っ張る人の意見に耳を傾けちゃいけないって……」

僕が言い淀むうちに、背後が騒がしくなった。楽器ケースを抱えた吹奏楽部の集団が近づいてきていた。そちらに目をやった伊藤は、逃げるように僕に背を向ける。

「それじゃ」

その走り去る背中を、僕は呼び止めることはできなかった。


そして葛西の努力は、今度こそ確かに実を結んだ。

「できる会」の数名が、二学期の期末テストで急に順位を上げたのだ。

同時に葛西の株も上がった。他の先生や保護者たちからは優秀教師と褒めそやされ、教育委員会からの視察や、地元紙の取材も来た。ニュースを知った僕の母親は「すごい先生ね」と手放しで褒め、「できる会」の参加者も一気に増加した。

「いやあ。すごいのは僕じゃない。生徒たちです。全部生徒たちの手柄ですよ」

他の教師を前にそう謙遜しつつ、まんざらでもない様子で語っていた葛西の顔を今でも思い出す。

けれど伊藤から会の情報を断片的に聞き集めていた僕は、なんとなく気付いていた。

数名の成功は、残りの多数の犠牲の上に成り立っていることに。

問題はその勉強法にあった。生徒同士で教え合うと言えば聞こえがいいが、それは実質「教える側」と「教えられる側」に生徒を二分することを意味する。教える側に立てた生徒はそれによってメキメキと自信をつけ、教えられる側はますます自信をなくす。二軍の選手同士を競わせ、ひと握りの勝者を一軍に昇格させるようなものだ。

もちろん、そのあたりのバランスを上手くとるグループ学習のやり方もあっただろう。しかし葛西にそういった配慮はなかった。穿った見方をすれば、当時「できる会」にいた三十名強ほどの参加者のうち、その数名を成功させるために、残りの三十名近くがかませ犬になったようなものだった。生徒数名を成功させ——そして葛西に、「優秀な教師」という栄誉を与えるために。

伊藤は、かませ犬の側だった。

伊藤は二度、落ちこぼれたのだ。

そしてその冬——倉ノ浜に初雪が降った、冬休み最後の日。

伊藤は「テープ岬」から転落し、死亡した。


ふと我に返ると、古橋の真顔がすぐ横にあった。

あまりに近かったのでぎょっとした。目は瞳孔の開き具合が確認できるほど、鼻と口はうっすら息が掛かるほどだ。つい僕の頬が赤くなる。

「……近いよ」

「ごめん。反応がないから、つい」

彼女は離れると、無表情で頬杖をついた。

「伊藤さんのこと、考えてたの？」

「ああ」

「そうか……。まあ普通に考えて、自殺だよね。恥を忍んで『できる会』に入ったのに、期末の成績はむしろ下がったし、十一月の模試の結果も悪かったんでしょう？　授業中もどこか上の空だったし、私の目から見ても伊藤さんは危うかったよ」

「伊藤と友達でもないのに、よく見てるな」

「まあね。ほら。私って、友達がいない『ボッチ』でしょう？」

古橋は悪びれもせず言った。

「ボッチはね、周りの人間がよく見えるんだ。観察しているから。むしろ観察しかすることがないから。ボッチの本質は、当事者じゃなくて傍観者であること。でも往々にして、傍観者のほうが物事はよく見えることがある——」

まるで商品の解説でもするように、自分のことを淡々と語る。普通なら孤立していることを隠しそうなものだが、やはり変わった女子だ。

ただ、傍観者のほうが物事は見えるという点には納得がいった。なんだっけな。確か囲碁で、そんな言葉があった——「岡目八目」か。

「……けど古橋って、完全にボッチじゃないだろ。確か友達いただろ。ほかのクラスに」

「ああ。矢代（やしろ）ね。あいつはまあ、友達っていうか……相互扶助会？　歳末助け合い運動？　はみ出し者同士、急場しのぎに手を組んでいるだけだから。どうせ卒業したら切れる縁」

ドライだな。僕がコメントに困る一方、彼女は「だから――」と淀みなく続ける。

「伊藤さんの自殺の動機はある。ただ……それを支持する、物証が足りない」

僕は再び海を見やる。

彼女の言う通り、警察も最初は自殺の線を疑った。なにせ自殺の名所で転落したのだ。疑わないほうがどうかしている。

けれど現場の状況から、三つの点が疑問として立ちふさがった。

まず、遺書がない。

飛び降りた場所に靴が置かれていない。

さらには飛び込みやすい入り江ではなく岩場のほうに落下している。

テープ岬は海岸道路から離れていて、たまたまふらりと訪れた人間が衝動的に飛び込むということはまずない。大抵はそういう覚悟を決めてここまで来るわけで、その場合遺書があるのが普通だ。また伊藤は靴を履いた状態で発見されたが、日本人の作法的なものか、この岬の自殺者は例外なく崖の上に靴を揃えて脱いでいた。これは飛び降りを誰かに気づいてもらうため、という説もある。

それに警察によれば、飛び込みは西の岩場より東の入り江のほうが圧倒的に多いという。こちらは先ほど古橋が述べた通りの理由だろう。伊藤の遺体は無残にも、鋭い岩の先にうつ伏せ状態で串刺しになっていた。普通に考えて、自殺ならもう少し綺麗な死に方を望むはずだ。

――だからね、刑事さん。僕はどうしても、彼女が自殺したとは思えないんですよ。

僕の耳に、黄色いテープ越しに捜査関係者に話しかけていた葛西の声が甦る。

――確かに彼女の期末の成績は散々でした。ですが彼女は、一度死んだと思って頑張るって……。だからこの岬には、気持ちの入れ替えに来たんじゃないでしょうか。それで運悪く足を滑らせ、岩場に……。

「ちなみに伊藤さんのご両親も、事故ってことで納得したんだ？」

「ああ。というか、むしろ伊藤の親は認めたくなかったみたいだ。娘の死が自殺とは」

――ねえ！　伊藤さんのお母さん。伊藤さんは決して、勉強ができないくらいで自殺するような子じゃないですよね？

――は……はい。はい。あの子は決して、そんな子じゃ……。

だからあいつは、その親の気持ちを利用したんだ――そう喉まで出かかった言葉を、ぐっと呑み込んだ。

「ふうん。ところで警察は、他殺を疑わなかったの？」

「当時、岬には雪が積もっていて、そこまでの足跡は伊藤の行きの片道分しかなかった。それに目撃証言もある」

飛び降りは地元の漁師が目撃していた。日没直前の十六時四十分ごろ、東の漁港を出たイカ釣り漁船の乗員が、入り江側から岬に人影を見ている。それが岩場側に消えたので、慌てて関係各所に通報したのだ。

人影はあくまで一人分。検死による死亡推定時刻も十六時から十七時の間で矛盾はなく、遺体を死後に移動させた形跡もない。ちなみに雪は午前中には止んでいた。

「なあ古橋。これでもまだ、伊藤が自殺した可能性はあると思うか？」

「思うよ」

古橋は即答した。

「そもそもね。十代の自殺の理由は、いじめより進路問題や学業不振なんかのほうがずっと多い。二〇一六年の警察庁の統計資料では、小中高生の自殺者三百二十名中、いじめ原因は六名、進路問題や学業不振は六十名超――およそ十倍以上。もちろんいじめは発覚しにくいし、別の理由に付け替えられているケースもあるだろうけどね」

僕はやや呆気にとられて彼女を見た。いつのまに警察の資料なんて調べたんだ？

彼女は僕の視線に気づくと、「……ネットで見られるよ」と、スマートフォンを出して警察庁のウェブサイトを見せてきた。

「まあ結局、私たちの見ている世界が狭い、ってことなんだろうね。学生時代の勉強の出来や人間関係なんて、長い人生や広い世界から見たらほんのちっぽけなことなのに。

でも、それが今の私たちのすべてなんだ。だから私は彼女の自殺の理由が理解できるし、彼女が弱かったとも思わない。ただ、残念だな、とは思うけど」

僕はつい、彼女の横顔をまじまじと見つめてしまった。

やはり変な女子だ。発言が妙に大人びているというか、達観しているというか。「私たち」という主語を使っているものの、どこか他人事として話しているようにも聞こえる。別に冷たい性格というわけではなさそうだが――この淡泊な感じはいったい何なのだろう。

砂ぼこりが舞い、彼女が目をかばうように手をあげた。

「まあ傍観者の私なんかに理解されても、伊藤さんは何も嬉しくないだろうけどね」

「……問題は、現場の状況だ」ひとまず話を戻す。「あれを自殺と考えると、いくつか矛盾が出てくる。例えば伊藤が岩場に飛び込んだことなんかは、どう説明する？」

「それは、まあ——暗くて下が見えなかった、とか？　あるいは潮位が高くて、岩場が海に隠れていた、とか？」

「けれど、目撃時間は日没直前だ。西の岩場なら夕日で明るかっただろうし、その日の満潮は十四時ごろ。海面はそのあと下がり続けて、岩場は日没二十分前からすでに見える状態だった」

「うーん。確かにそのへんは、ネックなんだけど……」

彼女は腹ばいのまま、寒さで強張った体をほぐすように伸びをする。

「まあたぶん、何かしら説明はつくよ。モチと理屈はこねればどこにでもくっつく、ってね。とにかく私は、伊藤さんは間違いなく自殺だと思う。第一——」

と、彼女は続けた。

「葛西先生の遺書にも、そう書いてあったんでしょう？」

僕の体が、一瞬ピクリと反応する。

そう——今回この悪名高い岬の犠牲者に名を連ねたのは、伊藤一人ではない。

二人だ。

その二週間後に、葛西が同じ場所から飛び降りたのだ。

テープ岬では、頻繁に黄色いテープが張られる事故が起きる。

葛西が伊藤のあとを追うようにしてテープ岬から飛び降りたのは、奇しくも同じ雪の日の、日没時だった。

今度の目撃者は、入り江で船釣りをしていた釣り人。夕日を背にした岬に人影を見たと思ったら、その影が岩場側に「ジャンプした」という。

しかし伊藤とは違い、葛西の死はすぐに自殺と判断された。遺書が見つかったからだ。

『告白します。伊藤さんは自殺です。責任は僕にあります。〈できる会〉の勉強法には問題がありました。それが伊藤さんに自信を失わせ、自殺まで追い込んだことに間違いありません。また高山くんが転校したのも、おそらく僕の過剰なお節介が原因です。大変申し訳ありませんでした』

そんな文面がスマートフォンのメモに残されていた。そのスマートフォンの遺書は、靴と一緒に飛び降りた場所に綺麗に並べられていたという。

「葛西先生ね、精神的にだいぶ参ってたらしいのよ」

夕食時、母親が保護者のネットワークから仕入れてきた噂話をさっそく僕に語った。

「『できる会』の生徒の親御さんに、一人強烈な人がいて。その人に、なぜうちの子の成績は上がらないんだ、って連日詰め寄られていたって……」

そして故意か偶然か、その靴と遺書以外の状況は、伊藤のときとほぼ同じだった。

雪は午前中に止み、岬の足跡は葛西の片道分のみ。飛び降り先は同じく岩場側で、死亡推定時刻も十六時から十七時の間。遺体は岩にうつ伏せ状態で刺さっており、移動させた形跡もない。なお十五時に漁船が近くを通りかかったときは、岬は無人だったという。

また目撃時刻には潮は引いており、岩場も見える状態だった。なので一点、伊藤のときと同じく、「自殺なのになぜ岩場のほうに飛び降りたのか」という疑問は残った。けれどそれも、罪の意識を背負っての自殺なら自罰的に飛び降りてもおかしくないだろう、という警察の見解だった。

あのホームルームがなければ、僕はそれ以上葛西の件には踏み込まなかっただろう。

葛西の自殺発覚後の、週明けの月曜。放課後のホームルームでその件が伝えられると、僕らの教室は騒然とした。遺書が読み上げられるとあちこちからすすり泣きが漏れた。

「あの……」

やがて一人の女子が、ハンカチを口に押し当てつつ手をあげた。

「結局はるかは……自殺、だったんですか？」

樺島（かばしま）という、伊藤と仲が良かった生徒だった。僕らの担任──金井（かない）先生という、五十代の女性英語教師──は、金縁眼鏡を押し上げて一度指で目を拭うと、答える。

「いいえ……伊藤さんの件は、あくまで事故だったと先生たちは思っています。その点は変わりません」

えっ、と僕は思った。

「どうして、ですか？」

気づくと、椅子を蹴って立ち上がっていた。クラス中の視線がいっせいに僕に集中し、顔にわずかに血が上る。

「いや、あの……。遺書には、はっきり『伊藤さんは自殺』って書いてあったんですよね。なぜ、そういう結論になるんですか？」

「葛西先生がそう思った、というだけですよ」

金井先生は優しく諭すように微笑んだ。

「葛西先生は、生徒想いだったから。自分を追い詰めすぎた結果、そう思い込んでしまったんじゃないかしら。東くんもそういうこと、ない？　気持ちが弱ると、何もかも自分のせいみたいに感じてしまうこと」

「いや、ですが――」

反論しようとして、気づいた。

周囲の僕を見る視線が、険しくなっていることに。

あくまで葛西の責任を追及しようとする僕の姿勢が、死者に鞭打つ冷たい態度に見えたらしい。それでクラスの反感を買ったようだ。中でも一際厳しく、親の仇のように睨みつける目があった。和田だ。ニキビ顔の小太りの男子で、「できる会」に参加して成績の上がった数名の一人。

和田は隣の友人に肩を寄せると、「葛西反対派」と聞こえよがしに囁いた。

僕は愕然とした。

葛西が死んでも――これなのか。

葛西の名誉を守るために、伊藤の死がうやむやにされるのか。

伊藤の死は、いったい何だったのか。


そしてホームルームは終わった。教室に帰り支度の音が響き、能天気な雁屋が「お先に」と僕の肩を叩いて登山部の部室に向かう。

そんな中、僕は一人孤立感を抱えながら席に居残った。四面楚歌だった。僕以外の誰一人、葛西の正体を知るものはいなかった。あえて知ろうとするものも。

もちろん葛西は伊藤に直接手を下したわけではないし、何かの法律を犯したわけでもない。ただ――その葛西の、伊藤を死にまで追いやった犯罪未満の「何か」が、見過ごされ、あまつさえ当人が聖人扱いまでされていることに、僕はどうしても納得がいかなかった。それはあまりに不条理に見えた。何かが間違っていると思った。

このまま――終わらせてたまるか。

夕陽に染まる教室の中、僕は静かに意志を固める。そして机に置いたスクールバッグをひっ摑み、いざ教室を出ようとした――そのとき。

死角から、声がかかった。

「東。伊藤さんの死因、調べるんでしょう？　手伝うよ」

ミャアミャアと、音に酔いそうな海猫の輪唱が岬に響く。

曇り空がさらに暗さを増していた。風が重い。気温が急に下がり、気圧も低下してきたようだ。一雨来そうだ。急がねば。

僕は崖の縁から思い切って身を乗り出し、下を覗き込む。

「……ところで東は、さっきから何を探しているの？」

古橋が怪訝そうに質問してきた。

「わからない」

「わからない？」

「警察は伊藤の件を事故として、深くは検証しなかった。何か見落としがあるかもしれない」

じっと目を凝らす。岸壁の少し下に、少さな岩のでっぱりと、黄色い花の名残がある草の茂みが見えた。磯菊だ。

風に翻弄されるその葉の隙間に、見え隠れするものに僕は気づいた。

「……あの草の下に、何か白いものが見える」

「海猫のフンじゃないの？」

「フンなら、草の上に落ちるはずだ。あの下に何かある」

僕は身を起こす。肩に掛けたスクールバッグを下ろし、チャックを開けた。

「えっ。東、それは――」

中からロープと褌のようなベルトを取り出す。登山用のザイルと、懸垂下降用のハーネスだ。

学校を出る前、登山部の部室に寄って取ってきたものだった。僕も雁屋と同じく登山部に所属している。といってもまだ初心者も同然だが、ハーネスの使用経験くらいはあった。ちなみに古橋は一足先に自転車置き場に行ったので、このことは知らない。

装備を身に着け、金具にザイルを通す。ザイルの一部を崖下から回収できるように輪にし、手近にあるサイの角のような岩の出っ張りに引っ掛けた。

深呼吸する。やがて覚悟を決め、後ろ向きで崖の外に足を踏み出す。

「バカなの?!」

古橋が叫んだ。

あいつでも叫ぶことはあるんだな――などと変なことに感心しつつ、僕は慎重に手の中のザイルを送り出す。吹き上げる風の中、姿勢の安定に四苦八苦した。縄張りを侵されたと勘違いした海猫たちが、接近してはクワーッと威嚇してくる。その攻撃もいなしつつ、何とか目標の茂みまで到達すると、足場を確保し、草の下にあった岩の隙間に狭まっていたものを見る。

白い封筒だった。ところどころ、泥で汚れた指紋がついている。

僕はそれをしばらく見つめた。やがて思い出してスマートフォンで一度撮影し、それから指紋をつけないよう注意深く封筒を拾って、ブレザーの内ポケットにしまう。

上に戻ろうとしたが、崖の最上部が反り返っていて普通のやり方では登れなかった。降りるのはできても、登るのはさすがに初心者には無理なようだ。

「古橋！」僕は頭上に呼びかける。「登るのは無理だから、いったん岩場まで降りる。収穫はあった」

返事はない。説明もなく崖を下りたことに怒ったのだろうか。だとすると、彼女もそれほど感情に乏しいというわけでもないんだな――そんなことを思いながら、僕はゆっくりと岩場に向かって下降する。

岩場に無事着地してザイルを外していると、やがて古橋が息を切らしてやってきた。

岬からいったん海岸道路まで戻り、岩場沿いを通るランニングコースを走ってきたらしい。彼女はザイルを回収中の僕に近づくと、足を止めていきなりぐっと右手の肘を引く。

どん。

みぞおちに一発、いいのをもらった。なかなか腰の入ったパンチだ。

「なに……考えてんの……。ろくに確かめもせずに、あんな……」

僕はしかめ面で腹をさすりつつ、戦果の封筒を見せる。

「驚かせて悪かったよ。ただ、これが岩の隙間に挟まっていた。伊藤の遺書だと思う」

二発目を打とうとしていた彼女の手が止まった。なんとか話題の切り替えに成功し、僕らは乾いた岩に移動して慎重に中を確認する。

封はされていなかった。手書きの筆跡は見覚えのある丸い字で、内容的にも伊藤の書いた遺書に間違いないようだ。

「なぜ伊藤さんの遺書が、あんな場所に？」

彼女の問いかけに、僕は黙って封筒の汚れを見つめる。

「葛西だ」

「え？」

「葛西の、指紋だ」

僕の目は、封筒の指の跡に釘付けになっていた。それは女子のものにしては一つ一つが太く、間隔も広い。

彼女も指紋に気づいた。それから岬の岸壁を見上げ、

「……そうか」

と、呟く。

「あくまで、仮の話だけど——それが葛西先生の指紋なら、こんな仮説が成り立つね。

まず、先生は、何かの拍子で伊藤さんの飛び降りを偶然目撃した。

たぶん岩場沿いのランニングコースでも走ってたんだろう。ジョギングが趣味だから。それで慌てた先生は、自分の立場が悪くなることを恐れ、真っ先に保身に走った。具体的には彼女の自殺を事故に見せかけようとして、岬の上に行って靴と遺書を処分したんだ。医者や救急車を呼ぶこともなく——ね」

その推測には虫唾が走った。同時に僕は、いきなり手際よく仮説をまとめ始めた彼女に内心驚く。クラスで成績はそれほど目立つほうではないが、こういう議論が好きなのだろうか。

「……なら、なんで岬には伊藤の足跡しかなかったんだ？」

「それはもちろん、先生が雪の積もっていないルートを通ったから。つまり——『岬の岸壁』をね。先生はボルダリングのジムに通っていたし、さすがに現場に自分の足跡を残すほどバカじゃない」

ボルダリング——フリークライミング。体力自慢でクライミング経験もある葛西なら、僕には無理だったあの岸壁を登り切ることも不可能じゃなかっただろう。

「それで先生は崖を登り、靴と遺書を取って、また降りた。この遺書はその降りる途中で気づかないうちに落とし、それが岩の隙間に挟まった」

「……じゃあなんで、伊藤はわざわざ岩場に飛び込んだんだ？　自殺なら入り江側に飛び込めばいい」

「伊藤さん自身は、岩場に飛び込んだつもりはないよ。もっと潮位の高いとき——岩が海面に隠れた状態のときに、飛び込んだんだ」

「しかしそれじゃ、目撃証言と合わない」

僕は眉をひそめる。

「漁師が飛び降りを見たのは、満潮よりずっとあとの日没時だ。その二十分前から岩場はとうに見えている」

「だからそれも、先生の偽装」

彼女は身を屈め、足元に手を伸ばす。

「先生は伊藤さんの振りをして岬に立ち、目撃時刻を後ろにずらしたんだよ。まさに、岩場が露出した時間帯に彼女

が落ちた、と証言させるためにね。たぶん漁船が出港するのを見て、咄嗟にこの時間差トリックを思いついたんじゃないかな。東の入り江から岬を見れば夕日の逆光で人影はシルエットになるし、それなりに目立つだろうから気づいてもらえる可能性は高い。

きっと伊藤さんが飛び降りたのは、まだ岩が海面下にある、日没三十分前あたり。その程度の時間差なら、死亡推定時刻内に収まると踏んだんだろうね」

彼女の手が砂浜を探り、やがて巻貝の殻を拾い上げた。それを掌に載せ、品定めするようにじっと見つめる。

「あと、ついでに補足するなら――岩場が露出しているときでも波は来るから遺体は濡れるし、逆に岩場が露出してなくても、海面のすぐ下にあるなら串刺しになる。つまり岩場の露出時とそれ以外で、遺体の状態にあまり差はないってこと。また先生が登ったあとには崖上の雪に痕跡が残るけれど、それは伊藤さんの靴を使って上から再度靴跡をつけて消すなどすれば、ごまかしは可能。そしてその靴は遺体に再び履かせた。岬に人の来ないこの時期だからこそ、これだけの工作ができたんだろうね」

しばらく、僕の耳には波と鳥の音だけが響いた。

やがて僕の中で、すべての疑問がスッと氷解する。そうか――そういうことか。僕は納得して腰を上げると、足元に落ちていた小石を拾い、砂浜と岩場の境界までふらりと歩く。

「あいつ――」

大きく腕を振りかぶり、力まかせにぶん投げた。

「そんなに善人面、したかったのかよ!」

小石は緩い放物線を描き、海面から突き出た岩に当たる。一度高く跳ね上がり、暗い波間に落ちた。

「……ありがとう、古橋。僕一人だったら、ここまですっきりと答えは出なかったかもしれない」

すぐに返事はなかった。振り返ると、彼女が膝を抱えてこちらを見ている。

先ほどの貝殻と同じく、品定めするような目だった。その眼差しに僕がやや戸惑いを覚えていると、彼女はさりげなく視線をそらし、膝がしらの間に顎を載せる。

掌を広げ、貝殻を砂の上に落とした。

「――いいえ。どういたしまして。私は傍観者だからね。物事の道理は、傍観者のほうがよく見えるんだ」

指紋はやはり、葛西のものだった。

僕の発見は学内外でちょっとした騒動となった。その結果、今度こそ伊藤の死は自殺と認められ、葛西の評価も大きく下がった。存続が決まっていた「できる会」の方針にも、改めて見直しが入った。

和田みたいな「葛西信仰派」には僕は最後まで目の敵にされたけれど、伊藤と同様、「できる会」のやり方で精神的に追い詰められていた生徒がやはり何人かいて、彼らからは「ありがとう」と陰で個別に感謝された。

伊藤もこれで少しは浮かばれただろうか、と僕は思った。


騒ぎもひと段落した、一月下旬のある日。

僕が下校しようと自転車置き場にやってくると、見覚えのある人物がいた。

古橋だ。

自転車のサドルに横向きに座り、じっと空を見ている。

その日は午後から雪がちらついていた。なので最初はその雪を眺めているのかと思ったが、よくよく見ると彼女は大きく口を開け、落ちてくる雪を舌で受け止めている。

遊んで……いるのか？

なんだか見てはいけないものを見てしまった気がして、僕はつい立ち往生した。すると彼女が気づき、途端に「あ——」とバランスを崩して自転車ごとひっくり返る。

「——や、やあ。奇遇」

蛙みたいな無様な格好で、彼女が気丈にも言った。

ここまでぎこちない偶然の装い方もなかなか見ない。僕はひとまず「ああ」とだけ答えて彼女を助け起こし、ついでに倒れた自転車も戻した。

それから自分の自転車を取りに行き、校門に向かう。当然のように彼女もついてきた。雪のこともあり、自然と自転車を押して並んで歩く形になる。

「……古橋も、今帰り？」

「うん」

「部活は？」

「ない。帰宅部だから。東は……今日は部活、休みだよね。帰って何するの？」

「買い物。雁屋にせがまれて、千座(せんざ)に登山用品買うのに付き合ってくる」

千座というのはここから二駅離れた繁華街だ。古橋は「ああ、千座にねー……」と返すが、そこで早くも話のネタが尽きたのか、ぷっつりとバッテリーが切れたように押し黙る。

「……あのさ」

横断歩道を一つ渡ったところで、いきなり古橋が真面目くさった顔で言った。

「薊って、すごいギザギザした名前だと思わない？」

いったい何の話だ、と思った。

「あっ、その――古橋薊、っていうのが私のフルネームなんだけどね。その私の名前の由来の話。うちの父親がね。母親から妊娠したって電話が来たとき、ぱっと足下見たら、道端に薊の花が咲いてたって。それで薊ってつけたって――でも薊なんて、普通どこにでも生えてるものでしょ。だからそれを聞いて私、ああ、なんか雑だな、って思っちゃって――」

僕は少し笑い、それからふと足を止めた。

「なあ、古橋」僕は言う。「何か話したいことがあるなら、言えよ」

彼女はやや面食らった顔をした。

僕より若干遅れて立ち止まる。なかなかこちらを振り向かなかった。いきなり失礼だっただろうか。しかし普段人を避けている彼女が、用もなく僕の帰りを待つとは考えにくい。何か話したいことがあるのは明白だ。

「うん。わかった、言う」

やがて覚悟を決めたように、彼女は振り返った。

「葛西先生は、東が殺した」

僕は一瞬、目を見張った。

「――かもしれないと、思った。最初は」

冬の凛とした空気の中、僕は彼女としばらく対峙する。

やがて僕はふうと肩の力を抜くと、再び自転車を押し始めた。

「何を言い出すかと思えば……」

「ごめん。話の切り出し方がよくわからなくて。だって東には動機があったから。伊藤さんのこともだけど、高山くんの不登校の件でも、東は先生に不満を持ってたよね？　東がクラスで一番――ううん、倉ノ浜高校で一番、先生を嫌ってた」

よく見てるな、と僕は思った。

「で、今はどう思ってるんだ？」

「少なくとも、東は殺してない。そう思ってる。だって東に、あの形で殺すのは無理だから」

「どうして、僕には無理なんだ？」

「だって、東は登れなかったから」

彼女は即答する。

「あの形で故意に殺すには、まず先生を何かの口実で岬に呼び出したあと、どうにかして崖上から転落させ、その後に靴とスマートフォンをその転落場所に戻さなきゃいけない。
でもそれには、どうしても一度岸壁をよじ登ることが必要。岬に行く通常のルートには、もう先生の足跡がついてしまっているから。仮に東が先生の靴を履いても、同じ足跡を寸分違わず辿るのはまず不可能だし、岬には金網フェンスがあったから、先生を眠らすなどして担いで行ったとも考えにくい」

僕はハンドルから片手を外し、裸の指に息を吹きかけた。雪で気温が下がってきたのか、吐く息が白い。

「今なら、ドローンを使うという手もあるんじゃないか」

「東は持ってるの、ドローン?」

いいや、と笑って答える。

「仮にドローンを使うにしても、きちんと自殺に見える形で遺品を戻すのは至難の業だよ。ちなみに雪は午前中には止み、十五時に漁船が見たとき岬は無人だったから、雪が止む前に岬に来て待ち伏せする、という手も除外される。
とにかく――東は殺してない。東にあの形で殺すことは不可能。私はそう確信する」

なるほど、と僕は納得した。

もちろん僕が殺人犯でないことは僕自身が百も承知だが、彼女がどういう考えでそう結論付けたかに興味があった。

彼女の指摘を受け、僕はふと自問してみる。もし僕にあの岸壁が登れたら――そしてその方法を思いついていたら、僕はそれを実行しただろうか。

答えはもちろんノーだ。けれどその答えに、彼女ほどはっきりとした論拠はない。

「だけど――」

と、彼女は続けた。

「東は、降りることはできたね」

急に、周りの音が遠くなった。

「……ああ」

僕は答える。

「だから?」

「だから――だから東には、もう一つ、先生を断罪する方法が残っている」

彼女は犬のように頭を振り、髪にまばらに積もった雪を落とした。

「伊藤さんのケースとは真逆に、事故を自殺に見せかける、という方法が」

　僕はしばらく、返事をしなかった。

　気付くと手前に信号があった。僕より少し前にいた彼女が立ち止まり、歩行者用ボタンを押す。

「私が間違っていたら言って。私の考えでは、先生は本当は自殺ではなくて、事故死。先生は伊藤さんのとき、遺書を崖の途中に落としたことにあとから気付いた。けれどそのときは取りに戻る余裕はなかった。なので心中やきもきしながら機会を待ち、ほとぼりが冷めたころに再び取りに行った。そして隠れて崖を登る途中で、ミスって落ちたんだよ。

　それを東は偶然目撃した――いや、偶然と言うにはタイミングが良すぎるから、もしかしたら先生に不信感のあった東は、こっそり動向を監視していたのかな。それで転落現場に居合わせ、その事故を自殺に偽装することを思いついたんだ」

　僕は答えない。僕が殺人犯でないという彼女の最初の推理に、すっかり油断してしまっていた。

　ここで返事しないということは、ほぼ彼女の言い分を黙認したも同然だ。

　それがわかっていても――答えられない。

「方法はこう。まず東は、岩場に落ちた先生の遺体から靴とスマートフォンを取り、スマートフォンに遺書を打ち込む。ロックが指紋認証なら、死亡直後の遺体の指を使えば解除できる可能性は高いね。

　そして先生の靴を履いて岬に登り――先生が崖を登る途中で落ちたのなら、この時点ではまだ岬に誰の足跡もついていない――靴とスマートフォンを、自殺に見えるよう再配置。それから崖を下り、現場を離れる。

　さすがにそのまま崖を下るのは無理だろうから、きっとザイルか何かは使っただろうね。取りに行く時間はなかったろうから、それも先生の持ち物だったのかな。先生は崖に探し物に来ていたんだから、ザイルの準備くらいあってもおかしくない。そしてそのザイルは東が崖下から回収し、持ち帰った――逆に言えば、その先生が持っていたザイルを見て、東は今回の偽装方法を思いついた。そういうことかもしれないね」

　信号が青に変わる。彼女が歩き出す。雪まじりの風が吹き、彼女の後ろ髪を悪ふざけのように巻き上げる。

「遺体がうつ伏せだったのは、落下中に先生が苦し紛れに身をひねったから。ちなみに雪の跡のごまかし方は伊藤さんのときと同じ。岩には多少ザイル跡がつくかもしれないけれど、警察は遺書で自殺と判断できるのだから、自殺の名所でいちいち岩の傷なんて調べないし、海風による風化の跡とでも思えば目にも留まらない」

「けれど」

と、僕はそこでようやく反論した。

「なら、あの『崖の向こうにジャンプした』という目撃証言は一体なんだったんだ？　葛西が崖を登る途中で落ちたのなら、飛び降りなんて目撃されるはずがない」

「それももちろん、東の偽装だよ。先生と同じくね。東は釣り船が近くに来るのを待って、飛び降りを印象付けるためにわざとジャンプしてみせたんだ。当然ロープは隠し持ってね」

「なぜ、そんな偽装の必要がある？　誰も見ていないときに、葛西は飛び降りた。それで十分じゃないか。自殺の根拠なら遺書があるし、わざわざそんなリスクを冒してまで目撃させる理由がない」

「だから、理由は先生と同じ。東は飛び降り時刻を後ろにずらしたかったんだ」

「その理屈はおかしい」必死に食い下がる。「葛西が伊藤の飛び降りた時刻をずらした理由はわかる。岩場の露出した時間帯にして、自殺を事故のように見せかけるためだ。けれど、今の目的は事故を自殺に見せかけること。岩場が隠れた時間帯にずらすならともかく、今回の目撃時刻には同じく岩場は露出していた。ずらす意味がない」

「意味はあるよ」

古橋はあっさり言った。

「だって飛び降り時刻より、スマートフォンの遺書のメモの更新時刻のほうがあとだったら変でしょう？」

一瞬言葉に詰まり、代わりに息が漏れた。

「それ」

と、続けて彼女は、あまり気乗りしないふうに僕のハンドルを握る裸の手を指さす。

「本当はしてたんでしょう、手袋？　タッチパネルにも反応するタイプで、スマートフォンに指紋が付かないよう、東はそれを嵌めたまま遺書を打ち込んだ。でもそのとき、代わりに手袋に葛西の血が付いた。それで処分した、ってところかな」

僕は苦笑しつつ、かじかんだ右手を左手で覆い隠す。

認めざるを得なかった。彼女はすべてを見抜いている。

僕のつたない偽装工作から、その細部への気の回し方まで――すべてを。

「検死による死亡推定時刻の間にメモの更新時刻があった

ら、警察はその点を疑うかもしれない。だから東は飛び降りた時刻を確定させるため、わざわざあとの時間帯に目撃させたんだ。

ちなみに私が気づいた一番のきっかけは、東が崖を下りようとしたとき。あのとき東は岩にザイルを引っ掛けたあと、その岩の強度をろくに確かめもせず崖を下りた。最初に私に、このへんの岩は脆いから注意しろ、って忠告してたにも拘わらずにね。つまり東はその岩なら大丈夫、って知ってたってことだよ。

あとはそこからの推論。まあ実際に考えがまとまったのは、家に帰ってからだけど」

彼女はいったん言葉を止め、思い出したように雪を見上げる。

「……最後に、一つ補足。仮にこの方法で東が故意に先生を落として殺そうとしても、登攀中の転落なら普通は背中から落ちるだろうし、背中から落ちた遺体を自殺と言い張るのは難しい。だからそんな計画は立てづらい。なのでやっぱり、東の計画殺人説は却下——東はあくまで偶然うつ伏せに落ちた先生の事故を利用しただけ。そう私は考える」

ふと、肌に当たる風が消えた。いつの間にか歩道用のトンネルに入っていた。二台並ぶにはやや幅が狭い。古橋が前に出て、僕はそのあとに引きずられるようにして続く。

暗いトンネル内に、カラカラと二台の自転車のラチェット音が反響した。

「……すごいな、古橋」

ややあって、彼女は小さく頭を下げた。

「どういたしまして」

トンネルを出ると、本格的に雪が降り出していた。

視界が灰色に煙っている。これはさすがに傘が必要だろう。そう思って立ち止まると、古橋がそのまま雪の中に足を踏み出したのでぎょっとした。僕は慌てて折り畳み傘を取り出し、彼女を追って頭上に傘を差し出す。

彼女は傘に気づくと、少し驚いた顔をした。僕を見て、「ありがとう」と小声で呟く。

「……ねえ」

並んで歩き出すと、おもむろに彼女が訊いてきた。

「東はいったい、何がしたかったの？」

僕はしばらく黙った。

「僕は……告白させたかったんだと思う」

「告白？」

「ああ。葛西に……あいつの、罪を」

——僕は葛西に、自分は間違っていたと言わせたかった。

己の承認欲求を満たしたいだけのあいつの行為が、一人の生徒を自殺に追い込んだと、あいつ自身に認めさせたかった。

葛西に自分は善ではないと思い知らせたかった。それはもちろん、あいつが生きている間に成し遂げたいことだった。しかしあいつが自ら墓穴を掘ってしまった今、その義憤の拳に振り下ろし先はない。

だからせめて、後始末だけでもと。

「僕は……間違っていただろうか」

それは、彼女に訊くことではなかったかもしれない。けれどそのとき僕には、彼女がまるで最初から僕を裁くためにそこにいる審判者のように思えた。今回の一部始終を、傍から観察していた傍観者。

彼女がこの罪の告白を不問に付すというなら、それでいい。もし警察に話すというなら——その判決を、僕は粛々と受け止める。

彼女の口元には、しばらく白い息しか見えなかった。

「私は……」

やがて彼女は言った。

「別に、間違ってはいないと思う。先生にはそういう卑怯な面があったことは確かだし。東は私利私欲で動いたわけでもないんだし。東のおかげで『できる会』の問題点も明らかになったし、それで救われた生徒だっている。東は第二、第三の伊藤さんの出現を防いだんだ。そのことはむしろ誇っていい」

彼女が細い目で僕を見た。

「だから、東は何も間違っていない。あくまで間違っていないという前提で、聞いてほしいんだけど——」

一拍置き、僕に告げる。

「伊藤さんのお母さんが、昨日自殺を図った」

僕の手から、傘の柄が滑り落ちた。

「なん……だって?」

「個人情報だから他言無用で。矢代の母親がね、看護師をやってるんだ。あの西浜(にしはま)近くの総合病院で。それで昨晩、夜勤の母親が忘れ物をしたとかで、病院に届け物に行って。そしたら急患で、伊藤さんのお母さんが運ばれてきたって。ガス中毒だって——今朝、そう連絡が来た。どうにか一命はとりとめたそうだけど」

ガシャン、と音が響いた。僕の自転車が倒れる音だった。ハンドルが土止めのコンクリートにぶつかり、その壁に薄く積もった雪の上に、ずりずりと線を描く。

「なんでだよ。なんで、自殺なんか……」

「その理由は、東なら答えられるはずだよ」

雪の向こうから、古橋の優しくも厳しくもない声が聞こえる。そう――それは、その通りだ。僕にはわかっていた。僕ははっきり認識していたはずだ。葛西は、娘の自殺を認めたくない母親の気持ちにつけこんで、それを利用したと。

それを、利用できたということは。

そこにつけ込まれるほどの弱さがあったということは。

紛れもなく、弱さの証ではなかったか。

「僕のせい……なのか」

声が震える。

「僕が遺書を、見つけてしまったから。伊藤は正真正銘の自殺だって、暴いてしまったから」

「責任の所在というのは、判断が難しいね」

彼女は穏やかに言った。

「それは周囲の問題かもしれないし、究極的には自殺を選んだ本人の責任、ということになる。けれどももし、東の発見が自殺の引き金になったかと聞かれれば――答えはイエスだ」

彼女が自転車のスタンドを立てて止め、落ちた傘を拾い上げる。

「自分の子供が自死を選んだと聞いて、ショックを受けない親がいるものか。伊藤さんの『はるか』という名前はね、東――これも私は盗み聞きしただけだけど――どこまでもはるかに、広い世界で生きて欲しいというご両親の思いがあったらしいよ。うちの親とは大違いだ。けれどその優しい思いが、学業への厳しさという形で現れ、結果として我が子のはるかに広がるべき世界を道半ばで閉ざしてしまった。その事実に気づいたとき、親の嘆きはいったいどれほどだったろうね」

彼女が僕の頭上に傘を差し出す。僕はその顔をまともに見られなかった。うつむく視界の端で、斜めに吹きつける雪が、彼女のスカートを片側から白く塗りつぶしていく。

「僕は……こうするのが正しいと思ったんだ」

「だろうね」

「僕は、この世の不条理が許せなかった。間違ったものが間違ったままで許されるこの世界を、許したくはなかった

「……」

「そうだね。わかるよ。だから何度も言っているように、私は東が間違っていたとは思わない。ただ——自分が正しいと信じて疑わなかった行為が、思わぬところで犠牲を生んだ。その点では、東も先生と同じだ」

僕は、葛西と同じ。

それは、僕への最後のとどめとなった。


気づくと雪が弱まっていた。古橋はもう必要ないと踏んだのだろう、傘を畳み、相変わらず表情の読めない顔で僕を見つめている。

「僕は……どうすれば、よかったんだろうな」

「さあね……」と、彼女は突き放す。「そんな質問、私には答えられないよ。私はただの傍観者だから。

でもそれはきっと、誰にだって答えられない。正義は人の数だけあるし、個人の勝手な行動が招く結果なんて、どんなコンピューターにも計算不可能。

前に私は『広い世界』と言ったけど、その広さは希望であると同時に、脅威だ。世界は広くて、複雑で、難解だ。何が正しいかを本当にわかっている人なんて、きっとこの世に一人もいないんだ」


彼女の言葉に、いちいち僕はうなずかざるを得なかった。

確かに僕は間違ってはいなかったが、正しくもなかった。

僕が求めた正しさは、ちっぽけな世界の正しさだった。僕が振りかざそうとした青臭い正義は、僕が想像するよりはるかに複雑怪奇な現実の関係性に呑まれ、弾かれ、翻弄され——嵐に巻きこまれた木の葉のように、存在ごとどこかへ吹き飛ばされてしまった。

僕は世界の複雑さに、敗北した。

みじめなまでに。

「本当に……格好悪いよ」

古橋が駄目押しのように言った。

つと、傘が転がった。雪の中で、彼女が何かを言いたげに佇む。

一瞬の躊躇いのあと、彼女は急に思い切ったように大きく前に踏み出し、いきなり僕の胸倉を摑んでガン！　と胸に額をぶつけてきた。

「東は今——一、番、格、好、悪、い」

え？　と戸惑った。また殴られるのか——そう思って身構えた直後、彼女が続いて囁いた言葉に、僕は指の先まで硬直する。

いや……まさか。幻聴だ。でもそういえば、最初の最初に、彼女は——。

雪が、彼女の髪にちらついた。

「好きだよ。東」

さかなの子

木江(きのえ) 恭(きょう)

1988年神奈川県生まれ。上智大学卒業。第39回小説推理新人賞に応募した「ベアトリーチェ・チェンチの肖像」が奨励賞に選ばれ、「小説推理」2017年8月号に掲載される。2019年、同作を含む短編集『深淵の怪物』で単行本デビューを果たした。本作「さかなの子」の初出は「小説推理」2019年8月号で、『深淵の怪物』に収録されている。なぜ〝釣りの穴場〟として知られる堤防に、男の殴殺死体はわざわざ運ばれたのか？　その意外な動機が明らかになれば、自ずと犯人像も浮かび上がる。露悪的にふるまう探偵役も異彩を放つ逸品だ。（K）

鼻先を掠める風が、春特有の青臭さと潮の匂いを運んでくる。

　残照がアスファルトを濁ったオレンジ色に染めている。四月の終わりとはいえ、日が傾き始めると昼間の暖かさが嘘のように冷え込む。私はスーツの上着を搔き合わせ、古びた木造アパートの一〇四号室のドアチャイムを押した。

　少し待つとドアが細く開き、窪田眞魚（くぼたまお）が顔を覗かせた。中学二年生にしては背が高いが体つきはまだ薄く、顔立ちもあどけない。

「先生」

「よお。これ」

　鞄からA四判の茶封筒を取り出す。一週間分の配布物をまとめて眞魚に渡すのは、ここ半年ほど続く習慣だ。眞魚は体でドアを押し開き、うつむきながら封筒を受け取った。

「すみません、いつも」

「何言ってんだ、教師として当然のことだろ」

　眞魚は小さくうなずいた。視線は足元に落としたままだ。あんな事件のあとだからすぐに回復するとは思わないが、先週訪れた時よりも気落ちしているのが気になった。

「どうだ、ちゃんと飯食ってるか？」

　わざと明るい調子で問いかけてみるが、はいと応じる眞魚の表情は硬い。

「明日、また伯母が来てくれるそうです。部屋の片づけと、あと色々、手続きとか」

「そうか。よかったな」

「早ければ来週、引っ越すと思います」

「……そうか」

「はい」

　ぼそぼそと喋る眞魚の顔を夕日が斜めに横切っている。うっすらと産毛の生えた頰は乾いて荒れ、目元には隈が浮かんでいる。

　そうか、いや、考えてみれば当然のことだ。

　唯一の肉親であった父を亡くした少年が一人でこの町に留まる理由はない。話を聞く限り、今まで縁の薄かった父方の伯母夫婦は眞魚を気にかけているようだ。彼らに引き取られるのが最善だろう。

「まあ、引っ越す前に教えてくれよ。何か手伝えることがあればやるから」

眞魚は何か言いたげに口を開きかけて、結局無言のまま閉じた。もともと口数の多い少年ではないが、今日は一段と寡黙だ。

じゃあな、と言って一歩下がると、眞魚は礼を言いながらドアを閉じた。鍵をかける金属音が耳障りに響く。

歩き出そうとして、こちらに歩いてくる住人らしい中年女性と目が合った。一〇二号室の前に立った女性は私に会釈をしかけて、はっと顔色を変えた。私がいるのが一〇四号室の前だと気づいたのだろう。好奇心と猜疑心の入り混じった愛想笑いを浮かべると、逃げるように部屋に入っていく。

そうだな、眞魚。お前は早くここから出たほうがいい。

アパートの敷地を出ると、汚れたコンクリート塀に折り畳み式のゴミステーションが括りつけられている。アルミ製の骨組みに青いネットが張られていて、組み立てると横長の直方体様になる。カラス除けのために、去年から町内会で一斉導入されたものだ。今はぺたりと畳まれて所在なげなゴミステーションの上に、黒い物体がぶら下がっている。

逆さ吊りのカラスの模型。これも町内会でカラス対策にと配られたものだ。プラスチック製の安っぽい作りだが、薄闇の中では本物のように見えて不気味だった。

ふいに潮っぽい風が吹きつけて、私は首をすくめる。見せしめに吊られたカラスは風になぶられるまま左右に揺れ、塀にぶつかってコツコツと空っぽな音を立てている。

眞魚の家から自宅まで二十分ほど歩くうちに、寒さを感じるどころか背中が汗で湿ってしまった。

石浜（いしはま）町は、人口一万人ほどののんびりとした海沿いの町である。都心から片道二時間以上かかるこの町は観光地としてもベッドタウンとしても中途半端で、海水浴客や釣り人が日帰りで訪れる程度だ。町のほとんどは住宅地が占めている。

私の勤め先は町で唯一の公立中学校で、内陸側に位置する。対して眞魚のアパートは海から歩いて五分ほどの沿岸部だ。そして私の家はそのちょうど中間にある。そのため、学校から眞魚の家に寄って自宅に帰ると正味一時間近く歩き回る計算になる。しかも石浜町は坂が多く、「家から見えるコンビニにも車で行く」文化が根付くほどだ。生徒から「おっさん」と呼ばれるようになった三十歳の、それも仕事帰りの身体はすでにくたくただった。

さらに悪いことに、自宅の二軒手前からでもはっきりと聞き取れる大声が疲労を倍増させた。

「いや、これはおれのじゃない、甥っ子の車さ。おれはめったに車は乗らないんだ、足が鈍るからな」

自宅で同居している伯父の俊治の声だった。御年六十五、しかも去年胃の腫瘍の手術をしたとは思えない、通りの良い声だ。さすが四十年間教員として勤め上げただけのことはあり、その点は同業の後輩として素直に尊敬している。しかしあの声は、日常生活で聞くには少々ボリュームが大きすぎる。

見慣れた一軒家に近づくにつれ、伯父の声もどんどんクリアになる。一年前までは同居していた私の母——伯父にとっては妹——の小言のおかげでまだ声量も抑え気味だった。しかし、母が通院のために私の姉夫婦の住む隣県に越して以来、伯父の声は野放しだ。隣家の八重桜がひっきりなしに花を散らすのもこの大声のせいではないかと、現実逃避の一つもしたくなる。

「待たせて悪いな、そろそろ帰ってくるはずなんだが。正人の奴、人が好いといやあ聞こえはいいが要するに要領が悪いんだ。だから余計な仕事だの面倒な役回りだのを押し付けられてよ、今日だってどうせ」

「ただいま帰りました」

延々と続く台詞を遮るために門の外から声を張り上げると、玄関前に停めた車に寄りかかっていた伯父が振り向いた。二年前に退職してから急に白髪が増えたがまだ頭髪は豊かで、がっしりした体やぎょろりとした目つきも力強い。

伯父の横には見知らぬ若い男が立っていた。誰かと尋ねる暇もなく、伯父が声を上げる。

「おお正人、遅かったな」

「まあ、色々と、仕事で」

「仕事ってお前、またあの家に寄ったんだろう。何で断らねえんだ。ああいう問題児は担任が責任持って面倒見るべきだろうが、それを関係のないお前がどうして」

「それ、どうしたんだよ」

気を逸らすために伯父の足元のゴミ袋を示す。結んであったらしい口がほどかれて、生ゴミの中に小さなペットボトルが転がっているのが見える。

「これか？　山内さんとこのだよ」

伯父は顔中にしわを寄せるように顔を歪めた。

「今朝のゴミだ。生ゴミに違うモンを混ぜるなとあれだけ言ってるのに、あの家は全然言うことを聞かん」

「たまたま間違えただけだろ。それより、人のゴミを漁るのはやめてくれって」

「ルールを守らん奴が悪いんだろう。こういうのは誰かがつんと言ってやらんといかんからな、それで一言注意しに行こうと思って、ああ」

　そこでようやく伯父は、横で私たちを傍観している男の存在を思い出したようだった。

「東京から来た記者の霧島さんだ」

「霧島です」

　男は軽く会釈して、にっと笑って見せた。差し出された名刺には「週刊レアリティ　記者　霧島ショウ」と書かれていた。気取った名前だ、ペンネームだろう。

　霧島は、私と同世代か少し年下に思われた。背は高く痩せ型、カーキ色のジャンパーにデニムパンツ姿とカジュアルな服装だ。パーマがかかったようなくしゃっとした髪形や肩かけのトートバッグはいかにもしゃれた雰囲気で、記者よりライターという言葉が似合う。大きな口はピエロのように横にぐっと引き伸ばされて、一見愛想のよい表情だ。しかし頬の筋肉は微動だにせず、目も笑っていない。

　何だか嫌な予感がした。そもそも週刊誌の記者が我が家に何の用だ。

「それで、霧島さん、ご用は」

「例の事件のことだってよ。堤防の」

　伯父が口を挟む。

「伯父さん」

「ひでえ事件だよな。金属バットでボコボコだろ？　金物屋の吉田さん、現場見に行ってそのまま寝込んじまったってさ。それから角のコンビニの若いのが」

「伯父さん！」

　生徒を叱る時さながらに声を張ったので、やっと伯父にも私の声が届いたらしい。さすがにばつが悪いのか、足元のゴミ袋を拾ってそそくさと私の横を通り抜ける。

「じゃあ正人、おれは山内さんのところに行くから」

　伯父の勝手は今に始まったことではない。私は思わずため息を漏らす。しかし考えようによってはこのほうがいいかもしれない。山内さんの奥さんは温厚で話好きだ。しばらく世間話でもして、うまく伯父を宥めてくれるだろう。

　くすくす、と霧島が笑い声を立てる。こちらの注意を引くためだと示すような、わざとらしい声色だった。

「お元気ですねえ、とても熱心な方だ」

「ええ、まあ」

「長いこと先生をされていたと聞きましたが、今でもまるで現役だ。ああ、あなたも先生なんですよね、浜崎先生」

「ええ。中学校で教えています」

「なるほど。健康的ですね」

「え？」

戸惑う私に霧島は得意げな顔をして、車のボンネットに張り付いた桜の花びらを拾った。隣家の八重桜だろう。ピンク色だったはずの花びらは茶色く萎びている。

「これ、先生の車なんでしょう。なのに先生は通勤に車を使ってらっしゃらない。ここから中学校まで歩くのは大変でしょうに。途中に坂道もあるし」

「ええ、まあ」

「車での通勤をおやめになったのは最近ですか？　いつ頃から？」

頭の奥がじわじわとしびれるような感覚があった。

どうしてそんなことを聞くんですか？　いきなり失礼じゃないですか？　あなたには関係ないでしょう。

突っぱねる言葉ならいくつも思い浮かんだが、結局それら全てを却下した。

単なる世間話と言われればそれまでだ。過剰に反応するほうが不信感を煽るだろう。

「……二週間ほど前、ですかね」

「そうですか、へえ」

霧島はうっすらと笑って、ありふれた形の白のセダンをじろじろと眺めている。ぶしつけな視線を断ち切りたくて、腹に力を入れて声を出す。

「あの、失礼ですが、ご用件は」

「いえ、全然失礼じゃないですよ。僕もその話がしたいところでしたので。でも先生も大体見当がついてらっしゃるんじゃないですか」

喋りながら霧島は微笑んでいる。先ほどの愛想笑いよりは、幾分楽し気に見える。

「さっき俊治さんが話した、例の堤防の殺人事件。もちろん先生もご存じでしょ」

「……ああ、まあ、それは、地元のことなので知ってはいますが。そのためにわざわざ？」

二週間前、事件と言えば空き巣か暴走族の小競り合いがせいぜいのこの街で起きた殺人事件。とはいえ全国区で大々的なニュースになるような派手なものではなかった。

それなのに霧島はこんな郊外まで足を運んだというのか。紙面を埋める賑やかしの記事のネタ集めか。それとも、わざわざ取材記事を書くだけの疑問や証拠を摑んでいるとでもいうのか。

「ええ、ちょっと気になることがありまして、それで先生にお話を伺いたくて」

「気になること？　私に？　でも私は事件とは」

「窪田眞魚くん」

穏やかだが、何処かひやりとした声色と視線だった。

「変わった名前ですね」

「何故、知って」

眞魚は被害者遺族でしかも未成年だ、実名報道はされていないはず。いや、仮にもメディア関係者ならば簡単に探り当てることができるのかもしれない。

しかし眞魚の存在と名前を知ったとして、何故私に話を？　担任教師でもない私と眞魚には表向き接点はない。毎週金曜日に私が眞魚を訪問していることを知っている人物も限られているはず――とそこまで考えて見当がついた。

俊治伯父だ。家の前で話し込んでいた間に色々と聞き出されたのだろう。あの人に悪意がないのはよくわかっているが、余計なことを、と思わずにはいられない。

「ご用件はわかりました。とにかく、霧島さん、場所を変えましょう」

伯父には悪いが立ち話では済みそうにない。十五分ほど歩けば大通り沿いにファミリーレストランがある。二階建てでいつも混雑しているから、教師という職業柄知り合いの多い私でも目立たないはずだ。

霧島も異論はないようでこくりとうなずく。

「そうですね、立ち話もなんですし、ちょっと海までドライブしましょうか」

「は？　海？」

「ええ。実は現場の堤防を見に行きたくて」

「今から、ですか？」

私が乗り気でないのを察したのか、霧島はおもねるような表情になる。

「気分を害されたなら出直します」

あっさりと引き下がるかと思いきや、霧島はスマートフォンを取り出した。

「先に本人から話を聞くことにしますね」

「本人？」

「ええ、窪田眞魚くんから」

私は鞄から車の鍵を取り出して開錠した。ヘッドライトが短く光り、電子音がロックの解除を知らせる。

「先生？」

「助手席にどうぞ。……最低だ、脅迫なんて」

「脅迫なんてとんでもない、ただ職業柄いつもこんな感じで。先生はお優しいですね」

遠慮する様子もなく助手席に滑り込む霧島を横目に、後部座席に鞄を放り込む。

目的も素性もはっきりしない霧島を車に乗せることに不安はあった。しかし知らないところでこれ以上色々と嗅ぎ回られるよりはましだ。それに、今の眞魚にこの男を会わせたくない。眞魚の憔悴した表情が脳裏に浮かぶ。

まずは確かめる必要がある。この男が何を何処まで知っているのか。考えようによっては、人目のない場所のほうが好都合ともいえる。

運転席に座ると、助手席のシートベルトを締めた霧島が窓の外を指さした。

「あれ、何ですか、悪趣味ですね」

ゴミ捨て場のカラスの逆さ吊り人形だった。

「あれはカラス除けですよ。伯父の発案で町内会に配ったんです」

「へえ、悪趣味ですね」

霧島は平然と繰り返す。こちらの身内を貶す気まずさなど、微塵も感じていないようだ。

この男にまともな気遣いは期待できそうもない。ため息を飲み込んで、私もシートベルトを締めた。

眞魚の父・窪田武夫の遺体が堤防で発見されたのは先々週の日曜日の早朝だった。

発見者は長距離トラックの運転手だった。運転中、スマートフォンに家族からの着信があり、電話をかけ直すために海沿いの駐車場にトラックを停めた。車から出た運転手は、駐車場の先から海に向かって延びている堤防に目をやって、倒れている人間を発見した。運転手は慌てて救急車を呼んだがすでに手遅れだった。窪田武夫は頭部を鈍器で何度も殴打され息絶えていた。前日の深夜の犯行であったらしい。

運転手が窪田武夫の生死を確認しなかったのは、立ち入り禁止区域である堤防の出入り口が鉄柵と南京錠で封鎖されていたからだ。しかし実は鍵は壊されており、堤防に立ち入ることは可能だった。それは地元の人間なら誰でも知っており、犯人の特定には役立たない。警察は殺人事件として捜査を続けている。

地元では犯人が逮捕されていないことに不安の声が上がっているものの、東京の記者がわざわざ取材に訪れるような話題性があるとはやはり思えない。

車の中で霧島は一方的に喋り続けた。勝手にカーラジオを付けて流れてきたアイドルソングを批評し、ダッシュボードの設置カメラを見て最新のドライブレコーダーについて蘊蓄を垂れ、前の車のナンバープレートから数字の語呂合わせを捻り出す。とにかく一秒も黙っていない。それでいて事件に関係する話は何一つしようとしない、と思っていたら、ラジオで取り上げられた映画の話にさりげなく滑り込ませてきた。

「これ、先々週の土曜日の夜に地上波で放送されたんですよね。公開から二年も経ってやっとですよ。劇場でかなり稼いだからもったいぶったんだろうけど。先生見ました?」

「……いえ、その日は友人と飲みに行って、深夜に帰宅したので」

「ふうん、もったいないなあ。DVDでいいから見たほうがいいですよ、面白かったです」

「そうですか」

敢えて指摘は避けたが、先々週の土曜日は窪田武夫が殺された日だ。当日の私の行動、刑事ドラマらしく言うならアリバイという奴を確認したかったのかもしれない。ということは疑われているのは私なのか。あいにく友人三人との約束は先月から決まっていたことだし、利用した店はその友人の行きつけの小さな居酒屋だ。顔見知りが遅くまで居座ったことは店の従業員も証言してくれるだろう。

そんな話をしているうちに、現場の堤防前の駐車場に着いた。

運転席から降り、緊張で固まった肩を回して深呼吸する。潮騒の響きは穏やかだが、海面は黒黒としてブラックホールのようだった。すでに日は沈んで、空も海面と同じ暗い色に染まっている。

霧島はなかなか車から出てこない。まさか勝手に車の中を調べたりしていないだろうかと窓から覗き込むと、ちょうど目が合った。最新型の薄っぺらいデジタルカメラ片手に苦笑いを見せる。記者と言っていたから、カメラの取り扱いは不得意なのかもしれない。若者ぶった外見の癖に、と思うと少しは溜飲が下がった。

やっと助手席から出てきた霧島はぐるりと辺りを見渡した。

「明るいですね」

意外だ、と言いたげな声だった。ほかに車が見当たらない駐車場の十数台分のスペースは、道路脇の真新しい街灯にくっきりと照らされている。

「以前暴走族のたまり場になったことがあって、対策として街灯を設置したそうです」

「なるほど」

霧島はさっさと堤防に向かって歩き出した。私も後を追う。駐車場といってもコンクリートに白線を引き周囲をチェーンで囲んであるだけで、コインパーキングのようなロック板も精算機もない。ここから五分ほど歩いたところに小さな海水浴場があるので、夏場は海水浴客目当てに料金を取るようになるが、オフシーズンの今は無料だ。もっともシーズンになったところで、この駐車場がいっぱいになった光景など見たこともないのだが。

「寒い」

霧島が唸る。こればかりは私も同感だった。町中より風が強く冷たく感じられる。

駐車場は海沿いの道路から凸状に海に突き出している。長方形の駐車場を突き当りまで進むと正面に海が広がり、左方向に堤防が延びている。幅二メートルほどの細く古い堤防で、波が荒いことから立ち入り禁止になっている。

霧島は堤防の出入り口に近寄り、鉄柵を眺めている。高さ約三メートルの頑丈な鉄柵は堤防の出入り口をがっちりと塞いでいる。さらに柵を乗り越えるのを防ぐため、上部に金属の棒が棘のように敷き詰められている。柵は塗装が剝げ鳥の糞で汚れているが、南京錠は新しいものに交換されていた。警察が指示したのかもしれない。

「厳重ですよねえ」

デジタルカメラを構えた霧島が感心したように言うが、声が何処となくわざとらしい。それとも私の考えすぎだろうか。

「ええ、釣り人が入り込むので。色々とお調べになった霧島さんなら、その辺の事情はもうご存じでは？」

「それはまあ。釣り人の情熱ってのもすごいもんですね」

霧島は私の嫌味など歯牙にもかけない。

この堤防は釣り人の間で「クロダイの穴場」として有名らしい。そのため、立ち入り禁止にも拘わらず釣りをする連中が絶えない。五年ほど前までは堤防の入り口にロープが張られていただけだったが、釣り人の転落事故が頻発したことで鉄柵が設置された。それでも柵を乗り越えたり鍵を壊したりして堤防に入り込む釣り人も多く、いたちごっこが続いている。釣り人の安全はもちろん、釣りのゴミの放置や撒き餌による海水汚染と悪臭も地元を悩ませる問題だ。

今日の堤防は人気もなく静まり返っている。伯父によれば、事件が起きて以来釣り人はよりつかないらしい。それはそうだろう、ここは殺人事件の現場で、犯人はまだ捕まっていないのだ。いくら趣味に熱中していても命には代えられない。

「堤防は立ち入り禁止ですが海岸での釣りは自由なんですから、そっちで楽しんでくれればいいんですが」

「海岸ねえ」

霧島は鉄柵から離れ、駐車場の逆の端ぎりぎりに移動した。

駐車場の右手には砂利の浜が広がっており、海水浴には向かないが釣りを楽しめるように開放されている。干潮には沖の磯場で遊ぶこともできるので、家族連れも訪れる。とはいえ、こちらも今は無人だ。

霧島は砂利の浜に降りるための十段ほどの階段の最上段に足をかけ、下を覗き込む。

「ええ、確かに、こんな場所よりずっと絵になる」

「絵?」

「だってあの堤防じゃああんまりに……いえ、何でもない」

海岸を眺める霧島の斜め後ろに立つ。伯父のことを考えると、あまり長居はできない。

「話というのは何ですか? その、眞魚の」

「……ああ」

霧島は少し遅れて振り向いた。目つきがぼんやりしている。どれだけ集中して景色を見ていたのか。それほど面白い眺めとも思えないが。

「話、ええ、そうですね。先生に伺いたいのは、窪田武夫と眞魚のことです」

「どうしてですか?」

「どうしてって、何が?」

「霧島さんは何故この事件を調べようと思ったんですか? こういう言い方はよくありませんが、記者の方からすればありがちなつまらない事件でしょう。何が霧島さんの興味をひいたんですか?」

「ああ」

霧島は首を巡らせ、堤防に目をやった。

「何であそこなのかと思って」

「あそこ……堤防、ですか?」

「警察によると、被害者は堤防で殺されたわけじゃないそうです。何処か別の場所で殺害され、堤防に遺棄されたらしい。しかし何で堤防に? 寂れた場所の汚れたちっぽけな堤防。何でわざわざあんな場所に死体を置かなきゃならないんです」

この場所が寂れているのは確かに事実だが、それにしても好き放題言ってくれるものだ。

「さあ、人目につかないと思ったんじゃないですか？」

「それなら海に沈めちまえばいいんだ。そのほうが見つからない。どうしてそうしなかった？」

一理あるが、私が答えられるわけもない。霧島も答えを求めているようではなかった。私に視線を移し、独白のようだった声色を改める。

「だから理由を探しているんです。あの堤防でなければいけない理由は、もしかして被害者にあったのかもしれないと思いまして。先生から見て、窪田武夫はどんな人物でしたか？」

言われて生前の窪田武夫を思い描こうとしたが、うまくいかなかった。

「正直、あまり印象がありません。話をしたこともないので」

「しかし先生は、息子の窪田眞魚とは親しいんでしょ。なのに父親と話したことがない？」

「……眞魚は私を家に上げたがらなかったので」

窪田武夫について私が知っていることは少ない。石浜町の出身、若い頃に上京し数年前に息子の眞魚を連れてこの町に帰ってきた、帰郷の理由は妻との離婚、戻ってきてからは仕事に就かず昼から酒を飲んで過ごしていた。おそらく、ほかの人間が知っている以上のことではない。

そう話すと、霧島はため息を吐いた。

「皆さん、そうなんですよねぇ」

「そう、とは」

「窪田武夫について、印象がないという。仕事もしないで昼間から酒飲んで、コンビニの駐車場でクダ巻いたり居酒屋の裏で鼾かいてたり、まあそれなりに人に面倒はかけてたみたいですけどね。じゃあ誰と喧嘩をしたとか仲が悪かったとか、そういう話は出てこない。まるで『酔っ払い』ってキャラクター、薄っぺらい村人Aだ」

「村人A？」

「RPGのゲームとかにいるでしょ、決まったセリフを喋るだけの村人A。大して重要じゃないモブキャラ」

残酷な言い方だったが、否定できなかった。窪田武夫がこの町で影の薄い存在だったのは事実だ。

「でもね、窪田眞魚のほうは違う。そうでしょ先生？」

「違う、とは」

「窪田眞魚について尋ねると、皆さん妙に気まずい顔になって、変わった子だとかよくわからないだとか言う。まさに腫れ物に触るって感じだ、そうでしょう？」

霧島の問いを黙って受け流す。それが肯定を意味することはわかっていたが。

「それに俊治さんが言うには、学校を休んでいる彼のフォローをしているのは担任でも何でもない先生なんでしょう。逆に言えば先生しか面倒を見ようとしないってことだ」

「だから、私に話を？」

「ええ。先生と窪田眞魚はちょっと特別な関係みたいですから。あ、変な意味じゃないですよ」

「当たり前です、冗談でもやめてもらえますか」

「車の音」

「え？」

霧島は背後の白いセダンにちらりと視線を遣る。街灯に照らされて、視力さえよければここからでもナンバープレートまで読み取れる。

「あの夜、それもかなり遅くに車の音が聞こえたって話が、先生の近所でちらほらあって」

「……疑っているんですか。車の音なんてそんなの、うちだって特定もできないし何の証拠にもなりませんよ。大体私は友人と」

「ええ、わかってますって。アリバイを聞くまでは疑ってたんですけど、なんてね。はは、先生、そんな怖い顔しないでくださいよ」

霧島はうさんくさい笑みを浮かべる。

「僕の本命は窪田眞魚です」

「眞魚？」

「彼は父親と仲が悪かったようだし、現場は徒歩圏内だ。それに噂によれば、『夜中に徘徊しては小動物を殺し回る不良少年』らしいですし」

「それは」

今日見たばかりの眞魚の隣人の表情を思い出す。

疑って、疎外して、遠巻きにする。少なくともこの半年ほどの間、眞魚はこの町でそんな風に扱われてきた。そして父親の事件が起きて、眞魚に対する疑いはもう一つ追加された――父親殺し。

「先生。窪田眞魚はどんな人物ですか？」

答えに迷って、けれどそれほど時間もかけられない。数秒で腹をくくる。大丈夫だ。ありのままに話せばいい。

眞魚は――大丈夫だ。

「……父親と仲が悪かったのは確かです。時折、暴力も振るわれていたようで」

「父親から？」

「おそらく、ですが」

眞魚は仕事もせず酒ばかり飲む父親を嫌っていた。時折手足にできる痣について眞魚は説明を拒んだが、誰の仕業か察するのは容易いことだった。窪田武夫は家の外では大きな問題を起こさなかったが、身内には態度が違ったのだろう。児童相談所への通報も考えたが、眞魚本人がひどく嫌がったのでしばらく様子を見ることにしていた。

まさかこんなことになるなんて、想像もしていなかった。

「なるほどね」

霧島は満足げに頷いている。家庭に問題を抱えた少年がついに父親への不満を爆発させた――そんなストーリーを思い描いているのかもしれない。ましてその少年には「小動物殺し」の噂まであるのだから、物語の設定としては申し分ないだろう。

「実際どうなんですか、先生」

「どうって、何が」

「夜中に徘徊して小動物を、って噂です。さっき俊治さんに聞いたら、自分が目撃したから間違いないと。ですが正直、話が要領を得ないというかわかりづらくて」

「ああ」

伯父のいつもの悪い癖だ。自分が話したいことを話したい順番でまくしたて、相手が理解しているかどうかは気にしない。現役の体育教師だった頃も、理論的な説明より熱意と根性論で指導するタイプだった。

「伯父が眞魚のそれを見たのは、半年ほど前の……去年の秋ごろの話です。伯父が海岸のパトロールをしているのはご存じですか？」

「いえ。そういえば、お話ししている時にパトロール、という言葉は出ましたが、詳しい説明は何も」

「そうですか。伯父は一年ほど前から町内会の役員をしていて、退職して手持無沙汰だったこともあってかなりのめりこみまして」

同じ時期に胃の手術をしたのが応えたらしい。生死に関わるようなものではなかったのだが、健康が自慢だった伯父にはショックが大きかったようだ。「おれもいつ死ぬかわからん」が口癖になり、生きがいを求めるように町内会の活動に熱心になった――というより、熱狂していたと言ってもいい。人の家のゴミを漁って分別に文句を言うようになったのもこの頃からだ。

「それで伯父が自主的に始めたのが、釣り人の違法行為を監視するための夜の海岸パトロールです」

「例えば、例の堤防への立ち入り？」

「それもありますし、あとはゴミの放置とか、撒き餌の使用ですね。石浜町は本来、水質保護のために撒き餌の使用が禁止されているんですが、使う釣り人が後を絶たなくて」

伯父は現役時代、生活指導部長も務めていた。ルールを守らない人間が我慢ならない性質は今も変わっていない。

「このあたりを見回って、堤防に近づいたりゴミを置いていく釣り人を注意していました。堤防の柵の鍵も自費で何度も付け替えて。結局いたちごっこで、効果はいま一つだったようですが」

「それは立派なことですが……トラブルになったのでは？」

「なりましたよ。嫌がらせで車を当て逃げされたり、つかみ合いになって怪我をして帰ってきたこともありました。それでもやめませんでしたが」

「はあ。熱心ですね」

霧島は唖然としているが私も同感だ。危ないからやめたほうがいいと何度も説得したのだが伯父は聞く耳を持たなかった。心配ではあったが、結婚もせず仕事一筋で生きてきた伯父がセカンドライフで見つけた生きがいだと思うと、無下に否定することもできなかった。

「俊治さんは、毎晩パトロールを？」

「いえ、さすがに私も毎晩は車を貸せませんし。釣り人が集まる日を選んでいるようです」

「なるほど。ちなみに事件の夜は」

「あの日は若潮で釣りには向かない潮でした」

「ああ。それで目撃者がいないのか」

霧島が呟く。

クロダイは年中狙える魚だが、潮の悪い日は釣り人も訪れない。潮は大潮、中潮、小潮、長潮、若潮の順に巡り、約二週間で一周する。月の満ち欠け同様に先まで計算できるので、それを記したカレンダーである潮見表を元に、伯父はパトロールの日程を決めていた。釣り向きである大潮や中潮の日は釣り人が多いのでパトロール日であり、逆に釣れないとされる若潮や長潮の日は対象外だった。

「伯父はそのパトロールの最中に眞魚を見かけたそうです。あの砂利浜で。伯父は家に帰そうと近づいたそうですが、その時眞魚は」

一瞬言葉にするのをためらう。しかし、事実は事実だ。

「眞魚は片手に石を持って、魚を殺していたそうです」

「……魚を」

「干潮になると、浜や磯場に魚が取り残されることがあります。それと釣り人がリリースし損ねた魚が打ち上げられることも。……眞魚はそういうのを拾ってきて、石で何度も叩き殺していたと、伯父は言っていました」

実際は、それだけではなかったそうだ。

とっくに死んだ魚に何度も石を振り下ろし、指で腹を裂いて腸を引きちぎり、足で踏みにじる。残骸はぐちゃぐちゃのミンチ状態で、生臭さがあたり一面に立ち込めていた――。

そう話す伯父の顔は強張っていた。幽霊でも見たような顔というのはああいう表情を言うのだろう。

「なるほど、それで『夜中に徘徊しては小動物を殺し回る不良少年』というわけですか」

霧島の淡々とした声に煽られて、私はついむきになって反論した。

「伯父が見たのはその一回きりです。殺し回るというのは言い過ぎだ。ですが伯父はああいう人ですから、すぐにこの話を町内会で触れ回った。私が噂を耳にした時にはもう、眞魚は完全に孤立していました」

眞魚が石浜町に越してきたのは小学校六年生の時で、少ない出席日数ながら学校には通っていた。中学校でも休みがちとはいえ何とか出席していた。しかしこの噂が流れた中学一年の秋以降、眞魚は完全に不登校になった。

伯父が眞魚を知っていたのも不運だった。退職後も行事の手伝いや相談役としてたびたび学校に出入りしていたから、不登校で教師たちを悩ませていた眞魚の名前や顔を知っていたのだ。

「なるほど、話が繋がった。先生が直接の教え子でもない窪田眞魚に入れ込むのは、罪悪感からですか」

「……ええ、まあ、そんなところです」

初めて眞魚に声を掛けたのは半年前、やはり夜の海だった。浜に腰を下ろして海を眺めていた眞魚に思い切って話しかけたが、あっさりと無視された。懲りずに町中でも海辺でも見かければ声を掛け、夜中にうろついているのを車で拾い家に送ったこともある。金曜日に学校の配布物を家まで届けるようになったのもこの頃だ。そうこうしているうちに、少しずつ話をしてくれるようになった。父親を嫌っていること、母親とは音信不通であること。眞魚は家庭に居場所を得られなかった。そして噂が流れたことで、家の外までもアウェーになった。

伯父に悪意はなかっただろう。曲がったことが許せず、自分を曲げない人だ。思い込みの強さに辟易することもあるが、意志の強さは昔から尊敬している。

しかし、それが眞魚にとって最悪の方向に働いてしまった。

「眞魚は海を眺めながら、自分は魚なんだと言っていたことがあります」

「魚？」

「自分は人間の中に紛れ込んでしまった魚なんだと。誰ともうまくやれない、分かり合えない、嫌われて叩かれる、そういう時は、自分は魚だから仕方ないと思えば何とかやり過ごせるんだと言っていました。私は……何と言っていいかわからなかった」

少年らしいロマンティックで自己陶酔的な発想だった。それが眞魚の身の守り方だった。実の家族にさえ拒絶された少年が逃げ込んだ、自虐的な想像だ。

「だから魚なんですねえ」

霧島が唐突に言う。

「どういう意味ですか？」

「小動物への暴力というと、猫や小鳥が対象になることが多い。しかし窪田眞魚が選んだのは魚、つまり自分自身。自分に対する苛立ちをぶつけていた——一種の自傷行為だ」

「……ですがそれは半年も前の話です。今の眞魚はもうそんなことはしていない」

夜中の放浪癖は続いているが、ただ海を眺めているだけだと本人は言っていた。魚を叩き殺したことも認め、もうしないと約束してくれた。

しかし今回の事件で、窪田武夫は「海の近く」で「撲殺」された。嫌でも眞魚の行為が連想され、いよいよ眞魚は遠巻きにされている。

「窪田眞魚は犯人じゃない」

ぼそりと霧島が呟いた。

「霧島さん？」

「彼のテリトリーはあの砂利の浜だ。堤防に遺体を遺棄する理由はない」

「でも」

霧島は眞魚を疑っているのではなかったのか。

「帰りましょう」

霧島はあっさりと踵を返す。私は返事をし損ねて、霧島の後姿を眺めた。

霧島は本当に、眞魚は犯人でないと確信したのだろうか。何を以て。

「凶器」

気が付くと声が出ていた。霧島が振り返る。

「先生、何か言いましたか？」

「凶器が何か、ご存じですか？」

今日、学校に来た刑事から聞かされたことだ。テトラポットの間に捨てられていた凶器が昨日の夜遅くに発見され、確認のために教師が数人呼び出された。捜査上の秘密だから他言無用と念を押されて、もちろんですと頷いたのはつい数時間前の話である。

言ってはいけない。わかっているのに、口が止まらなかった。

「金属バットだそうです、中学校の体育倉庫に保管されていた。倉庫に鍵はかかっていないんですが、倉庫の場所を知っていて自由に出入りできる人間は限られます、例えば」

「どうしたんです、先生？」

「生徒ならバットを持って道を歩いていても疑われない。部活動か草野球か、そんなものだと思われて誰も気にしないでしょう、だから」

「先生」

霧島が鋭い声を上げ、私は我に返った。

「車、開けてくれませんか？」

「……はい」

のろのろとキーを取り出して鍵を開ける。霧島は私の発言など聞こえなかったかのようにさっさと車に乗り込む。

帰りの車の中で、霧島は行きの饒舌が嘘のように黙っていた。


念のために、と請われて教えた電話番号に霧島から連絡があったのは土曜日の夜だった。会って話がしたい、と指定されたのが日曜日の午後。相変わらず強引で急な話だったが、「平日はお仕事がおありでしょう」と言われてしまえば断れなかった。

霧島が選んだ待ち合わせ場所は、海岸の道路沿いにある喫茶店のテラス席だった。席まで決める意味はわからなかったが、テラスなら誰か近づいて来ればすぐに気づくことができる。人に聞かれたくない話をするのに向いているのは確かだ。

休日の午後、店内は半分ほど埋まっていたが、わざわざテラス席に座っている客はいない。私はレジに並んでホットコーヒーを買い、誰もいないテラス席に陣取った。幸い日差しが暖かく風も弱い日で、外にいても苦ではなかった。

　霧島は二十分ほど遅れて現れた。

「遅れてすみません」

「お話というのは何ですか？」

　紙コップ片手にまだ席にもつかない霧島に急いて問いかけると、霧島はまあまあと私を宥めた。

「先生のおかげで、疑問に思っていたことが解けたんです」

「疑問？　犯人がわかったんですか？」

「違いますよ。僕は警察でも探偵でもないですから、犯人探しなんてできないし、しません。わかったのは、堤防に遺体を遺棄した理由です」

　それだって調べるのは警察の仕事だろうと思ったが、話の腰を折ることもないので指摘はしない。

「実は今日遅刻したのもそのせいで。俊治さんにお話を伺っていたんですよ」

「お、伯父に？」

　予想外の言葉に一瞬目の前が暗くなる。

「ええ。先生には内緒にしようと思って、先生が家を出てから伺ったんです。だからこんなに遅刻してしまいました。いや、この町は坂が多すぎますよ、本当に」

　霧島は紙コップに口をつけて「熱っ」と呟いているが、私は気が気ではなかった。

「伯父に何を聞いたんです？　どうして私に黙って」

「パトロールの成果です」

「パトロール？」

「ええ。事件が起きたのが二週間前。今日までの間に潮は一周している。俊治さんにお聞きしたら、先週の大潮の日にパトロールに出たそうですが、釣り人は全然いなかったそうです。堤防の柵の鍵も壊されていなかったとご機嫌でした」

「……それが？」

「どうしてだと思います？」

「どうしてって」

　いくら釣り好きでも、殺人事件の現場には行きたくないものではないか。事件は大きく報道されたわけではないが、釣り人の間では瞬く間に情報交換されたことだろう。クロダイの穴場で殺人事件が起きた、と。

　霧島は私の意見を聞いて満足げにうなずいた。

「つまり、そういうことです」

「どういうことです？」

「堤防に遺体を遺棄した結果、柵を乗り越える厄介な釣り人がいなくなった。これが犯人の目的です」

「馬鹿な」

そんな目的で殺人を犯す人間がいるだろうか。しかし霧島は自分の考えに自信があるようだった。

「先生がヒントをくれたんですよ」

「覚えがありません」

「カラスの人形ですよ、ゴミ捨て場の」

逆さ吊りのカラス――あのプラスチックの模型。

「調べてみたらあの人形、使い道は二通りあるんですよ」

霧島は人差し指を立てる。

「一つ目、スズメやハトを追い払う時には頭を上にして、天敵であるカラスがいるように見せかける。そして二つ目」

次は中指。芝居がかった仕草。

「カラスを追い払う時には逆さ吊りにする。仲間が無残に晒されている場所には、どんな生き物も近づきたくないようですねえ」

「それとこれとは話が違う」

「同じですよ。確かあのカラスの人形、提案したのは俊治さんですよね？」

「何が言いたい」

息が荒くなる私をよそに、霧島は余裕ぶってコーヒーを飲む。

「だって先生、罪を犯してまで釣り人の排除に執着するような熱心な人といえば、俊治さんでしょ」

「……ひどい言いがかりだ」

手の震えを押さえつけ、冷めたコーヒーを渇いた喉に流し込む。

「そんな理由で人を殺す人間なんかいるわけないだろう」

「僕も信じられないんですが、でもそうとしか考えられないんですよ。俊治さんが窪田武夫を殺害する理由は」

「人の家族を殺人犯扱いか？　勝手な妄想で」

「じゃあ、凶器の件はどうです？」

霧島はプレゼンテーションでもしているかのようにひらりと手をかざす。

「先生が僕に教えてくれたでしょう、金属バットの件。あれ、警察に裏を取ったら随分睨まれましたよ。まだ発表していないのに何処で知ったのかって」

「あれは、私が刑事さんから聞いて」

「知ってますって。木曜日の深夜、現場近くのテトラポットの隙間に沈められた凶器を警察が発見。中学校の備品の金属バットであることがほぼ確実だったので、金曜日に刑事が学校を訪問して確認した」

「そうだ、私はその時に確認のために呼ばれて、だから私が知っているのは別におかしなことでは」

「先生じゃない。俊治さんです」

「え？」

「『ひでえ事件だよな。金属バットでボコボコにやられたんだろ？』俊治さんは確かにそう言った。金曜日のあの時点で殺害に使われた凶器を知っていた人物は、警察関係者、警察の捜査に協力した教師数名、あとは犯人だけです」

　空になった紙コップを握りしめる。真円がひしゃげていびつに歪む。

「伯父がそんなことを言いましたか？　私は覚えていませんが。まさか録音でもあるんですか？」

「残念ながら、してないんですよね。うっかりしてました」

「じゃあ、あなたの勘違いでしょう」

「はは、先生も結構しぶといな。仕方ない、これ見てくれますか？」

　霧島は鞄からデジタルカメラを取り出して私に見せた。

　液晶画面は動画の再生モードになっている。

　霧島が再生ボタンを押す。動画はごく短い、十秒ほどのものだ。

　画素が粗く薄暗い画面の下半分に、白い車のボンネットとサイドミラーが映っている。

　私の車だ。

　そこに男が急にフレームインしてくる。横向きに映り込む上半身。背中に大きな荷物を抱えていてよろけたようだ。

　男はマスクをしていて見えるのは目元だけだ。ぎょろりとして力強い目つき、年老いて皺の寄った目元――見慣れた顔。

　右下に刻印された日付と時刻。先々週の土曜日、深夜、時刻は。

　私の手が伸びるより早く、霧島はデジタルカメラを引き寄せた。

「やだな先生、大事な証拠なんですから手荒な真似はよしてくださいよ」

「これは、どうして」

「先生のドライブレコーダーのＳＤカード、ちょっと拝借しました」

「いつの間に」

「金曜日のドライブ、先生が外で深呼吸している間に、ちょっとね。すり替えちゃいました」

堤防に連れて行った時、霧島はなかなか車から降りてこなかった。デジタルカメラの取り扱いに苦心しているのだと思い込んでいたが、あれはＳＤカードをすり替えていたのか。

「僕も驚きました。あのタイプは常時監視型じゃなく振動感知型だし、まさかこんなドンピシャな画が映ってるなんて思わないからダメ元のつもりだったんですが」

霧島がぺらぺらと喋るのを呆然と聞く。

ドライブレコーダーを取り付けたのは数ケ月前、伯父が海岸のパトロールで当て逃げされたのを知った時だ。説明が面倒だったし余計なお世話だと怒り出しかねないので伯父には黙って設置した。

エンジンを切った後も録画を続ける常時監視型はバッテリーを消耗するので、車に衝撃が加わった時に自動的に録画を行う振動感知型にした。車をぶつけられたりワイパーを折られたりした時に証拠映像があれば有利だと思ったのだ。

こんなものが録画されるなんて、思ってもいなかった。

「あんた、こんなことして、犯罪だぞ」

「あれ、言いませんでしたっけ？　職業柄いつもこんな感じで」

「ふざけてるのか」

「でも先生だって知ってたでしょ？」

霧島の目は、獲物を狙う肉食獣のそれだ。

「あのドライブレコーダーは、振動を感知して録画を行った後に通知ランプが点灯する。事件が起きましたよ、ってお知らせするためにね。でも僕が車に乗せてもらった時には通知ランプは点いていなかった。ランプは一度でも中身を確認すれば消える。つまり僕が車に乗ったあの日より前に、すでに誰かが録画の内容を確認していたことになる。見たのが俊治さんだとしたら、こんな動画を残しておくわけがない」

霧島はカメラをバッグにしまい、うっすらと笑う。

「先生、見たんでしょ、これ」

「……だから何です。あれが伯父だって決まったわけじゃない、暗いし、画質だって悪い」

「じゃあ警察行って確かめましょうよ」

「事件には関係ないだろう！」

「冗談でしょ？　窪田武夫の死亡推定時刻に録画されて

て、背景にあの駐車場のチェーンも映り込んでるのに。警察が分析すればすぐわかりますよ」

「パトロールに行っただけかもしれないだろう！」

「おっと、あれが俊治さんだって認めるんですね？　でも残念、事件の日は若潮で釣りには向かない、だからパトロールの日じゃなかった。そうでしょ？」

霧島は穏やかに、しかし確実に退路を断っていく。

「先生、この画像を見て気づいたでしょ、犯人は俊治さんかもしれないって。でも先生は警察に通報しなかった。誰だって家族が殺人犯なんて思いたくない。この録画が決定的な瞬間じゃないのをいいことに、先生は知らんぷりを決め込んだ。でも、動画を消す勇気もなかった。証拠隠滅は犯罪だし、窪田眞魚に対する罪悪感もあったのかな」

私は霧島の顔を見られず、テーブルを見つめていた。

「僕ね、最初は先生だと思ったんですよ」

クイズに正解できなかった子どものような、軽い不満をにじませる声。

「窪田眞魚に入れ込んでいる先生なら、父親に何か思うところがあってもおかしくない。犯行の後から車での通勤を止めたのも、目撃者を恐れたか犯行のトラウマか、何にせよタイミングがよすぎた。だから尚更ドライブレコーダーには期待してなかったんですけどね」

車通勤を止めた理由は霧島の推察した通りだった。もしあれが犯行時の動画だとしたら、自分の車が使われたのだ。恐ろしくて乗る気にはなれなかった。しかし当の伯父は平然とパトロールに使っていて、それを見てやはりあの動画は何かの間違いではないかと思った。思いたかった。

事件の夜は遅くまで飲んで、日付の変わる直前に帰宅した。かなり酔っていて、車庫に車があったかどうかの記憶はない。そのあとすぐに風呂に入って朝まで熟睡した。伯父がどうしていたか、車の音がしなかったか、何も思い出せない。

私は伯父の犯行の可能性を否定できない。

「でも堤防を選んだ理由がどうしてもわからなくて……これを見てからやっと閃いたんですが、情けないったら。犯人がわかれば動機がわかるなんて当たり前のことでしょ」

「動機？」

「殺人と死体遺棄の動機は、釣り人を遠ざけるための生贄作り。標的として窪田武夫が選ばれたのは、彼が村人Aだったから。この町の誰にとっても大して重要じゃない、いなくなっても問題ない存在。俊治さんはそう判断したんでしょう」

「しかし、眞魚は」

「俊治さんにとって窪田眞魚はけしからん不良少年だ。どうでもよかったんでしょ」

反論できなかった。

伯父は眞魚を嫌っていた。気味悪がっていたと言ってもいい。逆に窪田武夫とはほとんど接点はなかっただろう。誰にも大して迷惑はかけないがそれ故に誰からも注目されず、必要ともされていない男。

死を恐れて生きがいに邁進していた伯父の目に、窪田武夫はどう映ったのか。自分の目的のために犠牲にしていいと——残されるのがあの息子なら構わないだろうと、そう思ったのか。

凶器が中学校のバットだというのも偶然とは思えない。伯父は学校に出入りしていたからバットを持ち出すことは可能だった。元体育教師なのだから倉庫の場所も知っている。敢えて学校の備品を選んだのは、窪田眞魚を疑わせるためだったのではないか。

全て推測に過ぎない。しかし、ＳＤカードに残った動画は本物だ。

私は乾いた唇を舐め、霧島を睨んだ。

「どうするつもりですか？」

「どう、とは？」

「警察に通報しますか？　それとも、また脅迫しますか？」

「やだな先生、人聞きが悪い」

霧島はわざとらしく眉をひそめる。

「あ、あなたの目的は何ですか？　事件の謎を解いて、それで記事を書くんですか？　しかしそのＳＤカードは不正に入手したものだ、そんなことが許されると」

「僕の目的は記事を書くことじゃありません」

霧島は私の言葉を遮り、にんまりと笑った。

「先生、ごめんなさい。僕は嘘を吐きました」

「嘘？」

「僕は週刊誌の記者ではありません。お渡しした名刺は知り合いのもので、僕の名前は霧島ではなく桧山といいます」

霧島は——いや、桧山なのか——ポケットから名刺を取り出してテーブルに置いた。「写真家　桧山」。

「写真家？　何で写真家が」

「本物の霧島の代理ですよ。あいつ、釣りが趣味でね。それで今回クロダイの穴場で死体が見つかったことに興味を持ったらしいんですけど……別の緊急のネタが入ったからって、僕に押しつけてきたんですよ」

言わば臨時バイトです――桧山はおどけて肩をすくめる。

「義理もあるので引き受けて来てみたら、まあ、あの堤防のひどいこと」

桧山は小さく舌打ちした。そういえばあの堤防で景色を随分熱心に眺めて、絵になるとか何とか呟いていた。

「あんなセンスのない場所にどうして遺体を置いたんだろうって逆に気になって、それで色々調べているうちに、写真家として窪田眞魚くんに興味が湧きました」

「眞魚に？」

「実はね、眞魚くんが夜中に海岸で魚を叩き殺した話、先生から聞くより前に知っていたんです。商店街の皆さんが口々に教えてくれてね。僕はそういう画が好きなんです」

「そういうって」

「コントラスト」

桧山は目を細める。

「暗いからこそ炎は存分に輝く。死者の棺を花で飾れば飾るほど悲しみが浮き彫りになる。それと同じです。夜闇に紛れて魚を打ち殺す、その裏には光と生への強烈な羨望がある。その画をこの目で見てみたい――そう思って、僕は眞魚くんを訪ねました」

どういうことだ。

眞魚とはすでに接触していたのか。眞魚に話を聞きに行くと私を脅したのは嘘だったのか。

「記者だったら会ってもらえなかったかもしれませんが、写真家と名乗ったら幸運にも眞魚くんと話すことができました。それで、彼からある依頼を受けました」

「依頼？」

「そうです。ねえ先生、ちょっと考えてみてくださいよ。どうして僕が、最初から先生に接触したと思います？　先生の車に着目して、ドライブレコーダーの画像を抜こうなんて思い付いたと思います？」

「それは、伯父から私と眞魚の関係を聞いて、それで私に目を付けたんじゃ」

「いえ、逆です、逆。先生に会いに行ったら偶然俊治さんと鉢合わせしたんです」

「それじゃ」

桧山がドライブレコーダーのＳＤカードをすり替えたのは、堤防で私と長話をする前だ。ＳＤカードはデジタルカメラのものをとっさに使ったとしても、あの時点ですでに桧山は私と伯父を疑っていたことになる。

「タレコミ元は眞魚くんです」

「眞魚？」

「ええ。先生、眞魚くんはあの夜、あそこにいたんですよ」

桧山は言い聞かせるようにゆっくりと言った。

「まさか」

「あの夜、砂利浜で海を見ていたそうです。そして駐車場を見上げて、先生の車を目撃した。夜なのに見分けが付くものかと思ったんですが、あの駐車場は案外明るいんですね」

「眞魚が見ていた？」

「ええ。その時はまあ、俊治さんのいつものパトロールだと思ったそうですが、翌日事件が報道されたでしょ。それで眞魚くんは恐ろしい疑念に取りつかれた。もしかしてあの車に乗っていた人物が犯人なのではないか？　そう、先生が」

一昨日訪ねた時の、眞魚のやつれた顔を思い出す。そんなことを考えていたのか。

「先生も知っての通り、眞魚くんには頼れる大人がいなかった。唯一心を許せる先生が今回は当事者なんですからね。そこに、見ず知らずでこの町に縁もゆかりもない赤の他人であるところの僕が訪ねてきた。渡りに船、あるいは地獄に仏。眞魚くんは僕に調査を依頼した」

「調査？」

「『犯人が先生かどうか確かめてほしい』と。面白そうだったし報酬も約束してもらえたので僕はその依頼を受けました。その時に彼に聞いたんです」

「何、を？」

「もし先生が犯人だったらどうするのか？　眞魚くんはこう答えました。『その時は誰にも何も言いません。先生が父を殺したのだとしたら、それはたぶん自分のせいだから』と」

息が詰まった。

眞魚はそこまで私を信じていたのか。自分のために父親を殺すかもしれないと、もしそうだったら、家族を殺した人間を庇おうと決意するほどに。

確かに私は眞魚に同情した、伯父のせいで孤立させたことに罪悪感もあった、父親からの暴力の痕を見つけた時には憤りもした、だが。

「健気でしょう」

桧山は笑っている。その目は冷ややかだ。

「そういうわけで、僕は最初から先生と俊治さんに目を付けていて、どちらかといえば先生のほうを疑っていたんですよ。それがこんなことになって、僕だってびっくりしています。でもまあ、眞魚くんにとってはこれでよかった」

「よかった？」

「だって眞魚くんは、これからも先生を信じていられますから。ねえ先生、忘れないでくださいね」

テーブルに肘をつき、内緒話でもするように顔を近づけ、桧山は言った。

「眞魚くんは知らないんですよ。俊治さんが犯人かもしれないことも、あなたが裏切者だってことも」

「裏切者、って」

「だって先生、僕を騙そうとしたでしょう。眞魚くんが父親に暴力を振るわれていたことや魚を殺していた話なんてわざわざ詳しく教えて、眞魚くんが犯人だと思わせようとした」

「それは」

「眞魚くんを庇うくせに、僕が窪田眞魚犯人説を否定したら慌てて凶器の情報をリークしたりね。あれはあんまりにあからさますぎて笑いそうでした。でもそれ以上に混乱しました。この人は眞魚くんを犯人にしたいのか、それとも守りたいのか。でもあの動画を見てようやくわかったんです」

とんとん、と、桧山はカメラの入った鞄を叩く。

「あなたが守りたかったのは自分自身だ。冷血な人間になりたくないから窪田眞魚に優しくした。殺人犯の家族になりたくないから動画を警察に届けなかったし、あれこれ調べ回る僕を間違ったほうに誘導した。とはいえ犯罪者にもなりたくなかったから証拠の動画を消さなかった。ＳＤカードをレコーダーから抜かなかったのは、動画が上書き保存されて勝手に消えるのを期待したから。窪田眞魚への罪悪感だって、要するに自分がイイヒトでいたいからだ」

私はようやく、桧山の目に爛々と燃えている感情の名前に気づいた。

軽蔑である。心臓を貫き通すような、鋭く容赦のない視線。

やめてくれ——そんなつもりではなかった、だって眞魚は。

「眞魚は、大丈夫だと。だってあの子は何もしていない、だから」

「だから疑われても、違うな——疑わせても構わないと思った？　都合の良い希望的観測ですね。冤罪ってものをまさか知らないわけじゃないでしょう？　しかも偶然とはいえ、彼は犯行現場のすぐ近くにいた。あなたは彼を殺そうとしたも同然だ」

淡々と、しかし確実に、桧山は言葉と視線で私の喉を締め上げる。

そんな目で見るな。私がしたのはそれほど許されないことか？

人を殺したわけじゃない。傷つけたわけじゃない。自分を守るのは人間として当然のことだ。それの何が悪い。

私が口を開く前に、桧山はすっと私の後ろに視線を逸らした。

「わかってますよ。先生は法を犯したわけじゃない。動画を通報しなかった件だって情状酌量されるでしょう。俊治さんは先生の家族ですからね。先生がやったことについて、人によって判断は分かれるでしょう」

「だったら」

「ただ、僕は嫌いなんですよ。そういう、とても計算高くて醜いものが。僕はあの子みたいに、愚かで潔いものが好きだ」

桧山は立ち上がり、片手を上げた。

「眞魚くん、こっち」

まさか。

私はおそるおそる、後ろを振り向いた。

午後の柔らかい日差しの中、道路を歩いてくる眞魚が見える。桧山に手を振り返し、私に気がついて、笑う。安心したように、嬉しそうに。

昨日眞魚くんと話したんですよ──霧島の声が何処か遠くから聞こえてくるような錯覚に陥る。

「眞魚くんには、犯人は先生じゃないと伝えました。そうしたらあの笑顔ですよ、馬鹿だなあ──ほら先生も、笑って」

桧山の声は震えている。

笑っているのだ。

「あは、傑作だなその顔」

「どうして、眞魚をここに」

「そういえば先生、知っていますか？　最近の研究でね、魚は人の顔を覚えることができるってわかったそうですよ。野生の魚でもダイバーの顔を覚えて懐くんだとか。だからね先生、魚だからって手抜きしないで、ちゃんと最後まで面倒見なきゃ駄目ですよ」

桧山は私の横に立ち、低い声で囁く。

「そうそう、もう一つ。霧島がさっき電話をくれました。警察が、犯行の夜にコンビニの防犯カメラに映っていた不審な車両を特定したそうですよ。白いセダンですって。日本の優秀な警察を舐めちゃいけませんね——ああ駄目だってば、そんな怖い顔しないで」

私のほうをちらりと見て、桧山は大げさに顔をしかめる。

「優しくて親切な先生を演じ切って、あの子にちゃんと夢を見せて。それが飼い主の責任って奴でしょう」

いつの間にか、桧山の手には大きなカメラがある。先ほどのデジタルカメラではない。一眼レフというのか、カメラに詳しくない私にはよくわからないが、プロが使う本格的なカメラだ。私の視線に気づいて、桧山がカメラを掲げて見せる。

「これが眞魚くんの依頼に対する報酬です」

「写真？」

「ええ、本当は夜の海で眞魚くんを撮るつもりだったんですが、気が変わりました。先生と眞魚くんを撮ります」

ここなら採光も問題ないですから、カメラのレンズを弄りながら桧山は言う。

「ま、撮ったところで公にはできないし、しないので安心してください。あくまで僕の趣味です。でもね、ちゃんとタイトルは決めてあるんですよ」

「タイトル？」

「ええ、『さかなの子』。ぴったりでしょ」

健気で頑固で一途な子。自分のことなんかどうでもいいと思っている相手に心を許したりして。まるであの愚かで可愛い人魚姫みたいに。

歌うようにそう言う桧山の大きな口は今や、ピエロというより鮫のようだ。

「あんたは」

「ん？」

「あんたは、眞魚をどうしたいんだ？」

わからなかった。桧山は眞魚を憐れみ救いたいのか、愚かだと嘲笑したいのか。

桧山はきょとんとした顔で私を見た。

「どうって、別に。言ったでしょ、ただの趣味ですよ」

ひどく無邪気な口調だった。

「僕はただ、見たいんですよ。先生を信じ切っている眞魚くんと、自分のことしか頭にない先生の見事なコントラストをね。だって好きなんですよ、そういうの、たまらなく」

桧山は平然と言い切った。

好きだから。見たいから。眞魚も私もそのための駒にすぎないのか、この男にとっては。

私は言葉を絞り出し、吐き捨てる。

「あんた、悪趣味だ」

桧山が答えるより早く、眞魚がテラス席に入ってきた。

「先生、桧山さん、こんにちは」

眞魚は桧山が座っていた席の隣に腰を下ろす。愛想よく笑い返した桧山は入れ違いに、カメラを構えて道路に降りる。

「眞魚くん、とりあえずまず一枚撮らせてね」

「え、まだ注文もしてないのに」

「いいからいいから」

いいのかなあ、呟きながら、眞魚が私を見て微笑む。目元にはまだ隈が残っているが、表情は柔らかくほどけている。

もし私が父親を殺した犯人だったら、眞魚は私を庇うつもりだったという。言うのは簡単だが並の決意ではなかったはずだ。その重圧から解放されてほっとしているように見えた。よかった、先生は悪い人じゃなかった、と。

反転した重圧が、今度は私の背に伸しかかる。

「先生、カメラあっちですよ？　それに、顔色が」

「……いや、大丈夫だ」

桧山はこれを撮りたかったのか。私に信頼を寄せ続ける眞魚の愚かな潔さと、今更罪の意識に怯える私の醜態のコントラストとやらを画に残し、滑稽だと指さして酒の肴にでもするのだろうか。

「撮りますよ」

楽しそうに声を上げ、桧山がシャッターを切る。

道路の向こう側、陽光を受けて輝く金色の海に、堤防が黒い影を落としている。

ホテル・カイザリン

近藤史恵（こんどうふみえ）

1969年大阪府生まれ。大阪芸術大学文芸学科卒業。1993年、初めて書いた作品でもある『凍える島』で第4回鮎川哲也賞を受賞しデビュー。2008年、『サクリファイス』にて、第10回大藪春彦賞受賞。歌舞伎役者や名整体師、チャーミングな清掃員、等々、個性的な登場人物を探偵役にしたミステリシリーズや、女性心理を細やかに描いたサスペンスものなど、多彩な作風と確かなキャラクター造形にはファンが多い。幼い頃から大の読書家でもあり、中学生の頃には「幻影城」の作家らの作品を読んでいたという。（Y）

窓のない部屋で、わたしはひとりの女性と向き合っていた。

彼女が、喋り続けていることばは、わたしの耳を素通りしていき、わたしは彼女の髪が切ったばかりのように整っていることに気をとられている。

警察の取調室で、刑事から事情聴取を受けるというはじめての状況なのに、わたしはすでにうんざりしている。千回も同じことを繰り返したように。

そう。うんざりしているのだ。これまで生きてきた時間にも、明日から続いていく時間にも。「明日であなたの人生が終わりますよ」と言われても、笑いながら受け入れることができるだろう。

それとも、今、そう思っているだけで、実際にそう宣言されると、普通の人のようにパニックを起こすのだろうか。

目の前にいる刑事は、わたしと年の近い女性だった。一度、聞いてみたい気がする。

あなたは、生きていくことにうんざりしていませんか、と。

「聞いていますか？」

いきなり叱責するような口調で、そう尋ねられて、はっとした。わたしは乾いた唇を舌で湿して、答えた。

「すみません。ぼんやりしてしまっていて……」

テーブルの上には、紙コップがあり、すっかり冷えたカフェオレが入っている。先ほど少しだけ口をつけたが、やたらに甘いのにひどく薄かった。自動販売機で買ったものだろう。

たぶん、これからの人生、わたしはこういうものばかり飲んで生きていくのだ。そう思ったら、とたんにどうしようもなく悲しくなった。

刑事は、苛立ったような口調を隠さずに言った。

「あなたは、どうしてホテル・カイザリンに放火したのですか？」

どうして。

それを今ここで言うことになんの意味があるのだろう。彼女にそれを説明しても、理解してもらえるとは思わない。

「わたしがやったことはわかっているのに、それが重要なのですか？」

「重要です。あなたが嘘の証言をしているかもしれないですから。もちろん、先ほどお話ししたように、駒田さんには黙秘権がありますが、できれば話していただきたいです。なぜ、ホテル・カイザリンに火をつけたのですか」

「ホテルがなくなればいいと思ったからです」

刑事は目を見開いた。

喉が渇いているけれど、甘いだけのカフェオレなど飲みたくない。

ホテル・カイザリンのサロン・ド・テ、庭園に面したテラス席に座って、ポットサービスされる秋摘みのダージリンが飲みたい。

ポットもカップもあたためられていて、ちゃんと茶葉で淹れられている。渋くなったときお湯を足せるように、魔法瓶のお湯もテーブルの上に置かれている。

十月は薔薇の季節で、庭には白や黄色の薔薇が咲き乱れ、テーブルには薄紫の小ぶりな薔薇が飾られている。その中で、わたしは背筋を伸ばして、紅茶のカップを口に運ぶ。

あそこに戻りたい。あの瞬間に戻れたら、わたしはどんな代償でも払うだろう。

だが、どうやっても、もう、あの場所には戻れない。不思議なことに、わたしはそれを少しも後悔していないのだ。

「なぜ、ホテルがなくなればいいと思ったのですか?」

刑事は「なぜ」に力を込めて尋ねた。

わたしは、声を出さずに笑った。


ホテル・カイザリンについてどう語ればいいのだろう。

明治時代の洋館を改装して作られているとか、山の中腹にあり、最寄り駅からはタクシーか、一日数回のシャトルバスを使うしかないとか、サロン・ド・テのアフタヌーンティが素晴らしいとか、各部屋には創業者が好きだったシエイクスピアの戯曲の名前がついているとか、そんな情報なら、ネットで検索すれば簡単に得られる。

実際にSNSで話題になっているのも見たことがあるし、どこか場違いな女の子たちがサロン・ド・テやロビー・ラウンジで写真を撮っているのも、何度か見かけた。

それでも、ホテルに漂う静謐な空気が壊れることなどなかった。不便な場所にあって、アフタヌーンティも宿泊客以外は予約制だから、流行り物が好きな客が大挙して押し寄せるようなことはない。

きれいな写真を撮りたいという目的の人は、一度訪れれば満足してしまう。何度も足を運ぶのは、このホテルを心から愛する人だけだ。

それに、ビジターとしてサロン・ド・テやレストランを利用するだけでは、このホテルの真価はわからない。

部屋は広くはないが、キングサイズのベッドと各部屋にベランダがあり、暖炉まである。ロビーの暖炉はいつも赤々と燃えているが、部屋の暖炉も頼めば薪を入れて火をつけてくれる。

客室はそれぞれ内装が違い、何度泊まっても楽しむことができるし、お気に入りの部屋を決めてもいい。

わたしが好きだったのは、マクベスの部屋だ。

少しうす暗い間接照明の中、くすんだ紅色のカーテンは、流れた血のようにも見えた。ベッドカバーもカウチに置かれたクッションも炭灰色で、冬はぱちぱちと爆ぜる暖炉の火を見ながら、わたしはそこで本を読んだ。

その時間だけが、わたしが自分らしくいられる時間だった。

夜は信じられないほど静かだった。建物は道路からも少し離れていて、宿泊客や従業員の車の音以外は、ほとんどなにも聞こえなかった。

静寂が質量を持って、わたしを押し潰すのではないかと思ったほどだった。外界から隔てられた、さほど広くない部屋で、わたしはようやく自分を取り戻すことができた。

ひとりでいることを寂しいと感じたことはない。

わたしはいつだってひとりだった。夫といるときも、他の誰かといるときも。

誰かといるときのわたしは、ぬるま湯で薄められていた。誰かの話を熱心な顔で聞き、その人が喜ぶようなことを言う。自分が話したいことも、伝えたいこともなにもなかった。

別れ際、隙のない笑顔で手を振り、背を向けてから、ようやくわたしはわたしに戻るのだ。

それなのに、たったひとりで生きるような能力もなく、絶えず人の表情をうかがっている。それがわたしだった。

ホテル・カイザリンにいる間だけは、少しだけ息がつけた。

今思えば、あのホテルに滞在している人たちは、ほとんど、ホテルに泊まることそのものを目的としているように思えた。

ゆったりとした余生を楽しむ老夫婦や、裕福で遊び慣れた人たち、そしてわたしのように少し現実を忘れたいひとり客が、なにもしないことを楽しむホテルだった。

観光や仕事の旅行で宿泊するのには、あまりにも不便で、温泉もない。フランス料理のレストランも悪くはないけれど、街中でも同じくらい美味しいレストランはいくらでもある。

だが、あんなふうに静寂と孤独を心ゆくまで味わえる場所は、めったになかった。わたしはいつもひとりだったけれど、ひとりでいることを居心地が悪いと感じたことはない。

従業員たちは、適度な距離を保ちながらも、わたしの存在に心を配っていてくれた。彼らに怪我がなかったと聞いたときは、心からほっとした。

別の高級ホテルに泊まってみたこともあったが、サービスを過剰に感じるか、反対にただ、建物と内装にお金をかけているだけの宿泊施設だと感じるか、そのどちらかだった。

ホテル・カイザリンにいるときのように、心からリラックスすることはない。

あのホテルの従業員たちは、ひとり客の扱いになれていたのだろう。わたしと同じような、女性のひとり客もよく見かけた。ライブラリーで本を選んでいたり、ロビーのソファに座って、暖炉の火を眺めていたり、ただ庭園を散歩していたりした。

名前も知らない、年齢もばらばらの女性たち。別の場所で出会っても、顔すら思い出すことのない女性たちなのに、わたしは彼女たちに親しみを感じた。実際にことばを交わし、食事をする現実の知人たちよりも。

彼女たちも、現実の屈託からひととき自由になるために、このホテルにきたのだろうから。

少しだけ、ことばを交わした女性もいた。だが、それ以上親しくなることはなかった。ひとりの時間を楽しみにきているのに、他人とあえて距離を詰める必要などない。

今になって思う。

それなのに、なぜ、わたしは彼女にだけ、特別な感情を抱いてしまったのだろう。

愁子をはじめて見かけたときのことは覚えていない。

たぶん、何度かホテル内——サロン・ド・テやロビーですれ違っていたのだろう。ホテルでよく見かけた人だな、と思ったのは、ホテル・カイザリンを利用するようになって二年以上経った頃、なんとなく彼女の存在を気にかけるようになった。

後で愁子と話して知ったのは、彼女の方は、その半年も前からわたしのことを意識していたらしい。

わたしはいつも大切なものばかり見過ごしてしまう。

はっきり覚えているのは、一年前、庭園で会ったことだ。その日は十月なのに、ひどく暑い日で、愁子は季節外れの麦わら帽子をかぶっていた。

決して若くはない——四十歳を過ぎた女性なのに、リボンのついた麦わら帽子は彼女の横顔を少女のように見せて、なぜかわたしは見入ってしまった。

いつもわたしは、人からどう見られるかということばかり考えていた。

若く見られなくてもいい。だが、若く見られたがっていると思われることだけは耐えられなかった。

わたしはいつもグレーや黒のブラウスを着て、ボタンをきっちりと閉めていた。スカートも、かならずふくらはぎが隠れる丈のものしか身につけなかった。髪はいつもひっつめていた。

だから、愁子の麦わら帽子と小花模様のワンピースが、どこか腹立たしく思えた。あんな格好をしたら、きっと若く見られたがっている身の程知らずな女性だと思われる。

そう考えた後、次の瞬間に気づいた。

誰に？

振り返って、わたしはワンピースの裾を翻しながら歩く女性を見つめた。

彼女は自由だった。わたしみたいに、誰かにどう見られるか、どう判断されるかなんて考えていなかった。

日差しを避けるために、リボンのついた麦わら帽子を選び、暑いから涼しい夏服を着た。ただ、それだけなのだろう。

サンダルは、細いストラップのみで彼女の足に絡みついていて、それがひどくうらやましく感じられた。

わたしの靴は、いつも黒く重く、足を完全に覆っている。


愁子とはじめて話をしたのは、その年の十二月。ロビーに大きなクリスマスツリーが置かれ、暖炉に火が入れられた季節だった。

その日、わたしは少し早めに、チェックインをした。いつもなら、多少早くても部屋に案内してもらえるのだが、フロント係の男性は表情を曇らせた。

「申し訳ありません。まだお部屋の準備が整っておりません。ロビーでしばらくお待ちいただけますか？」

もちろん、文句はない。チェックイン時間よりも早くきてしまったのはわたしだし、それにホテル・カイザリンにはゆっくりするためにきているのだから。

荷物を預けて、ハンドバッグだけを手に、わたしはロビーに向かった。

暖炉の前のソファに、あの麦わら帽子の女性が座っていた。もちろん、今日は麦わら帽子ではない。燃えるように赤いタートルネックのニットを着ていた。

他にもソファは空いていたが、暖炉のそばに座りたくて、わたしは彼女の座っているソファの向かいにあるもうひとつのソファに腰を下ろした。

一瞬、彼女と目が合ったが、それだけだった。

しばらくわたしたちは、黙って暖炉の火を眺めていた。

いきなり、後ろから肩をぽんと叩かれた。

「菱川さんじゃない？　菱川さんだよね。ひさしぶり！」

振り返ると、黒いカシミアのコートを着た女性が笑っていた。すぐには思い出せなかった。高校の同級生だということは、少し経ってから気づいた。

わたしはにべもなく言った。

「人違いです」

「えー、嘘。菱川さんでしょ。おつる。全然変わってないからすぐにわかった」

そのあだ名を聞いて、胃が沸騰するように熱くなった。

クラスメイトたちは、わたしの鶴子という古風な名前をからかって、おつると呼んだ。わたしは、そのあだ名が大嫌いだった。

華やかな名前のクラスメイトにそう呼ばれるたびに怒りを感じた。

「なにか勘違いをされているのでは？」

そう強めに言ったときに、向かいの女性が口を開いた。

「その方、菱川さんではありませんよ」

そう言われて元クラスメイトは、一瞬きょとんとした顔になった。ようやく、自分が人違いをしたのだと理解してくれたようだった。

「あの……本当にごめんなさい。高校のときのクラスメイトにあまりにそっくりだったから……」

「いいえ、お気になさらず」

わたしは怒りを抑えて、余裕のある笑顔を作った。彼女はぺこぺこしながら、ロビーを出て行った。タクシーに乗り込むのが見える。

まだチェックインの時間にもなっていないのに、ホテルを出て行くのだから、たぶん宿泊客ではなく、食事に訪れたのだろう。

念のため、今回はあまり、外に出ずに部屋で過ごした方がいいかもしれない。食事はルームサービスで済ませよう。

そう考えてから、わたしは助け船を出してくれた女性にまだ礼を言っていないことに気づいた。

「ありがとうございました」

そう言うと、彼女は読みかけの本を閉じてにっこり笑った。

「そそっかしい人っていますね」

なぜか彼女には本当のことを言わなければならないような衝動にかられた。

「あの……人違いじゃなかったんです。あまり会いたくない人だったから……ごめんなさい」

彼女の目が丸くなる。

「そうだったんですか？　だって駒田さんですよね。以前、チェックインするときに隣だったから、聞こえてきて……なんとなく覚えていたからつい……」

「菱川は旧姓なんです。嘘をつかせてしまってすみません」

彼女は首を振って笑顔になった。

「嘘をつくつもりがなかった嘘なんだから、神様も許してくれると思います」

そう言ったあと、彼女は遠い目になった。

「昔の友達って、嫌ですよね。本人が忘れてしまいたいことも知られているんだから」

どきり、とした。

まるで、わたしのことをよく知っているようなことばだった。麦わら帽子と細いストラップのサンダルを身につけていた女性に、そのことばはあまりに不釣り合いだ。

それとも、彼女もそんな感情に囚（とら）われているのだろうか。

彼女は、八汐（やしお）愁子と名乗った。


マクベス夫人。

愁子はわたしにそんなあだ名をつけていたという。

「前、マクベスの部屋に泊まっているのを見たから」

何ヶ月か前、彼女はマクベスの部屋の、ふたつ先の部屋を使っていて、わたしがマクベスの部屋に入るのを見たのだという。冬物語の部屋だ。

「八汐さんはいつも冬物語の部屋に？」

「わたしは別に決めていないの。いつも違う部屋を選んでいる」

はじめて話をした日、愁子はロミオとジュリエットの部屋に泊まっていた。

彼女は、自分の部屋を見せるから、マクベスの部屋を見せてほしいとわたしに言った。

「まだ、マクベスの部屋には一度も泊まっていないの。予約のときに聞いてみたことがあるけれど、いつも予約が入っていて」

その申し出を不躾だと思わなかったのは、彼女がつけた「マクベス夫人」というあだ名が気に入ったせいもある。

戯曲を読んだことも、お芝居を観たこともない。だが、マクベス夫人が、夫を唆して王を殺させる悪女だということは知っていた。

悪い気はしなかった。自分がそんな人間ならきっと今よりは自由だろう。

ロミオとジュリエットの部屋は、若い恋人たちのラブストーリーにふさわしいような内装だった。

シフォンのカーテンが繭のようにベッドを包んでいて、ベッドリネンは白いレースで揃えられていた。ベッドのクッションの中にひとつだけ赤いクッションが紛れ込んでいるのは、ジュリエットが流した血を表しているのだろうか。

愁子がレースのカーテンを閉じながらつぶやいた。

「第二火曜日」

わたしは驚いて振り返った。

「どうして……？」

「やはりそうよね。駒田さん、いつも第二火曜日にこのホテルに泊まっている」

なぜ、それを知っているのだろう。少し愁子が怖くなった。

「ごめんなさい。びっくりさせるつもりはなかったの。わたしも第二火曜日に、ここに泊まることが多いから……わたしは日を決めているわけじゃないし、月に何度かここのホテルで息抜きをしているだけなんだけど、第二火曜日に泊まったときにだけ、あなたを見かけるから、ちょっと答え合わせがしたくなっただけ」

ただ、それだけ。愁子はばつの悪そうな顔をして、そう言った。

たしかにわたしは、第二火曜日に、ホテル・カイザリンに泊まることにしていた。月に一度、たった一日だけの気晴らしだったけど、その日だけ本当の自分でいられるような気がしていた。

第二週なのは、その週に夫が上海（シャンハイ）に出張に行くからだ。月曜日から木曜日までの三泊四日の日程で、経営するレストランの上海支店を訪れる。

中でも火曜日なのには理由がある。月曜日は、朝に彼が出て行っても油断できない。飛行機のトラブルで、戻ってきてしまうかもしれない。水曜日と木曜日は早く仕事が終わって、帰国を早める可能性がある。

彼が無事に上海に到着すれば、その翌日の火曜日に帰ってくる確率は低い。第二火曜日がわたしにとって、いちばん自由を満喫できる日だった。

二十代の頃ならば、わたしの行動に目を光らせていた夫も、さすがに四十近くなり、見た目も年相応になるとあまり関心を持たなくなった。それでも彼が家にいるときに、外泊するなど許してもらえるはずはない。

疚（やま）しいことはなにもしていない。ホテルで誰かと密会したことなどないし、するつもりもない。心ゆくまでひとりになれる唯一の時間に、男と会いたいとは、まったく思わない。

夫がわたしの行動を怪しむのなら、興信所でも探偵でも雇って調べさせればいい。だが、わたしの楽しみを、夫の気まぐれで中断させられるのだけは絶対いやだった。

「わたしの部屋は見せたわ。あなたの部屋も見せて」

愁子にそう言われて、わたしは頷（うなず）いた。廊下をふたりで歩いて、マクベスの部屋に向かい、重いキーホルダーのついた鍵でドアを解錠する。

ロミオとジュリエットの部屋から移動してみると、マクベスの部屋はやけに薄暗く見えた。

「素敵な部屋ね……」

愁子はかすれた声で言った。

「あなたにとてもよく似合っている」

彼女は、そう言ったけれど、わたしには彼女の赤いセーターこそが、この部屋にふさわしいように思えた。

かすかに喉が渇いた。

なぜか、なんらかの悪徳を、彼女に唆されているような気がした。

その日、わたしは愁子と一緒に過ごした。

サロン・ド・テでお茶を飲み、夕食をレストランで一緒にとる約束をした。

フランス料理のコースは、料理が運ばれてくるのに時間がかかり、どんなにゆっくり食べても時間をもてあましてしまう。かといって、食事の間に本を読むのも好きではない。

ふたりならば、料理の感想を言い合ったりするだけでも楽しいし、ワインもシェアできる。

ふたりで話していると、急にひとりでいる他の客が、寂しい存在のように思えてくるのが不思議だった。ひとりのときに、あんなに親しみを感じていたのが嘘のようだ。

どんな話をしたのかはあまり覚えていないが、愁子がよく笑ったことを覚えている。わたしは彼女に笑ってほしくて、記憶の中にあるありとあらゆる楽しい話を引っ張り出して披露した。

彼女は笑いすぎて涙を拭いながら言った。

「こんな楽しいのはひさしぶり」

「わたしも」

嘘でもお追従でもない。本当にひさしぶりだった。楽しいことも、誰かに心から笑ってもらいたいと思うことも。

誰が聞いているわけでもないのに、愁子は声をひそめた。

「鶴子さんさえご迷惑でなかったら、わたしもこれから第二火曜日に泊まりにこようかな」

わたしは身を乗り出して言った。

「迷惑だなんて。ぜひ、またご一緒したいです」

そう言ってから、すぐに気づく。

「あ、でも……わたしはこられないときもあるかも……」

夫が風邪でも引いて、出張が中止になってしまえば、わたしは家にいるしかない。

「もちろん、わたしだって、急になにか用事ができてしまうかもしれない。だから、これはゆるい約束。わたしは第二火曜日が空いていたら、ホテル・カイザリンに泊まるし、あなたは今までどおりにすればいいだけ。そして、ふたりが会えたら、こうやって一緒に食事をしましょう」

「会えなかったら……？」

「今までと一緒。このホテルで、ひとりでお茶を飲み、ひとりのテーブルで食事する。ひとりで過ごしたって、ここは最高の場所でしょう」

そうなのだ。わたしも今まではそう思っていた。

だが、なぜか愁子に会えず、ひとりで過ごすと考えただけで、どうしようもなく寄る辺（よるべ）ない気持ちになった。

たったひとつの約束が、わたしをよけいに孤独にするようだった。


翌月まで、わたしは怯（おび）えていた。

愁子はああ言ったけれど、第二火曜日に彼女はいないのではないか。単なる気まぐれか、その場しのぎの口から出任せに過ぎないのではないか。

彼女と会えないことを恐れながら、一方でわたしはどこかでそれを望んでいた。

次の夜も、また同じように楽しく過ごせるかどうかわからない。わたしは彼女を失望させるかもしれない。

失望させてしまうよりは、忘れられてしまう方がずっとましだ。もう一度偶然会えれば、微笑（ほほえ）みかけてもらえるだろうから。

一月の第二火曜日、わたしは不安ではち切れそうになりながら、ホテル・カイザリンを訪れた。ロビーの暖炉の前で、愁子の姿を見たときのわたしの喜びがわかるだろうか。

思わず小走りに駆け寄ってしまった。

彼女は少し驚いた顔をして、それから笑った。

チェックインをして、レストランのテーブルを二名で予約し、庭園に散歩に出た。その冬いちばんの寒気と天気予報では言っていたのに、わたしたちは一時間も庭園を歩き回ってしまった。少しも寒いと感じなかった。

愁子は、ピアノ教師だと話した。週二回だけピアノを教えているそうだ。

そんな程度で生活できるのだろうかと不思議に思ってしまった。愁子もそれに気づいたのだろう。少し寂しそうに目を伏せた。

「夫を早くに亡くしてしまって、その遺産があるから、生活には困っていないの」

狂いそうなほどうらやましいと思った。

わたしも彼女のようになりたい。わたしの夫も大富豪ではないが、それなりに高収入だから、彼が死ねばわたしも愁子のようになれる。

月に一度だけではなく、何度も会うことができる。一緒にどこか旅行にも行けるかもしれない。

上海からの帰国便が落ちればいい。いや、それではたくさんの関係ない人が犠牲になる。飛行機を降りた後、ひとりで交通事故を起こせばいい。

夫を殺したいとまでは思わない。彼はわたしより二十五歳も年上だから、確実にわたしより早く死ぬ。それがわたしの希望だった。だから、煙草をやめろとも、酒を控えろとも言わずに、好きなようにさせていた。

だが、そうは言っても、彼はまだ六十三歳で、二十年以上生きても不思議はない。急にその二十年が耐えがたいものに思われてくる。

夫への愛情などなかった。彼は金で買うように、十九歳のわたしを強引に自分の妻にした。

愛されると感じたことはない。彼にとってわたしは、不動産や証券と同じような財産のひとつに過ぎない。わたしに意志があり、感情があることにすら気づいていないだろう。

許せないのは、最近、彼がわたしの年齢をからかうことだ。白髪(しらが)を発見しては笑い、体型が崩れてきたと笑い、小じわを見つけて笑う。

二十五歳差の年齢が縮まることなどないのに、彼はまるでわたしだけが年をとったように、わたしを扱う。

三十八歳のわたしを嘲笑する彼は、わたしをはじめて抱いたとき、自分が四十四歳だったことをどう思うのだろう。当時の彼も腹は出ていて、髪に白髪も交じっていた。

わたしは彼に抱かれるたびに、自分がすごい勢いで年老いていくような気がした。

彼はわたしよりも早く死ぬ。行為が終わるまで、わたしは心の中で何度もそう繰り返した。


次の月も、その次の月も、愁子に会うことができた。

氷が解けるように寒さが和(やわ)らいでいき、正面玄関から建物までの間にある蠟梅(ろうばい)や、梅や辛夷(こぶし)が、咲いては散り、咲いては散っていった。

五月、うきうきした気持ちでホテル・カイザリンを訪れ、ロビーで愁子を待ったのに、夕方になっても彼女はこなかった。

フロントの従業員に尋ねてみると、予約すら入っていないと言う。

わたしはしょんぼりとうなだれて、部屋へと戻った。

一ヶ月前の会話を思い出し、彼女を失望させるようなことを言っただろうかと考えた。ただ、忙しくてこられなかっただけだと考えて、急に明るくなったり、もう二度と彼女に会えないかもしれないと思って、ベッドに突っ伏して泣いたりした。

夕食をとる気にもならず、部屋でぼんやりとしていた。

他の人が見れば笑うだろう。若くもない女が、なぜひとりの友達と会えなかっただけでこんなに動揺するのか、と。

わたしは、愁子以外の友達はいない。

夫の友達である夫婦と、家族ぐるみのつきあいをすることはあったが、わたしだけの友達はひとりもいなかった。

ずっといなかったわけではない。高校生のときまでは、悩み事をなんでも話せる友達も、たわいのないことで盛り上がって笑い合える友達もいた。

だが、十七歳の夏にわたしはその友達のすべてを失ってしまった。

わたしの父は、名の知られた栄養食品会社の社長だった。一代で会社を大きくしたせいか、テレビや雑誌が取材にくることも多かった。

わたしの本当の母は、わたしが幼いときに父と離婚し、家を出て行った。とはいえ、父が再婚した新しい母とも、うまくやれていたし、そのときは自分が不幸だと考えたことはなかった。

少なくとも、家にはお金がたくさんある。生きることに苦労なんてしなくて済む。わたしはどこかで甘く考えていた。

ある朝、わたしは家に押しかけてきた人々の怒号で、目を覚ました。

なにが起こっているのかわからないまま、テレビをつけた。そこには、自分の家の玄関が映っていた。

父が販売していたダイエットサプリメントで健康被害が出て、過去に亡くなっていた人までいたことが明るみに出たのだ。

それだけではない。栄養食品を販売するときに出していたデータは、嘘にまみれていて、なんの効果もないことがわかったどころか、健康被害が出ていることを知りながら、会社は隠蔽(いんぺい)して販売を続けていたことまでが判明した。

テレビのニュースや週刊誌には、父の顔が大写しで報道されていた。

マスコミから隠れるため、父は病院に入院し、わたしと母は母の実家に身を寄せた。一ヶ月ほど学校を休み、報道が一段落した頃、わたしは学校に戻った。

教室に入ったとき、みんながいっせいにわたしを見た。

誰も笑っていなかったし、わたしに話しかけようとしなかった。

視線が刃のようにわたしを刺した。

震えながらも、わたしは教室に入り、自分の席に着いた。近くにいたクラスメイトたちが、わたしの机のまわりからさっと離れていった。

喉がからからに渇いた。

昼休み、わたしは隣のクラスの真由子のところに向かった。

幼稚園からずっと、この私立学校に通っていたが、中でも真由子はいちばんの親友だった。親友のつもりだった。

なのに、彼女はわたしを見て、悲しい顔になった。

「ごめん、お父さんもお母さんも、もう鶴子とはつきあうなって……。ごめん、本当にごめん」

そんなに悲しい顔で謝らないでほしかった。

わたしは今でも真由子を憎めないでいる。たぶん、逆の立場ならば、わたしも同じことを言っただろう。

わたしは高校を中退した。大検をとって、大学受験をしようとしていた矢先、ひとりの実業家が、父の会社を買い取った。訴訟費用も援助してくれるという。

彼が出した条件のひとつが、わたしと結婚することだった。

わたしに選ぶ権利などなかった。お金さえあれば、不幸ではないなんて、どうして考えたりしたのだろう。


夜になって、愁子からメッセージが届いた。

「ごめんなさい。怪我をしてしまって今月は行けません。大した怪我ではないので、来月にまた会いましょう」

わたしはそのファックスを宝物のように抱きしめた。

愁子に失望されないためならば、どんなことでもしたいと思った。


六月は、また愁子と一緒に時間を過ごすことができた。

ひどい雨の日で、庭園を散歩することもできず、サロン・ド・テには高い声で外国人の悪口を言うグループがいて、居心地が悪かった。

愁子がわたしの耳もとで言った。

「わたしの部屋で、ルームサービスでお茶を飲みましょう」

愁子がその日泊まっていたのは、テンペストの部屋だった。

内装は、緑と灰色とくすんだ水色を使って「嵐」を表現していた。ゴブラン織りのソファにふたりで座って、わたしたちは、外の嵐の音を聞いていた。

ふいに、愁子がつぶやいた。

「なにもかも、このまま変わらなければいいのに……」

それはわたしの願いでもあった。多くは望まない。ただ、愁子とふたりで、月に一度会って、こんなふうに静かに時間を過ごせるのなら、それだけでいい。

夫がうんざりするほど長生きして、わたしの方が先に死ぬことになったってかまわない。

なぜだろう。彼女と会えるだけで、ほかにどんなつらいことがあっても、世界を恨まずにいられるような気がした。

愁子が立ち上がって窓を開けた。雨と風が部屋に吹き込んできて、カーテンが舞い上がった。

嵐が渦巻く部屋で、わたしたちははじめてキスをした。

そのままでいたかった。

他のなにを失っても、いちばん大事なものだけを手放さずにいたかった。

だが、世界は簡単に崩壊する。わたしは十七歳のとき、それを知った。

昼間、部屋の掃除をしていると、携帯電話が鳴った。夫からだった。

電話に出る前に、悪い予感がしたような気がした。もっとも、それは後付けの記憶かもしれない。わたしは自分の感情すら信用できない。

「すぐに、荷造りをしてくれ。自分の分と、俺の分。とりあえずは一週間分でいい」

「はい？」

なにを言われているかすぐにはわからなかった。

「荷造りが終わったら、ホテル・カイザリンに行ってくれ。場所は調べて。荷物もあるからタクシーでもいい。俺の名前で予約している」

まさかホテル・カイザリンの名前が、彼の口から出てくるとは思わなかった。

今は第二火曜日ではない。第一水曜日だ。たぶん、愁子と会うことはないだろう。

「でも、なぜ……」

「ホテルに着いたら、説明する。なるべく急いでくれ。あと、パスポートも忘れないで」

わたしは、戸惑いながら、言われたとおり、荷造りをした。自分と夫のパスポートを持ってタクシーを呼ぶ。

「ホテル・カイザリンまで」

そう告げて、わたしは携帯電話でニュースのページを開いた。

トップニュースに夫が経営するファミリーレストランの名前があった。

わたしは息を呑んだ。そのままニュースを読む。

期間限定メニューで、中身がレアのハンバーグを出していたが、工場で調理されたそれが、０１５７に汚染されていたらしい。

百人以上が食中毒で病院に運ばれ、中には重症患者もいると書かれていた。

わたしは放心したようにタクシーのシートに沈み込んだ。

また、同じことが起こる。わたしはすべてを失う。

ただ、十九歳のわたしを夫が欲しがったように、今のわたしを財産として欲しがる人はいないだろう。それが唯一の救いだった。


ホテル・カイザリンにタクシーが到着した。ふたり分の重いスーツケースを、ポーターが運んだ。

案内されたのは、ハムレットの部屋だった。赤を基調にした内装の部屋、壁にはオフィーリアの絵の複製が飾られていた。

この部屋を使うのははじめてだ。愁子との思い出がある部屋でなくて、心から良かったと思う。

夫は、夕方になってやってきた。

険しい顔をして言う。

「明日、謝罪会見をする。その後、シンガポールに飛ぶ。しばらく身を隠そう」

わたしはぽかんと口を開けた。

重症患者の中には、子どもも多く、生死の境をさまよっている患者もいると書かれていた。

わたしの責めるような視線に気づいたのだろう。彼は言い訳のように言った。

「ほとぼりが冷めるまでだ。どうせ俺たちにできることなどない。レストランは閉店して、また名前を変えてやり直す。どうせ、みんなすぐに忘れるさ」

わたしは怒りを抑えて、口を開いた。

「わたしは行かない」

わたしはもう一度言った。

「シンガポールには行かない。そのくらいなら離婚します」

夫は、鼻で笑った。

「マスコミの連中は興味を持つだろうな。俺の妻が、菱川食品の社長の娘だったと知ったら」

わたしは息を呑んだ。

夫は菱川食品を買い取り、そして、名前を変えて、また売り払った。今はすっかり菱川食品の名前は忘れ去られている。

だが、たった二十一年前だ。みんな簡単に思い出す。当時の被害者だっている。

わたしは精一杯虚勢を張った。

「菱川食品とわたしをつなげて考える人なんかいない」

「教えてやれば、簡単に思い出すさ」

わたしの心は絶望で閉ざされる。そうなれば、わたしの顔写真も出回るかもしれない。愁子に隠すことは不可能だし、もうホテル・カイザリンで歓迎されない客になってしまうかもしれない。

「父と夫、両方が死人を出す不祥事を起こした女というのも、おもしろい話題になるだろうな」

「なぜだ。マスコミに追い回されるぞ」

なぜだろう。父のときも、わたしがなにかをしたわけではない。なのに、人は言うのだ。おまえにも罪がある、と。父や夫の稼いだ金で生きていること自体が罪なのだろうか。

マクベス夫人を思う。彼女は自分で望んで罪を犯し、その手を汚して心を病んだ。

なにも望んでいないのに、ただ知らぬうちに手が血にまみれていたわたしよりも、ずっと自由だ。

「わたしはシンガポールには行きたくない。どうしても連れて行くというのなら、離婚します」

シンガポールに行ってしまえば、愁子とはもう会えない。

メッセージを愁子宛に送ることはできるが、わたしがしばらく身を隠せば、愁子は駒田という姓から、食中毒の件とわたしの不在をつなげて考えるのではないだろうか。

きっと夫の顔と名前は、これから見飽きるほど報道されるはずだ。わたしは、愁子に夫がレストランを経営していることを話してしまっていた。

愁子には、絶対に知られたくない。わたしは真由子の顔を思い出す。

「死人……？」

夫は吐き捨てるように言った。

「子どもが死んだ。夜のニュースで報道される」


深夜、わたしはハムレットの部屋を抜け出して、ライブラリーに向かった。

眠れない人のために、深夜でもライブラリーの鍵は開いている。誰もいない部屋。窓から月明かりが差し込んでいた。


わたしは愁子を失う。愁子を失望させてしまう。

わたしが、ホテル・カイザリンにもう現れなければ、愁子はすべてを察するだろう。だが、わたしがシンガポールに行かずに、夫と別れれば、夫がわたしのことをマスコミに話してしまう。

どうやっても、わたしの夫が、食中毒で死者を出したことは知られてしまう。おまけに父のことまで知られてしまうかもしれない。

愁子がそれでもわたしのことを受け入れてくれるとは思えない。

もし、ホテル・カイザリンがなくなれば。

この美しいホテルが焼け落ちてしまうか、それとも何ヶ月かでも営業停止になれば。

わたしと愁子は、それがゲームのルールのように互いの連絡先を知らせなかった。ホテル・カイザリンで会うのが、わたしたちのゲームだった。

もし、ホテル・カイザリンがしばらくの間でも営業停止になれば、わたしたちが会えないことは不自然ではなくなる。

愁子がわたしに失望することもなく、もう一度会ったときに笑いかけてもらえる。

このままでいることが不可能なら、それがわたしのせめてもの願いだった。

だから。

わたしはポケットから、ライターを取り出した。夫のスーツのポケットから探してきたものだった。

今日ほど、夫が喫煙者であることをありがたいと思ったことはない。

わたしはカーテンに火をつけた。


結局のところ、わたしが燃やすことができたのは、ホテル・カイザリンのライブラリーの一部だけだ。火は小火(ぼや)のうちに消し止められ、宿泊者やスタッフにも怪我はなかった。

わたしは、食中毒のせいで動揺して覚えていないと供述した。たぶん、誰もがわたしが無理心中をはかったと考えているはずだ。

それでいい。本当のことなど、誰にも知られなくていい。

執行猶予はつかなかった。放火が、殺人と同じくらい重い罪だということは、裁判になってからはじめて知った。別にかまわない。これは、わたしが望んで手を染めた罪だから。

拘置所で、わたしは離婚届にサインした。夫の死を待たずに、心だけは自由になれたというわけだ。

懲役五年。執行猶予なし。いつかはこの罪を悔やむ日がくるのだろうけど、今はまだ少しその感覚は遠くにある。

判決が出る前、拘置所で、わたしは新聞のある記事に目を留めた。

「保険金目当て。夫を事故に見せかけて殺す」

まず、見出しが、次に写真が目に飛び込んできた。

写真は愁子のものだった。

捜査の結果、昨年の五月に愁子が夫を駅のホームから突き落として殺したことが判明したと書かれていた。

わたしは弁護士から事件の詳細を聞いた。

なんでも、愁子は夫婦の貯金を使い込んだことを夫に知られ、離婚を宣言されたという。彼女は専業主婦で、離婚の理由からしても慰謝料はもらえそうもない。夫を殺して、保険金を手に入れようと考えたらしい。

わたしは少し考えた。

彼女が、殺人を犯した理由は本当に、お金そのものだろうか。わたしの存在が少しでも関係している可能性はないのだろうか。

もう一度、会えるかどうかはわからない。だが、もし会えたら、今度こそ、お互いのことをちゃんと理解できる気がした。

コマチグモ

櫻田智也（さくらだともや）

1977年、北海道生まれ。埼玉大学大学院修士課程修了。WEBライターを経て、2013年「サーチライトと誘蛾灯」で第10回ミステリーズ！新人賞を受賞。2017年に同作を表題に、昆虫オタクの魞沢（えりさわ）泉（せん）が探偵役を務める5編の作品集をまとめた。そこに書き下ろした「火事と標本」が第71回日本推理作家協会賞短編部門候補となったように、泡坂妻夫を継ぐとぼけたユーモアとオフビート名論理展開で好評を博すものの寡作で、本編が作品集『サーチライトと誘蛾灯』以後では短編第2作となる。（S）

元町東通り（もとまちひがしどお）りを南下して現場に向かっていた救急車を、信号機のない交差点の真ん中に立っていた初老の男性が両腕を振ってとめた。交差点では事故が起きていた。

救急車の対向車線に、フロントが大きく凹（へこ）んだミニバンが停車している。その前方に、見知った制服の女子中学生が倒れていた。

中年の女性が、パンパンにふくらんだレジ袋を片腕に引っかけたまま、道路に膝をついて被害者に声をかけている。

ミニバンのドライバーらしき会社員風の男性は、倒れている中学生と車のあいだを、おろおろと行き来するばかりだった。スマホでなにかしようとしているが、操作もままならない様子だ。彼に目立った外傷は認められない。

「すみません！」

若い隊員は運転席の窓から顔をだし、救急車をとめた初老の男性に大声で呼びかけた。

「通報はしているんですね？」

相手は一瞬ぽかんとしてから、

「だからあんたたちがきたんでしょうよ」

と、携帯電話をかざして口を尖らせた。

「はやく病院につれてってあげて！　この娘（こ）、意識がないのよ」

中年の女性がレジ袋を振り回して叫ぶ。厄介（やっかい）な事態になったと、隊員はもう一度声を張りあげた。

「われわれはべつの通報を受けてこの先の団地に向かっているんです！　すぐにもう一台到着しますから、それを待ってください」

十月一日、十六時五分。団地の一室で住民が倒れているとの通報が入った。現場には、この交差点を右折して住宅街の一方通行の道に入るのがいちばん近いのだが、事故現場が行く手をふさいでいる。

「なによ、まさか見捨てるっていうの？」

中年女性が食ってかかってきた。

「そういうわけでは……」

「だったらさっさと降りてきなさいよ！」

返す言葉に詰まる。

「いけ。ひとつ先の交差点を右折だ」

助手席の隊長からの指示に若い隊員はうなずき、アクセルに足をかけた。ところが、

郵 便 は が き

料金受取人払郵便

小石川局承認

1025

差出有効期間
2021年12月
31日まで

1 1 2 - 8 7 3 1

〈受取人〉
東京都文京区
音羽二―一二―二一
講談社
文芸第二出版部 行

書名をお書きください。〔　　〕

この本の感想、著者へのメッセージをご自由にご記入ください。

〔　　〕

おすまいの都道府県 ……………… 性別 男 女

年齢 10代 20代 30代 40代 50代 60代 70代 80代～

頂戴したご意見・ご感想を、小社ホームページ・新聞宣伝・書籍帯・販促物などに使用させていただいてもよろしいでしょうか。 はい（承諾します） いいえ（承諾しません）

TY 000044-1910

ご購読ありがとうございます。
今後の出版企画の参考にさせていただくため、
アンケートへのご協力のほど、よろしくお願いいたします。

■ **Q1** この本をどこでお知りになりましたか。

1 書店で本をみて

2 新聞、雑誌、フリーペーパー〔誌名・紙名　　〕

3 テレビ、ラジオ〔番組名　　〕

4 ネット書店〔書店名　　〕

5 Webサイト〔サイト名　　〕

6 携帯サイト〔サイト名　　〕

7 メールマガジン　8 人にすすめられて　9 講談社のサイト

10 その他〔　　〕

■ **Q2** 購入された動機を教えてください。〔複数可〕

1 著者が好き　2 気になるタイトル　3 装丁が好き

4 気になるテーマ　5 読んで面白そうだった　6 話題になっていた

7 好きなジャンルだから

8 その他〔　　〕

■ **Q3** 好きな作家を教えてください。〔複数可〕

〔　　〕

■ **Q4** 今後どんなテーマの小説を読んでみたいですか。

〔　　〕

住所

氏名　　電話番号

ご記入いただいた個人情報は、この企画の目的以外には使用いたしません。

「待ちなさい！」

　中年女性がまさかの俊敏さで救急車のまえに飛びだし、慌ててブレーキを踏む。

「危険です！　どいてください」

「あんたたち、この娘が死んでもいいっていうの！」

　女性は袋から抜いたネギで、「あんた・たち」と、隊員と隊長をひとりずつさした。

「お願いします！　われわれも大切な命をひとつあずかってるんです」

　そのとき後方からサイレンが聞こえてきて、思わず安堵の息をつく。

「ほら、聞こえるでしょう！　いま到着しますから」

　女性はなにもいわずに憎悪のこもったひと睨みをよこすと、中学生のそばへ駆け戻り、「大丈夫よ、大丈夫だから」と、手を握って呼びかけた。

　その様子を横目に救急車は動きだし、ひとつ南の交差点を右折して住宅地に入る。ほっとしたのも束の間、またもトラブルが待ちかまえていた。

　団地の敷地は周囲を柵で囲まれている。南北に二か所、常時開け放たれた門扉があり、南の通りからも車両の出入りは可能……なはずだった。

　しかし南門のすぐそばで水道管工事がおこなわれており、車の出入りができないのだ。

　おまけに工事のせいで道の一部が片側交互通行となり、渋滞が発生していた。最初に予定していた北側の通りとちがって、こちらは一方通行ではない。

「降りて先に現場に向かう。北門に車を回しておけ」

　隊長がそういって、後部の救急救命士に「いくぞ」と声をかける。彼は「はい」と応じて、気道確保用の器材が入ったケースと、スクープストレッチャーを抱えた。

　スクープストレッチャーは中央で縦に割ることのできる担架で、傷病者をすくいあげる形で収容する。頭部や脊髄の損傷が疑われる場合などにつかわれ、ある程度伸縮可能なことから団地の狭い階段には適している。

　ふたりは工事現場の脇をすり抜け、南門から敷地内に駆け入った。

　いっぽう救急車は、団地の西側にある細い通りを迂回して、ぐるりと北を目指した。途中、団地の駐車場越しに四号棟各戸のベランダがみえる。二階にひとつだけカーテンの引かれた窓があり、現場の二〇一号室はあのあたりだろうかと、なんとなく見当をつけた。北側の道にでて東に数十メートル、一方通行を逆走して北門から入り、四号棟の前にとまる。運転席からみあげた踊り場の窓に、急な階段をくだってくるストレッチャーがみえた。

住人たちが何事かと集まりだす。若い隊員は時計をみた。十六時十六分。通報からすでに十一分が経っていた。もう少しはやく到着できたはずだと唇（くちびる）を噛む。運転席から飛び降り、バックドアを跳ねあげて傷病者を迎えた。

「後頭部に外傷。呼吸はあるが意識不明」

隊長が短く告げる。普段着の女性、顔が白い。だが、その白さはどうやら化粧のせいらしかった。唇が赤く美しいのも。

揺らさぬよう車内に運び入れ、メインのストレッチャーに固定する。すぐさま救急救命士が、血圧、心電図、血中酸素飽和度の測定にとりかかった。隊長が無線に手を伸ばす。若い隊員は北門へ車を走らせた。

幸い、受け入れ先の病院はすぐに確保できた。サイレンを鳴らして、団地北側の一方通行を東に逆走する。

事故のあった交差点で、警察官が交通整理をおこなっていた。倒れていた中学生の姿はない。ドライバーがうなだれたまま聴取を受けている。

例のレジ袋の女性は、野次馬に向けて指示棒のようにネギを操りながら、なにやら熱弁をふるっていた。こちらに気づいた彼女の視線に冷めやらぬ憎悪を感じ、若い隊員は慌てて目を逸（そ）らした。

交差点を左折した救急車は元町東通りを北上する。生体監視モニターを睨みつづける救急救命士から「脈拍数、血圧ともに安定。心電図、血中酸素飽和度に異常所見なし」との報告がある。残念ながら脳の損傷については、車内で確認する術（すべ）がない。

隊長が、ふたたび無線のマイクを手にした。

「救急吉良（きら）元町一号より本部、応答願います」

『こちら吉良救急本部。どうぞ』

「搬送中の女性について現場状況に不審な点あり。所轄警察署への通報を要請します」

*

市営元町団地は敷地内に四つの棟がある。それぞれ団地としてごく一般的な羊羹（ようかん）型と呼ばれる五階建てで、四棟は上空からみると〈E〉の字に似た配置で並んでいた。方位はそのまま〈E〉の上が北、下が南だ。

問題の四号棟は〈E〉の縦の棒にあたる。西に位置し、南北に細長い。ひとつの棟には入口がふたつあり、それぞれの階段をはさんで二戸が対称形となるオーソドックスなつくりだった。

　そこにいま、救急本部からの要請に応え、県警吉良警察署の捜査一係から、ふたりの刑事が急行した。

　救急車で搬送されたのは、二〇一号室に住む平朱美、三十二歳。通報者は、同じ棟の四〇二号室の住人で、三沢加奈子。

　救急隊が到着したとき、平朱美は玄関奥のダイニングキッチンの床に仰向けで倒れており、三沢加奈子が添うようにしゃがみ込んでいた。

　平朱美に意識はなく、呼びかけに対しわずかな反応も示さない。呼吸は自発的におこなっており、脈動も認められたことから、心肺より脳の傷病が疑われた。

　彼女をストレッチャーに乗せる際、床の血痕と、後頭部の外傷が判明。血痕は、すぐそばに置かれたスチール製のテーブルの角にも付着していた。

　三沢加奈子は、平朱美が倒れた瞬間を目撃していたわけではない。

　よって、外傷と意識喪失の因果関係は不明。

　加えて、室内で倒れていた負傷者を、別室の住人である三沢加奈子が発見した点についても疑問がないわけではなかった。

　意識を失って倒れた先にテーブルの角があったのか？

　それともテーブルに頭を打ったことで意識を失ったのか？

　前者だとして、意識を失った原因は病気なのか、それ以外なのか？

　後者だとして、なぜテーブルに後頭部を打つような転びかたをしたのか？

　要するに、平朱美は事故による負傷者なのか、なんらかの事件の被害者なのか――？

　その判断が、ふたりの刑事に課せられた仕事だった。そして、もし彼女の意識が戻らない場合、それはきわめて重要な判断ということになる。

　桂木弓巡査が三沢加奈子に聴取をおこなうあいだ、捜査一係主任、唐津担之巡査部長は団地の管理事務所に赴き、負傷した平朱美の家族について問い合わせた。

　十七時の終業が迫るなか事務員は協力的で、管理センター本部に確認をとったうえで、彼女は中学一年生の娘とふたり暮らしをしていると教えてくれた。娘の名は、真知子といった。

事務員に依頼して、彼女の通う中学校に電話をかけてもらったが、「すでに下校しています」との回答だった。

いまから帰宅してくる真知子に、母親が倒れて救急搬送されたことや、それに伴い自分たち刑事がやってきたことを告げなければならないと思うと、唐津は気が重かった。

四号棟の西側に設けられた駐車場の車内で、桂木からの報告を聞く。

「買い物にでようとした三沢加奈子さんは、階段の途中で二〇一号室から……」

「ちょっと待て」

唐津は左手をあげ報告を遮った。

「途中というのは、どのあたりだ」

「ええと……」

問われて桂木巡査はメモに目を落とす。

「三階と二階のあいだ、です」

「だったら最初から、そう伝えてくれ。報告は迅速かつ正確にだ。同じ情報を共有できなければ、誤った方向に進みかねない」

「失礼しました」

桂木巡査が「ふん」と小さく鼻を鳴らしたように思えたが、それは唐津の気のせいだったかもしれない。

「三階と二階のあいだ、までおりてきたところで、二〇一号室から漏れてくる声に気がついたそうです」

「どん……」

「どんな声かは、いまから申しあげます。気になった三沢さんはドアの前で立ちどまり、耳をそばだてました。すると『お母さん』とか『起きて』という声が聞こえ、只事ではないと感じてチャイムを鳴らすより先にノブに手が……」

「おい、待て待て」

唐津は驚いた。桂木が「今度はなんですか?」といった表情を露骨に浮かべる。

「お母さん、だって?」

「はい」

「娘は帰宅していい、い、いたのか?」

「そのようです」

「そのようです、じゃないだろう。だったら、い、い、い、いまはどこにいるんだ。救急車に同乗したとは聞いてないぞ」

「わかりません」

「わからない？」

「三沢さんは、ダイニングキッチンに仰向けで倒れている平朱美さんと、傍らにしゃがんでいる娘の真知子さんをみて驚いて部屋にあがり、声をかけたそうです」

――なにがあったの？　一一九番には電話したの？　そう訊いても反応がなくて……だからわたし、『大丈夫よ、おばさんに任せて。すぐに救急車を呼んであげるから。ほら、しっかりしてちょうだい！』って、真知子ちゃんの肩を揺すったんです。そしたら真知子ちゃん、虚ろだった目が、急に焦点が合ったみたいになって……。

「いきなり立ちあがると玄関へ駆けだし、外にでていってしまったと」

唐津はため息をついて、フロントガラス越しに二〇一号室のベランダをみあげた。要請を受けてやってきたのに、自分たちは問題の部屋をまだ覗いてすらいない。

仮に平朱美が死亡していたのなら、変死案件として捜査ができる。検視官や鑑識係の臨場があり、多角的に事件性の有無を判断することが可能だ。

だが彼女は生きている。救急隊が現場に疑念を感じたというだけで、家人の許可もなく勝手にあがり込み、室内を荒らすことなどできない。だから娘の帰宅後に、彼女と管理事務所両方の承諾をとったうえで、部屋をみせてもらう算段でいた。

ところが真知子はすでに帰宅しており、そのうえ現場から立ち去って行方知れずとなっている……。

どうしたものかと思案していたとき、唐津の携帯電話が鳴った。〈刑事課〉からだ。

「はい、唐津です」

『おい、そっちの件だが、妙なことになった』

名乗りもせずに話しだす。桂木巡査には口の形だけで「課長だ」と伝える。

「それが、じつはこちらも少し妙なことになっていまして……ええ、はい……なんですって？」

声が一瞬ひっくり返ってしまった。めずらしい反応に、助手席の桂木巡査が首を傾げた。

「はい……わかりました……はい……」

電話を切ったときには、すっかり気持ちが沈んでいた。

「主任、どうかしましたか」

「……三沢加奈子による一一九番通報の三分後、この団地から二百メートルほど離れた交差点で交通事故があったというべつの通報が、同じく救急本部に入ったそうだ」

「ここにくる途中でとおった事故現場ですね？　元町東通りの」

うなずいてつづける。

「被害者は意識不明の状態で病院に搬送され、事故を起こしたドライバーはうちの交通課が現行犯で逮捕した」

「はあ。それがこちらとなんの……」

いいかけて、桂木巡査は細く薄い眉のあいだに皺を寄せた。こちらと無関係な交通事故の連絡が、刑事課の課長から入るわけがない。

「……まさか、その被害者というのは……」

「ああ。平真知子だ」


現場の交差点を前に、唐津は腕を組んでいた。

事故発生の経緯については、ある程度判明している。

平真知子は北門をでて団地北側の通りを東に駆けた。二百メートルほど先にある元町東通りとの交差点に進入したところで、南から走ってきたミニバンに撥ねられた。

ミニバンは保険代理店の営業車両で、運転していた三十四歳の男性は外回りの業務中だったという。速度超過や前方不注意などがあったかは現時点で判然としないが、被害の大きさを勘案し現行犯逮捕に至った。墨で描いたようなブレーキ痕が生々しい。

交通課員からは、救急車を巡って多少のトラブルが発生したという余談も聞いた。平朱美の件で団地に向かっていた車が、事故現場で停車を余儀なくされたのだという。もちろん救急隊員たちは、目の前で倒れている中学生が、自分たちが救助に向かっている女性の娘だとは思いもしなかっただろう。ふたりは同じ病院に搬送されたが、親子だとわかるまでに多少の時間がかかった。

目撃者によれば、平真知子は全力で走っていた。

唐津の腕組みはいっそう固くなる。

真知子は倒れている母親を残し、交差点に進入してくる車にも気づかないほどの夢中さで、いったいどこへ向かうつもりだったのか――。

「交差点を渡ってそのままいけば、一キロ足らずでJRの駅につきますね」

唐津の内心を読んだかのような桂木巡査の発言に驚き、思わず彼女の横顔をみつめた。

「エスパーか」

「は？」

「なんでもない」

ふたりは現場の交通課員に礼を述べ、交差点に背を向けて、団地に戻るべく歩きだした。

「主任、三沢さんの証言のつづきですが」

「ああ、なんだ」

「ここ最近、二〇一号室の母娘の仲は、あまりよくなかったようです。しょっちゅう喧嘩の声が漏れ聞こえていたと」

「内容は？」

「立ち聞きしたわけではないので、そこまではわからない……と」

なるほど。そういう経緯があったからこそ、三沢加奈子は今日も聞き耳を立てたのだろう。

「平真知子の向かっていた先が駅だったとして」

「はい」

「駅についたら、どうするつもりだったんだ？」

「それは、電車に乗るのではないでしょうか」

ふたりは目を合わせた。

「電車に乗って逃げようとした——そういうことか？」

「逃げたとはいっていません」

桂木巡査が先に目を逸らす。

「平朱美はシングルマザーだ。当然働いているはずだが、帰宅が早過ぎないか？」

「三沢さんの話では、朱美さんは市内の食品工場に勤務していて、休みもシフトによって週末とはかぎらないようです。平日の在宅自体に不思議はないかと」

平真知子は制服姿のまま交通事故に遭っている。帰宅直後だった可能性が高い。娘が帰宅したとき、母親はすでに倒れていたのか。それとも、そうではなかったのか。

「帰宅前の平真知子の様子も知りたいな」

「このあたり、少し訊ねて回りますか？」

北門をとおりすぎ、団地の西にある児童公園にさしかかったときだった。「ちょっと、そこのおふたりさん！」と声をかけられ振り返ると、中年の女性が小走りで近寄ってきていた。

左腕にレジ袋をさげ、右手にネギを握っている。なぜネギだけを裸のままもっているのか。それは刑事でもわからない。

「あなたたち、もしかして刑事さん？」

唐津は驚いた。

「エスパーか」

「え？」

「いえ、なんでもありません。ところで、どうしてわたしたちが警察の人間だと？」

「だって、さっき事故現場で警察官といろいろ話してたじゃない。あれくらい大きな事故だと、私服の刑事さんまで捜査に乗りだしてくるのね」

「いや、事故の捜査では……」

「わたし目撃者なんですよ」

女性が自分をネギでさした。ミニバンは彼女の横を走り抜けた直後に、交差点で少女を撥ねたのだという。

「あの子、真知子さんていうんですって？　なにをあんなに急いでたのか、いきなり交差点に飛びだしてきて。そのまま走り抜けちゃえばよかったんだけど、びっくりして身体が竦んじゃったのね、立ちどまっちゃったのよ。車の陰になってぶつかる瞬間はみえなかったし、ブレーキの音で悲鳴も聞こえなかった。『あっ』て思ったときには、もう弾き飛ばされて道の上。わたし、すぐに駆け寄ったわ。袋のなかで買ったばかりの卵が割れちゃったけど、そんなの小さなことじゃない。なのに運転手ときたら、おろおろするばっかり。結局近くにいた男の人が通報したのよ。以前は一方通行違反が多い場所だったんだけど、そっちは取り締まりのおかげですっかり減ったのに……やっぱり信号をつけるべきよねえ。警察でなんとかしてちょうだいよ」

喋りだすととまらない。先発の救急隊と悶着を起こした女性がいたと聞いたが、この人がそうなのではないかという気がしてきた。

「それにね、刑事さん。先に現場に到着した救急車ったら、あの子を見捨てていっちゃったのよ」

やはりそうかもしれない。

「警察からも苦情を伝えておいてほしいわ。一刻を争うときに、なに考えてるのかしら」

どうやら、団地から搬送されたのが平真知子の母親だという情報までは得ていないらしい。このまま喋らせておくといつまで喋りつづけるかわからないので、唐津は水をさすつもりで、

「真知子さんは、どうしてそんなに急いでいたんでしょうね」

と、訊ねてみた。回答を期待したわけではなかったのだが、意外にも女性は、

「お友だちと約束があったらしいんだけど……」

と、女性が返事をよこしてきた。

「え？」

「学校のお友だち。さっきそこで声をかけられたのよ。『事故のことご存じですか？』って、訊いてきたの。で、『知ってるわよ。真知子さんていう中学一年の子が車にひかれたの』って教えてあげたら、その女の子、『やっぱりコマチだ！』って、いきなり泣きだしちゃって」

話しながら、女性まで泣き顔になる。ネギで目を拭かなければいいが。

「コマチだなんて、かわいいあだ名よね。なんでもそのお友だち、真知子さんと同じ部活に入ってて、今日の練習が急に中止になったから、近所のクレープ屋さんにいく約束をしてたんですって。四時に中学校の門のところで待ち合わせてたそうなの」

早口を、桂木巡査が必死で手帳におさめている。

「それなのに時間を過ぎてもこないから、痺れを切らして団地まで迎えにきたらしいのよね。ふたりとも、携帯電話はもってないんですって。その途中で事故のことを耳にして、もしかして真知子さんじゃないかって……でも不思議でしょう？　団地からみたら、交差点と中学校は真逆の方向じゃない。約束をすっぽかして、いったいどこにいこうとしてたのかしら？」


平朱美の件を知らない彼女には不思議でも、唐津らには〈真知子は駅に向かっていたのではないか〉という仮説がある。

話を聞いていて気になったのは、べつの点だった。

地図アプリによれば、団地から中学校までは徒歩で十五分ほどかかる。待ち合わせに間に合うためには、真知子は遅くとも十五時四十分頃には帰宅していなければならないだろう。

三沢加奈子による一一九番通報は十六時五分に入っている。

帰宅した真知子が倒れている母親を発見したと仮定した場合、真知子は二十分ものあいだ、呼びかける以外なにもしなかったことになってしまう。そう考えると、異変が母親を襲ったのは真知子の帰宅後だったと仮定するのが、自然なように思えるのだ。唐津はそんな推測を巡らせると同時に、視線もまた巡らせ、

「友だちの女の子は、もう……」

と訊ねた。女性は、

「ああ……もう見当たらないわねえ……」

そういってから、

「あ、でも、あそこに立ってる男の人。あの人も、その女の子と話してたわよ。なんでも下校中の真知子さんをみかけたとかで、そのときの様子を……」

と、公園の向こうの道に立っている男性をネギでさした。

住宅街を東西にはしる二本の道は、元町団地の西側の細い道でつながっている。

〈工〉の字で説明すれば、縦の棒が細い道にあたり、その右側が団地の敷地、左側が児童公園だ。

　上の横棒を東、つまり右に進むと、平真知子が事故に遭った交差点にいきつく。車両一方通行の道路で、交差点からこの道に入ってくることはできても、でていくことはできない。平朱美を搬送した救急車は、サイレンを鳴らして例外的に逆走し、交差点から元町東通りにでた。

　下の横棒は一方通行ではないが、団地南門の前で水道管工事がおこなわれており、交通がやや滞っている。平朱美の救助に向かった救急車が、この渋滞にはまって難儀したという話も交通課員から聞いていた。ちなみに真知子の通う中学校の正門は、この南通りの西の突き当りにある。つまりこの通りが、彼女の通学路ということだ。

　ネギでさされた男性は、その通学路――下の横棒の公園沿いの路上――に立っていた。ふたりの刑事は女性に礼をいい、彼に近づく。

「すみません、帰宅途中の平真知子さんをみかけたと聞いたんですが、お話をうかがってもよろしいですか。われわれ警察の者でして……」

「ええ。みましたよ」

　緑のカーディガンに灰色のスラックス。白髪高齢の男性だった。

「真知子さんとは顔見知りで？」

「小学生の頃は町内会の催しにきてたね。最近は雰囲気が変わっちゃって、すれちがっても、お互い会釈程度だったけど」

　そういう男性は、少し寂しげだ。

「真知子さんをみかけたのは、この路上で？」

「うん。犬の散歩にでたとき……あ、家がすぐそこなんだけど……真知子ちゃんが、ひとりで公園にいるのに気づいたんだよね」

「公園に、ですか。何時頃か憶えていたりは……」

「散歩にでたのが十五時半。これはもう、毎日の決まりみたいなものだから間違いないよ」

「真知子さんは、公園で遊んでいた？」

「遊んでいたといえば、そうなんだろうねえ。石を投げてたよ」

　石？

「昨日の雨でできたんだけど、ほら、大きな水たまりがあるでしょう」

　よほど水はけが悪いのか、公園の真んなかに巨大な水たまりができていた。

「あそこに延々石を投げてたよ。池や湖に投げるっていうならわかるけど……石切りとかっていう、石を水面で跳ねさせる遊びがあるじゃない？　でも、いくら大きくたって水たまりだからねえ。変わったことしてるなって思ったよ」

　桂木巡査をみる。彼女は「わかりません」というように首を傾げた。

「真知子さんは、ひとりでいたとおっしゃいましたね」

「うん。そのときはね」

「というと？」

「散歩から戻ってきたら、男の人が近くにいたよ。少なくともこのあたりに住んでる人じゃなかったな。三十代かそこら……はっきり顔をみたわけじゃないから、なんとなくの印象だけど」

「その男性と、やはり石投げを？」

「いやいや、もう石は投げてなかった。なんだかわかんないけど、ススキをみてたよ」

　公園のなかに、ススキが小規模に群生する一角があった。

「ふたりでしゃがんでね。そのうち、真知子ちゃんが急に立ちあがって、公園から駆けでてきたんだよ。で、団地のほうへ一直線。そのまま工事現場の隙間をぬって南門から入っていった。危ないなあって思って、みてたんだ」

「それは何時頃かわかりますか」

「うん。十六時ちょっと前だね。これも習慣だから、まず数分とちがわないよ」

　唐津は内心「おやおや」と呟いた。それでは、真知子の帰宅は十六時よりもっとはやかったという仮説が、成り立たないことになる。

　そのうえ、友人との待ち合わせの時間が迫っている状況において、どうして公園で石など投げていたのか？　ススキをみていた男性は何者なのか？　という、新たな疑問までもちあがってしまった。

「見知らぬ男性は、真知子さんを追いかけたりは……」

「追いかけてって感じでもなかったけど、でも、あとから同じ方向に歩いていったことは間違いないよ」

「その男性に話しかけたりは……？」

「いや、しなかった。たしかに気にはなったんだけどさ、スティーリー・ダンが『もう帰る』って急かすから」

「スティーリー・ダン？」

「うちの犬」

「ああ……いい名前ですね。男性の特徴で、なにか憶えていることはありますか？」

「特徴ったって……そうだねえ。あ、ちょうどああいう服装してたよ。リュックも似たのを背負ってたなあ。あんなふうにちょっと猫背でね。髪型も背丈もそっくり……いや、ありゃ当人だ。ほら、あそこに突っ立ってる男の人がそうだよ」

　いつの間にあらわれたのだろう、公園の大きな水たまりのそばに、こちらに背を向けて、男がひとり佇んでいる。

　男は魞沢泉と名乗った。吉良市の人間ではなく、「趣味の昆虫採集の帰りに、たまたまこのあたりに立ち寄っただけ」だと説明した。刑事が先入観を抱くのはまずいことだが、いきなり怪しい。桂木巡査もそう思ったようで、魞沢へとそそぐ視線が、少女を狙った変質者をみる目だ。生活安全課に恩を売る気でいるのかもしれない。

「たまたまではなく、なにか目的があって立ち寄ったのではありませんか？」

　桂木巡査が手帳を開き、率先して質問する。

「じつはこのあたりに、女子中高生に人気のクレープ屋さんがあると聞きまして」

「女子中高生にご興味が？」

「どちらかといえばクレープのほうに」

「とはいえ、若い女性への関心も少なからずあったのではありませんか？　あなたが中学一年生の女子と一緒にいたのを目撃した人がいるんです。クレープを買いにきただけのあなたが、なぜこの公園に？」

「店と駅のあいだにあったもので」

「理由になっているようで、なっていませんね」

「……すみません。たしかにあの子には興味を抱きました」

　おやおや……もう少しがんばるかと思ったが、案外あっさり観念したようだ。桂木巡査のペンをもつ指先に力が入るのがわかった。

「詳しく聞かせてください」

「彼女は、水たまりに向かって石を投げつづけていました」

「ひとり寂しそうに遊んでいる女の子を選び、声をかけた？」

　巡査の声が一段ときつい。平真知子に関する情報収集のはずが、もはや不審者の職質だ。

「ただ石を投げているだけなら声はかけません。気になったのは、水たまりの上に、たくさんのトンボが飛んでいたからです」

「トンボ？」

「だからぼくは彼女に近づき、『石を投げるとトンボが驚くからやめてはどうか』と、話しかけたんです。虫好きとして、黙っていられませんでした」

「…………」

「すると彼女から驚くべき回答がありました。『トンボを驚かせるために石を投げているんだから、それでいい』というのです。そしてぼくに一瞥をくれると、むきになって矢のような投石をつづけました。刑事さん、これについてどう思いますか？」

「あの、ほんとうのことをおっしゃっていますか？　態度によっては公務執行妨害で……」

前のめりになる部下を唐津は「まあまあ」と制し、

「その女の子は、どうしてトンボを驚かせたかったんですかね」

と、鮎沢の話に乗るかたちで聴取を引きとった。とりあえずは好きに喋らせてみる。

「ぼくもそれが不思議で訊ねてみたわけです。その結果、あらためて驚かされることになりました。なんと彼女は、トンボの命を守るためにトンボに石を投げていたのです」

「ほう……どういうことです？」

そう問う唐津の横で、桂木巡査は呆れ顔だ。

「水たまりの上のトンボたちは、産卵飛行の最中だったんです。ほら、あんなふうに」

鮎沢の指さす先に、縦につながって水面ギリギリを飛翔しているトンボのつがいがいた。うしろにいるのが雌なのだろう。ときおり腹部の先端を打ちつけるようにして水に触れさせている。

「あのトンボはアキアカネといって――いわゆる赤トンボですね――浅い水に産卵します。卵は冬を越え、春を待って孵化しヤゴが誕生します。しかし、公園の水たまりはすぐに干あがってしまいますから、産み落とされた卵は死ぬだけです。真知子さんは、そんな場所に産卵しないよう、トンボに向かって石を投げつづけていたわけです」

「ちょっと待って。いま真知子さんといいましたね？　なぜその名前を」

「それはコマチグモのことを話したときに……いや、順を追って説明しましょう。ぼくはトンボに対する彼女の考えを聞き、思うところはありましたが、結局『やさしいんですね』と、あたりさわりのない感想を述べました。真知子さんはその感想が不満だったらしく、『身勝手なトンボが許せないだけ』だと、ぼくを睨みました」

魞沢が頭をかく。

「虫好きとしては、トンボの親たちの肩も、もってあげたいところです。しかしぼくは、あえて彼女を刺激することもなかろうと、トンボについてはそれ以上触れないことにしました。かわりに、ちがった習性をもつ虫がいることを知ってもらおうと、あるクモを紹介することにしたんです。……刑事さん、こっちにきてもらえますか？」

魞沢は公園の隅に群れるススキに近づいた。唐津らもついていく。

「ここをみてください」

「……葉っぱがどうかしましたか？」

「なにか気づきませんか」

「なにかって……ああ、葉っぱが巻いてる」

唐津はちまきを連想した。

「そう。これは、コマチグモの一種であるカバキコマチグモが、巣づくりのために巻いた葉です。とくにめずらしくもない毒グモですが……」

「毒があるんですか？」

それなのに魞沢は、平気な顔で葉に指を触れようとしている。

「ご安心ください。この巣は大丈夫です」

彼が葉をひろげると、なかには糸くずのような塊（かたまり）があるだけで、クモ自体の姿はみえなかった。

「空（から）っぽだ」

「その糸を、よくみてください」

いわれて目をこらすと、黒い牙のようなものが引っかかっている。

「なにかの虫……クモの食べ残しでしょう？」

「いかにもクモの食べ残しですが、その食べ残しがクモでもあります」

「禅問答のようなことをいいますね」

「そんなつもりはありません。それは、子グモに食べられた母グモの残骸なんです」

「えっ」

桂木巡査が顔を引（ひ）き攣（つ）らせた。

「カバキコマチグモの母親は、子グモに食物として自らの身体を提供し、絶命します。子グモたちは母親を食べ尽くしたのち、ちまき状の巣から散り散りに旅立っていくのです」

「それはまた……」

凄絶（せいぜつ）な最期だ。

「彼女が名前を教えてくれたのは、このクモの話をしたときでした。古文の授業で小野小町がでてきたのがきっかけで、それまで『マチコ』と呼ばれていたのが、『コマチ』というあだ名になったのだということも」

「紹介した甲斐があったじゃないですか。自分のあだ名に重ねるほど、奇妙な毒グモのなにがそんなに気に入ったのかは、ちょっと理解できませんが」

しかし鯱沢は浮かぬ顔だ。

「彼女が重ね合わせたのは、クモだけではなかったようです」

「どういう意味です」

「真知子さんは、交通事故に遭ったそうですね」

知っていたのか。

「ええ、病院で治療中です」

「彼女の母親も、病院に搬送されたとか」

「なぜそれを……」

そう口にしたときだった。もうひとつ、重なる名前があることに気がついた。

平朱美。朱──赤──赤トンボ──。

すっと胸が冷たくなった。

──ここ最近、二〇一号室の母娘の仲は、あまりよくなかったようです。

真知子が石を投げていた相手はトンボではなかった？

──しょっちゅう喧嘩の声が漏れ聞こえていたと。

トンボに重ね合わせた母親だった？

──身勝手なトンボが許せないだけ。

真知子は朱美が許せなかった？

真知子──コマチ──コマチグモ──。

子グモによる母グモ殺し。

「でも変じゃないですか」

閉じかけた唐津の思考の輪のなかに、桂木巡査の声が飛び込んできた。

「真知子さんは友人との待ち合わせがあって、とても急いでいたはずなんです。それなのに、初対面のあなたと、のんびりクモの観察を？　俄かには信じかねるお話です」

「待ち合わせ……なるほど、それでわかりました。だから真知子さんは、急いでいたんですね」

「なんですって？」

「彼女はしきりに時間を気にしていました。公園の時計を何度もみては、そのたびに団地のほうを眺め……」

「だったら、なおさらおかしいじゃないですか。ほんとうは、あなたが彼女を無理に引きとめていたのでは？」

「真知子さんは、帰りたくても帰れなかったんです。だから仕方なく、団地がみえるこの公園で待っていた。焦りと苛立ちから、トンボに向かって石を投げながら……」

「あなたは一度公園を立ち去ったあとで、またここに戻ってきたんですよね。どうしてですか」

「救急車のサイレンを聞いて、胸騒ぎがしたんです。事故について訊いて回り、被害者が真知子さんらしいことを知りました。そしてもうひとつ、真知子さんの母親もまた、救急搬送されたらしいことを」

「こたえになっていませんよ」

「ちょっと待て。鮎沢さん、ひとついいですか」

唐津が部下と鮎沢の嚙み合わない会話を断ち切る。

「彼女は帰りたくても帰れなかった……そうおっしゃいましたが、あなたはその理由を、本人から聞いたということですか？」

「いえ」

「たんなる臆測だと？」

「ええ」

「さっきこうもいいましたね。『仕方なく、団地がみえるこの公園で待っていた』と。それもただの推測ですか」

「はい」

「いったいなにを待っていたと思うんです？」

鮎沢が、団地へ目をやった。つられて唐津もみる。

四号棟のベランダがみえた。色とりどりの洗濯物と、プランター。

しかし二〇一号室のベランダにはなにもない。窓にはカーテンが引かれ、室内への視線の侵入を防いでいた。カーテン……午後四時に、平朱美はもうカーテンを？

ベランダの下には駐車場。来客用のスペースに、自分たちが乗ってきた車もみえる。

そのとき、一台のセダンがゆっくりと動きだし、クラクションをひとつ鳴らした。それに応じて、四階の窓から手を振る人がいる。

「車……待つ……」

「主任？」

はっとして鮎沢をみると、視線がぶつかった。

真知子はコマチグモに自分を重ねていた。だがそれは……。

先に口を開いたのは鮎沢だった。

「真知子さんを車に飛び込ませたのは、ぼくなのかもしれません」

彼はいった。

「そのことを確かめなければいけないと思い、ここに戻ってきたんです。それなのに、どうやって確かめたらいいのか、ぼくにはそれがわからなくて」

唐津は団地へと駆けた。日没を過ぎても水道管工事はまだつづいていた。その脇をすり抜け南門から敷地に入る。耳にあてた携帯電話から、公園で待機させている桂木巡査の質問が飛んできた。

『主任、いったいなにをするつもりか、そろそろ教えてもらえませんか』

「桂木巡査、いまからきみは平真知子だ。俺はこれから駐車場へ移動し、車を動かす。それを確認したら、きみはそこから走るんだ。南門から団地に入って二〇一号室に向かってくれ。友人との待ち合わせに遅れているつもりで本気で……中学一年生の本気程度で頼む」

『中学一年の本気って、そんなのわたし……』

「ほんとうは部屋に入ってもらいたいところだが、令状がないのでドアの前で二分……いや、三分にしておこうか、待機してほしい。三分経ったら四号棟をでて、北門から敷地を抜け、そのまま事故のあった交差点まで走ってくれ」

『あの……これはいったい』

「先に解説して手心が加わるとまずい。悪いがここまでだ。しっかりやってくれよ」

巡査はまだなにか喋っていたが、唐津は通話を切った。

一度、桂木巡査の目が届かない四号棟の陰に入って立ちどまる。シチューの匂い。魚を焼く匂い。たくさんの家の、たくさんの夕暮れ。どこかでカラスの集団が、けたたましい叫びをあげた。やがて羽ばたきが頭上をとおりすぎ、唐津はあらためて駐車場へと歩きだした。車に乗り、エンジンをかけ、ライトをつけてシートベルトを締め、ゆっくりとアクセルを踏む。走りだした桂木巡査がみえた。

北門をでてハンドルを左に切る。右から左への一方通行。数十メートル進んでふたたび左折、公園と団地のあいだの細い道に入る。桂木巡査はもうみえない。

突き当りのT字路をまた左折し、南側の通りに入ろうとするが、いまだ工事のせいで渋滞があり、すぐには曲がれない。部活帰りの中高生の迎えや、塾への送りで、ちょうど混み合う時間帯だった。真知子の帰宅時は、部活のない生徒の下校時間にあたる。救急隊のエピソードを聞くに、やはり同じように混み合っていたのではないだろうか。ウインカーをだしながら待つ。

なんとか割り込み、工事で道幅の狭くなった範囲を、交互に譲り合いながら徐行で通過する。直進し交差点に辿りつくが信号につかまった。交差する元町東通り側が優先で、こちらの赤信号が比較的長い。急行中ではないので、もちろん青を待って左折し、北上する。速度標識は五十キロ。ギリギリのスピードに調整する。

やがて、事故の起きた交差点が近づいてきた。アクセルとブレーキ、どちらに足を置くべきか、迷いが生まれる。

（そう上手くはいかないか——）

アクセルを踏んでやりすごそうとしたとき、左から桂木巡査の姿が視界に飛び込んできた。こちらをみて、「あっ」という顔をする。

思わずブレーキに足がかかったが、バックミラーに後方の車が迫っていた。徐々に速度を落としてハザードをつけ、数十メートル先で路肩に寄せる。サイドミラーを覗くと、肩で息をしながら巡査が追いかけてきていた。助手席の窓を開け、

「上出来だ。ちょっと出来すぎだがな」

と告げる。

「交通課に協力を頼もう」

「な……はあ……なんの協力……はあ……ですか」

「逮捕されたドライバーに確認するんだ。交通事故を起こす直前まで、あなたは元町団地の四号棟にいたのではないか、と」

桂木巡査はなにかいいたそうだったが、息が切れて言葉にならなかった。

*

「真知子さんが帰宅する直前まで、二〇一号室には男性がいた。そういうことですか」

スポーツドリンクを飲み干してやっと、桂木巡査の息がととのった。

「平朱美は独身だ。恋をして悪いことはなにもない」

だが、十三歳の娘が、それを受け入れることができるかはべつの話だ。その年頃の子どもの多くにとって、親というのは親としてだけ存在してほしいものだ。自分の知らない母親がいる——母親ではない母親がいる——それは真知子に、まるでそのあいだ、自分が捨てられているような感覚をもたらしたのではないだろうか。身勝手なトンボに産み捨てられた卵に、思わず心を寄せてしまうような感傷を。

「真知子さんは母親の交際相手について、どのくらい知っ

ていたのでしょう」
平日の昼間、外回りの営業の合間に逢瀬を済ませるような関係は、うしろ暗いものを感じさせる。意識を失った朱美をその場に残し、通報もせず逃げたのだとすれば、少なくとも男にとっては知られたくない、知られてはならない関係だった可能性が高い。であれば娘と顔見知りだったとは考えにくい。

だが、真知子は男の存在を知っていた。母親の些細(ささい)な変化がきっかけだったのかもしれないし、団地の階段の窓越しに、自分の家からでてきた男をみてしまったということだって、あり得るだろう。そのとき男が運転する車を、じっと見送ったのかもしれない。そう、たとえば今日のように、部活が急に中止になって、いつもよりはやく帰ってきた日に……。

駐車場の車をみて、真知子は男の来訪に気づいた。カーテンの閉じられた家に、だから帰ることができなかった。真知子は待った。男の車が団地からでていくのを。

「帰宅して倒れている母親を発見し、その原因が男性にあると考えた真知子さんは、彼の車を追いかけるため部屋をでていった。その行動を主任は、わたしに再現させた」

意識のない母親に呼びかけている最中、三沢加奈子が部屋に入ってきた。

――大丈夫よ、おばさんに任せて。

――ほら、しっかりしてちょうだい！

その励ましに真知子は、自分にできることがあると気づく。自分にしかできないことがあると気づく。彼女は部屋を飛びだした。北門を抜け元町東通りを目指し駆けた。

ふだんであれば間に合うはずがなかった。

しかし工事のせいで、男の車は遠回りを余儀なくされていた。北側の道から元町東通りに直接抜けることはできない。どんなに急いでいたとしても、取り締まりの多い一方通行を逆走する危険は冒せない。やむなく細い道を迂回して南側の道に入ったが、そこでは渋滞が起きていた。

だから真知子は間に合ってしまった。

ネギの女性は、自分がみた場面の解釈を誤っていた。真知子は車に驚いて身体が竦んでしまったのではない。自らの意思で、車の前に立ちはだかったのだ。

――真知子さんを車に飛び込ませたのは、ぼくなのかもしれません。

鮲沢が伝えたコマチグモの習性。真知子はそれに自分を重ねた。母の命を奪う子グモにではない。子グモのためにその身を投げだす母グモのほうに。

自分がそうでありたいと思う気持ちは、母に自分だけをみていてほしいという、十三歳の切なる願いを映したものだったかもしれない。真知子の心のなかで陰画のように母と娘は逆転し、彼女は自分を犠牲にしてでも、母を傷つけた相手を逃がすまいとした……。

たしかに、そういう解釈もできる。

べつに魞沢を慰めるつもりがあるわけではない。ただ、たとえコマチグモのことを知らなかったとしても、真知子はきっと、同じ行動をとったのではないかと思うのだ。

人は、誰にも誉められないようなことをするとき、そこにほんとうの姿をあらわす。

少女には、まっすぐな烈しさがあった。ただただ、男を逃がしてはならないという一心だった。きっと、それだけなのだ。

唐津は、まだ顔も知らぬ少女が隠しもっていた烈しさを、想像してみる。

電話が鳴った。

刑事課長からだった。逮捕されたドライバーが、二〇一号室にいたことを供述しはじめたとの連絡だった。ただし、あくまで仕事上の訪問であり、平朱美との個人的な関係や、彼女が倒れていたことへの関与は、否定しているという。

通話を切ると、今度は桂木巡査に着信があった。

「はい、桂木です……ええ、課長と話し中だったので、それでつながらなかったのだと……はい、ええ……そうですか。あの、このままちょっと待ってもらえますか」

通話を保留し、こちらを向く。

「主任、病院から署のほうに連絡があり、意識が戻ったそうです」

「母親か？　それとも娘か？」

「朱美さんと真知子さん、どちらもです」

安堵を飲み込み、眉間に皺を寄せる。

「だったら最初から、そう伝えてくれ。何度もいうが、報告は迅速かつ正確にだ」

「失礼しました」

電話を耳に戻す直前、桂木巡査が小さく笑ったように思えたが、それは唐津の気のせいだったかもしれない。

傷の証言

知念実希人(ちねんみきと)

1978年、沖縄県生まれ。東京慈恵会医科大学卒。現役内科医のかたわら2011年、第4回島田荘司選ばらのまち福山ミステリー文学新人賞を受賞、翌年に受賞作『誰がための刃：レゾンデートル』(文庫化時『レゾンデートル』と改題)でデビュー。『仮面病棟』や、〈天久鷹央(あめくたかお)の推理カルテ〉シリーズなどで人気を高め、著書は10年足らずで30冊に及ぶ。『崩れる脳を抱きしめて』『ひとつむぎの手』『ムゲンのｉ』などのほか、〈神酒(みき)クリニックで乾杯を〉はじめシリーズものも多く、この「傷の証言」は精神鑑定医影山司が活躍する連作『十字架のカルテ』の第3話である。(S)

1

「疲れたぁー」

　玄関扉を閉めると同時に、そんな声が漏れてしまう。弓削凜はパンプスを脱ぎ捨てると、ジャケットのボタンを外しながら廊下を進んでいく。

　部屋に入った凜はジャケットを椅子の背にかけてバッグをデスクに放ると、顔からベッドに倒れこんだ。抗議するようにスプリングが軋む。

　日曜にもかかわらず、日直に当たっていたため一日中働きづめだった。

　名目上、日直は午前八時から午後六時までの待機業務となっている。しかし、凜が勤める光陵医科大学附属雑司ヶ谷病院は、都内でも最大規模を誇る精神科の専門病院だ。病棟の回診、精神状態が不安定な患者の診察、救急で運ばれてきた急性期の覚醒剤精神病患者の治療と入院手続きなど、立て続けに仕事が押し寄せ、昼食を摂る間もなく一日が過ぎていった。

　ひとしきりベッドで横になり気力を充電した凜は、ストッキングを脱ぎ、部屋の隅に置かれている小型冷蔵庫に近寄る。扉を開けると、なかにはビール缶がところ狭しと詰め込まれていた。

　五百ミリリットルのビール缶を取り出し、プルトップの蓋を開く。炭酸のはじけるシュワシュワという音が、鼓膜を心地よく刺激した。

　唇を缶につけようとしたとき、バッグに入れてあるスマートフォンの着信音が響いた。

「なによ、こんなときに」

　一瞬、気づかないふりを決め込もうという誘惑にかられるが、病院からの緊急連絡の可能性もある。大きなため息をついた凜は、ビール缶を片手にデスクへと近づいていった。

　病院からの電話でなかったら無視をして、ビールを呷ろう。そう心に決めてスマートフォンを取り出した凜は、画面を見て肩を落とす。病院からの着信ではない。しかし、無視するわけにはいかない相手だった。

　ビール缶を机の上に置いた凜は『通話』のアイコンに触れ、スマートフォンを顔の横に持ってきた。

「どうも、こんばんは」

挨拶をすると、『こんばんは、弓削君』という、機械音声のような平板な声が返ってきた。

「あの、影山先生、こんな時間になんのご用でしょうか？」

凜は警戒心を込めて、電話の相手である影山司に訊ねる。三ヶ月ほど前から凜は、勤めている病院の院長であり、さらには日本有数の精神鑑定医である影山の助手を務め、精神鑑定を基礎から学んでいた。

精神鑑定に対して妥協を知らない影山は、鑑定に際して徹底的な調査や、大量の資料を必要とする。それを収集することが助手としての凜の一番の仕事だった。これまで何度か、影山がこうして突然電話をかけてきては、資料収集の指示を出されたことがある。

「ご存知かもしれませんけど、さっきまで日直業務で病院中駆けまわっていて、いまようやく家に着いたところなんです。明日も朝から勤務なんで、早めに休みたいんですけど……」

どうせ無駄なんだろうなと思いつつも、同情を誘うような口調で言ってみる。

『そうか、鑑定の依頼が入ったので君も同席したいかと思ったんだが』

「ちょ、ちょっと待ってください！」

通話を終えられそうな気配を感じ、凜は慌てて言う。

「いまから鑑定に行くんですか？」

『中目黒で起きた殺人未遂事件の被疑者に精神疾患の疑いがあるということで、鑑定の依頼があった。君も立ち会うかと思って声をかけたんだが、どうやら疲れているようだな』

「いえ、そんなことありません！　すぐに行きます！」

凜はスマートフォンを両手で持つ。影山の鑑定に立ち会うことは、精神鑑定医を目指す凜にとって、なによりも優先するべきことだった。

『いまから車で病院を出る。十分程度で君のマンションの前につくから待っていなさい』

用件だけ言い残して影山は電話を切った。スマートフォンをバッグにしまった凜は、机の上に置かれたビール缶を手にすると、大きなため息をつきながら廊下にあるキッチンへと向かう。

「ごめんね、飲んであげられなくて」

つぶやきながら流しの上でビール缶を逆さまにする。白い泡を立てながら、琥珀色の液体が排水口に吸い込まれていった。

　影山の運転するＳＵＶが警察署の裏手にある駐車場に滑り込む。エンジンを切って車を降りた影山は、無言で警察署の裏口に向かっていく。足の動きはそれほど速くはないが、長身で歩幅が広いので速度が速い。凛はパンプスを鳴らして、小走りに彼のあとを追っていった。

「光陵医科大学雑司ヶ谷病院の影山です。被疑者の精神鑑定の依頼を受けてきました」

　相変わらずの抑揚のない口調で影山が用件を告げると、裏口に立っていた制服警官は「お疲れ様です。お待ちしておりました」と敬礼をする。

　署内に入った影山は、迷いない歩調でエレベーターの前まで進み、案内を見ることもなくボタンを押す。おそらく何度も訪れているのだろう。精神鑑定医としての影山のキャリアを見た気がして、凛はかすかな感動を覚える。

　エレベーターを降りると、広いフロアが蛍光灯の漂白された光に煌々と照らされていた。天井からチェーンでぶら下がったプレートには『刑事課』と記されている。しわの寄ったワイシャツ姿の男たち数人が、書類が山積みになったデスクで事務作業を行っている。

　椅子の背もたれに体重をかけて天井を仰いでいた中年の男が、影山たちに気づいたのか、立ち上がって近づいてきた。

「どうも、影山先生。お待ちしておりました」

　しわがれた声で言うと、男は破顔する。固太りした男だった。首から肩にかけての筋肉が発達しすぎているのか、襟元が閉まっていない。腕の筋肉がワイシャツを突き上げ、耳は潰れて餃子のようになっている。おそらく柔道経験者なのだろう。無骨な顔に笑みを浮かべる姿は肉食獣が牙を剝いているようで、凛は威圧感をおぼえる。

「久しぶり、串田さん」

　顔見知りらしく、影山は小さく会釈をする。串田と呼ばれた男は、凛の姿を見て目を丸くした。

「おや、こちらの方は？」

「私の病院の精神科医、弓削凛だ。助手として連れてきた」

「ほう、こんな若いお嬢さんが精神科の先生なんですか。私はこの目黒署刑事課の串田というものです。どうぞよろしく」

　串田が差し出してきた手を、凛は「よろしくお願いします」と握る。野球のグローブを嵌めているかのような、厚く大きな手だった。

「ホシは奥の取調室にいますんで、いつでもはじめられますよ」

串田は親指を立てると、肩越しに奥にある扉を指した。

「その前に、調書を読ませてもらえるかな」

「はいはい、そう言うと思って用意していますよ」

軽い口調で言うと、串田はフロアにあるデスクへと案内する。そこには薄い調書が置かれていた。椅子に腰掛けた影山が調書を開く。肩越しに覗き込んで、凜もその内容に目を通していく。

事件が起こったのは、今日の昼下がりのことだった。中目黒駅から徒歩十五分ほどの住宅街に建つ一軒家で、その家の主婦である沢井雅恵がリビングで掃除をしていると、二階から甲高い悲鳴が聞こえてきた。驚いて廊下へ出ると、書斎で仕事をしていた夫の貞夫も、部屋から慌てて顔を出した。二人が警戒しつつ階段を上がっていくと、二階廊下の突き当たりにある息子の部屋の扉が開き、大学四年生である娘の涼香がふらつきながら「助けて……」と近づいてきた。

腹部を押さえる涼香の両手の下から、血液が溢れているのを見て、両親がなにが起きたのか訊ねると、涼香は背後を指さし、「一也に刺された」と答えた。貞夫たちがそちらを見ると、涼香の弟である一也が血に濡れた果物ナイフを片手に、呆然と立ち尽くしていた。

貞夫はすぐに涼香を連れて階下に避難するように妻に指示をし、持っていたスマートフォンで救急と警察に通報をすると、慎重に一也に近づき、ナイフを捨てるように説得した。一也が素直に従ったので、貞夫はそれを回収して警官を待った。

到着した救急隊により涼香は雅恵に付き添われて搬送され、近くの交番から駆けつけた警官が貞夫とともに一也から話を聞こうとした。しかし、声をかけられた一也は突然、大声を上げて叫び出して警官を殴りつけたので、公務執行妨害で現行犯逮捕されることとなった。

近くの総合病院に搬送された涼香は、幸い命に別状はなく、救急部で治療を受けたあと入院となっている。

調書には、涼香が事件の詳細について語った内容も記されていた。おそらく、涼香の容態がそれほど深刻ではないことを知った刑事たちが、病院に押しかけて話を聞いたのだろう。

涼香によると、三年前に高校を中退後、自室に閉じこもっている二歳年下の弟に文句を言いに、彼の部屋に向かったということだった。両親に迷惑をかけないよう、早く仕事を見つけて実家を出るように説教をする間、一也はほとんど反応することなく話を聞いていた。しかし、説教を終えて部屋から出る前に、「あんたなんかいなくなればいいのに」と吐き捨てると、一也は突然、「ぶっ殺してやる！」と叫んでナイフを取り出し、刺してきたということだった。

涼香の話を聞いた刑事たちは、容疑を殺人未遂に切り替え、一也の訊問（じんもん）を開始した。しかし、話しかけても一也は意味の分からない発言をくり返すだけで会話が成立しなかった。そのため精神疾患が疑われ、影山に鑑定が依頼された。

調書を閉じた影山は、無言のまま机の一点を見つめる。

「どうかしました、影山先生？」

声をかけてきた串田を影山は横目で見る。

「沢井一也の経歴は分かっているかな？」

「え？　ああ、もちろん。病院で両親に話を聞いてきましたから」

串田は椅子の背に掛けてある茶色いスーツのポケットから手帳を取り出すと、パラパラとめくりだす。

「えっとですね、沢井一也、二十歳、無職。現在、両親と姉と実家に同居。三年前に高校を中退して、その後は仕事もせず、ほとんど部屋から出ることなく過ごしていたということです。まあ、引きこもりのニートということですね」

「精神科の受診歴は？」

「精神科にかかっていたかどうかですか？　いやあ、両親に話を聞いたときは、まさかあんな奇妙な受け答えすると思っていなかったので、特に訊（き）いてはいないんですよね。ただ、そういう話が両親の口から出ることはありませんでした」

影山は軽く頷（うなず）くと、続けざまに質問をする。

「食事などは家族と一緒に？」

「いいえ、母親が一日三食、部屋の前まで持っていっていたようです。家族と顔を合わせることも、最近はほとんどなかったということです。まあ、そんな生活している弟が同居していたら、姉としては気味悪く思うのもしかたがないですね。特に、ガイシャはかなり優秀ですからねえ。引きこもっている弟を見て、腹が立ったのかもしれません」

「優秀というと？」

「ガイシャの沢井涼香は、帝都（ていと）大学法学部の四年生なんですよ」

「帝大？」

凛は思わず声を上げる。帝都大学は国立大学の中でも最難関校だ。そこの法学部ということは、偏差値のうえでは文系のトップということになる。

「しかも、卒業後はアメリカの大学に留学するらしいです。天才様ってところでしょうかね」

串田がいかつい肩をすくめると、影山が椅子から立ち上がった。

「必要な情報は揃った。本人と話そう」

「ご案内します。こちらへどうぞ」

串田に連れられて影山と凛は、『取調室　1』と記された扉の前にやってくる。

「念のため、私も同席しましょうか？」

扉の鍵を開けながら串田が訊ねてくる。影山は「いや、必要ない」と首を振った。

「そうですか。私は扉の前にいますので、万が一なにかありましたら大声で知らせてください。すぐに飛び込んできますので。では、よろしくお願いしますね」

串田が扉を開く。凛は影山の後ろについて室内へと入った。

重い音を立てて扉が閉まる。蛍光灯が灯っているにもかかわらず、室内は少し暗く感じた。凛はすぐにその理由に気づく。部屋の中心に置かれたデスク。そのそばに腰掛けている若い男から滲み出している負の雰囲気。それが空気を淀ませ、部屋を薄暗く感じさせているのだろう。

「こんばんは、沢井一也さん」

影山が声をかける。しかし、一也は俯いたまま、顔を上げなかった。まるで声が聞こえていないかのように。その態度を気にしたそぶりも見せず、影山はデスクを挟んで一也の対面となる席に腰掛ける。凛も影山の隣のパイプ椅子に座った。

「光陵医大附属雑司ヶ谷病院の影山と弓削です。警察から依頼を受け、君の精神鑑定をしにきました。よろしく」

淡々と影山が挨拶をするが、やはり一也は反応を示さなかった。俯いたまま、視線をデスクに注いでいる。

緊張をおぼえつつ、凛は目の前に座る男を注意深く観察する。彼から拾える情報を、わずかたりとも見逃さないように。

今回、影山が依頼された精神鑑定は、『簡易鑑定』と呼ばれるものだ。専門の施設に入院をさせたうえで二ヶ月ほどの時間をかけてじっくりと鑑定を行う『本鑑定』とは対照的に、簡易鑑定では一般的に、わずか三十分程度の面接で鑑定を行わなければならない。

短時間の面接だけで確実な鑑定を行うのは困難だが、実際にはそうやって作られるインスタントな鑑定書を元に、検察は被疑者を起訴するか否かを決定している。

もっと時間をかけて正確な鑑定をするべきという意見は当然ある。しかし現実問題として、それは困難だった。精神鑑定を必要とする事件は数多くあり、その被疑者全員に詳しい鑑定をするには、予算もマンパワーも不足しているのだ。

一般的には殺人などの重大事件の精神鑑定では、本鑑定が行われる場合が多い。しかし、それにも一定の基準があるわけではなく、捜査員や検事の個別判断によって決められているのが実情だった。

一也はいまだにこちらに視線を向けることすらしない。肩まで伸びた髪は光沢が生じるほどに脂が浮いている。肌は少し浅黒く見えるが、健康的な日焼けではなく、皮膚を薄く覆い尽くすほどに垢が溜まっているためのようだった。かなりの期間、入浴をしていないのだろう。漂ってくるすえた悪臭が、凜の想像を裏付けていた。

デスクを見つめる目は焦点が合っていない。震えるようにわずかに動き続ける唇から、かすかに声らしきものは聞こえるが、その内容まで聞き取ることはできなかった。

「こんばんは」

両手をデスクについた影山は、もう一度挨拶をする。首の関節が油切れしたかのようなぎこちない動きで、一也はかすかに顔を上げた。

「アルキメデス……」

一也の口から古代の数学者の名前が零れ落ちた。

「アルキメデスがどうかしたのかな?」

ゆっくりとした口調で影山が聞き返すと、一也の口から「ひひっ」という、しゃっくりをしたかのような笑い声が漏れる。ひび割れた彼の唇が、いびつに歪んだ。おそらくは笑顔を浮かべているのだろうが、凜にはその表情が泣いているように見えた。

「アルキメデスは金を水に沈めて本物か調べたのです」

抑揚のない口調で一也は話しはじめる。

「でもね、アルキメデスが出ていった風呂には垢が浮いていて、それが集まって垢太郎になった」

有名な古代の逸話から、マイナーな日本の昔話へと話題が変わっていくのを、凜は影山とともに黙って聞いた。

「垢太郎は桃に入って、猿と雉を連れて鬼退治にいったけど、犬がいなくて、犬は交通事故で死んじゃったんだ。でも、墓から這い出してきたんで、節分の豆で追い出そうとしたんだけど、鬼をやっつけなくちゃいけないから、家の中に入ってきて、排水口に入り込むのです。だから警察はレーダーを使って家を監視して、けどカーテンを閉めたら電波を防がれるから、通気口からスパイを入れた。それが家で増えて……」

一定のリズムで支離滅裂な話を垂れ流し続ける一也を、凜は見つめ続ける。十分以上、一也は喋り続けた。その内容は北欧神話や政府による陰謀論、はてはアニメやアイドルの話題までとりとめなく多岐にわたっていた。その間、彼の表情は、時々引きつったような笑みを浮かべたり、眉間にしわを寄せたりするものの、基本的には能面を被ったかのような無表情だった。

話を終えた一也は、電池が切れたかのように再び虚ろな眼差しをデスクに向けた。

「ありがとう。とても興味深い話だった。さて、もしよければ数時間前に起きたことについて話をしたいのだが、いいかな?」

影山が話しかけるが、一也は視線を上げることすらしない。その様子を見て、串田がなぜ事件当日に簡易鑑定を依頼してきたのか、凜には理由が分かった気がした。

串田たち刑事課の人間にとって、今回のケースは『面倒で割に合わない事件』なのだろう。自分たちが捜査して犯人を追い詰めたのではなく、家族の通報によって交番の巡査が逮捕した事件。殺人未遂事件ということで刑事課が担当しているが、起訴できたとしても自分たちの手柄になるようなものではない。そのうえ、逮捕した被疑者と会話が成立しないとなると、さっさとこの事件を終えたいと思うのも当然だった。

簡易精神鑑定で犯行時に心神喪失状態だったという鑑定を下してもらい、送検する。そうすれば事件は警察の手を離れ、検察に引き継がれる。串田たちは一刻も早くその手続きを行い、そして『割に合う事件』の捜査に力を入れたいのだろう。

「今日、君の部屋にお姉さんがやって来たことを覚えているかな?」

影山が訊ねる。一也の体が大きく震えた。目だけ動かして、上目遣いに影山を見る。

「覚えているようだね。そこでなにがあったのか、もしよかったら話してくれないかな」

影山がゆっくりとした口調で話しかけると、一也の手に震えが生じた。その震えは虫が這うように腕、体幹、そして顔面へと這い上がっていく。蒼ざめた唇が開く。

「ああああーっ！」

唐突に、一也の口から絶叫が迸った。壁が震えるほどの音量に、凜は反射的に両手で耳を覆う。

「ああ！　ああー！　ああああーっ！」

一也は脂ぎった髪を掻き乱しながら叫び続ける。体が前後に大きく揺れ、座っている椅子が軋みを上げた。

「どうしました！」

扉の外で控えていた串田が飛び込んでくる。突然現れた熊のような男を見て、一也の声がさらに音量を増す。

これはまずい。血が滲むほどに頭皮に爪を立てて暴れる一也を前に、凜の脳内に警告音が響きわたった。

完全に恐慌状態になっている。このままだと自傷行為に走ってしまうかもしれない。鎮静薬の注射が必要な状況だ。しかし、手元に治療道具はなかった。

どうしていいか分からず凜が固まっていると、影山が立ち上がり、散歩でもするような足取りで暴れる一也に近づいていった。

「大丈夫だ」

一也の背中に手を置いた影山は、いつも通りの平板な口調で囁く。

「ここは安全だから、落ち着きなさい」

振り回されていた一也の手が影山の頬を叩く。爪が当たったのか、小さな傷が生じ、血が滲んでくる。

「先生！」

目を剝いた串田が走り寄ろうとするのを、影山は掌を突き出して止めると、再び一也に囁きかける。

「ここは安全だ。ここには君を傷つける者はいない。だから、怖がらなくていい」

一也の体を覆い尽くしていた震えが弱まっていく。それ自体が独立した生物のように不規則に動いていた両腕も落ち着いていった。

「それでいい。疲れただろうから、今日はもう休みなさい」

一也の背中に手を置いたまま影山は、ちらりと串田に一瞥を送る。その意味を理解した串田は、扉を開けて外の同僚たちに声をかける。すぐに二人のスーツ姿の男たちが部屋に入ってきて、放心状態の一也の両脇を支えて立たせると、部屋の外へと連れて行った。

「留置場に入れておきます。それで、影山先生。鑑定はどんな感じでしょうか？」

媚びるような笑みを浮かべて串田は言う。ここで影山が、「犯行時に精神疾患により心神喪失状態であった」と鑑定を下せば、おそらく刑事たちはすぐに送検の手続きをはじめ、その後、検察が一也を不起訴にするだろう。串田たちは、裁判のために証言や物証を集めるという面倒な仕事から解放されることになる。

「ここの部屋はもう使わないのかな」

串田の質問に答えることなく、影山はつぶやいた。

「は？　ええ、まあ今夜はもう使う予定はないですが……」

「それなら少しの間、使わせてもらってもいいかな？　いまの面談について、弓削君と意見交換をしたい」

「はぁ、それはまあ、かまわないですが……」

歯切れ悪く串田が答えると、影山は「ありがとう」と言って、さっきまで一也が座っていた椅子に腰を掛ける。串田は渋い表情を浮かべると、「少しだけですからね」と言い残して部屋から出ていった。

影山は両肘をデスクにつくと、組んだ手の上にあごを載せた。

「さて、君の鑑定を聞こうか。沢井一也をどう思う？」

向かいに座る影山からのプレッシャーに、凜の口の中が乾燥していく。医学生時代、教授と一対一で行った口頭試験を思い出す。

「統合失調症。おそらくは破瓜(はか)型だと思われます」

破瓜型統合失調症、または解体型統合失調症。統合失調症の一つの型で、典型例では思春期に発症し、思考能力の低下や感情の鈍麻、意欲の減衰などの『陰性症状』と呼ばれる症状が前面に出るタイプの病型だ。

「その診断の根拠は？」

「先ほどの面接で、支離滅裂な発言が続きました。思考が解体して、まとまりのある言動ができなくなっていると思われます。また、場にそぐわない引きつった笑みや、しかめっ面なども破瓜型統合失調症によくみられるものです。高校を中退して引きこもるようになったというのも、典型的なエピソードです。おそらく、その頃に統合失調症を発病していたものと思われます」

影山は鷹揚(おうよう)に頷くと、「詐病の可能性は？」と質問を重ねてくる。

「詐病の可能性は低いと思われます。彼からは統合失調症患者にみられる独特の雰囲気を感じました。あれは簡単に模倣できるものではないと思います。また、詐病の場合は精神疾患だと診断されることにより何らかの利益を得ようとするものですが、彼はこれまでその診断を受けた形跡はありません」

「つまり君は、事件が起こったとき彼は統合失調症による心神喪失状態であったと鑑定するんだな？」

影山がまっすぐに目を覗き込んでくる。凜は喉を鳴らして唾を飲み込むと、口を開いた。

「はい、私はそう判断しました」

「なるほど……」

そうつぶやいた影山は、背もたれに体重をかけると、長い足を組んで天井を眺める。黙り込んだ影山を前にして、凜の胸に不安が湧きあがってくる。なにか間違っていただろうか？　私はなにか見逃していたのだろうか？

たっぷり、一分以上無言で天井を見つめたあと、影山はぼそりとつぶやいた。

「私の診断も同じだ」

緊張が解けた凜は、肺の底に溜まっていた空気を吐き出す。

「彼は間違いなく破瓜型の統合失調症だろう。言動、外見、そして生活歴、全てがその診断を裏付けている」

そこで言葉を切った影山は、天井に視線を送ったまま「ただ……」と口にした。

「ただ、なんでしょう？」

完全に油断していた凜の体が再びこわばる。

「ただ、一つだけ腑（ふ）に落ちない点がある。それについて気づかないかな？」

「腑に落ちない点……」

その言葉をくり返しながら、凜は必死に頭を絞る。沢井一也との面接を最初から反芻（はんすう）する。しかし、どれだけ考えても、とくにおかしな点を見つけることはできなかった。

「……申し訳ありません。分かりません」

「君は優秀な精神科医だ」

唐突な賞賛に、凜は目をしばたたかせる。

「あ、ありがとうございます」

「精神疾患にかかわる君の診断はかなり正確だ。しかし、精神鑑定をするなら被疑者の診断だけではなく、事件の状況との整合性も検討する必要がある」

「事件の状況と……ですか？」

「そうだ」

影山は姿勢を戻すと、大きく頷いた。

「私が今回の事件で気になったのは、姉を襲った際に彼が発したという言葉だ。『ぶっ殺してやる！』、彼はそう叫んで姉を刺した」

「はい、たしかに調書にはそう書かれていました」

「つまり、彼は明確な殺意を持って姉を刺した。そういうことになる」

虚を突かれた凛は「あっ！」と声を上げた。

「もちろん、統合失調症の妄想に囚われ、現実の認識がうまくいかなくなった結果、殺意を持って相手を傷つけることもないわけではない。その場合でも、妄想によって一般的に理解できない動機で犯行を行ったなら、心神喪失が認められる」

「けれど、今回の場合は……」

「何年も引きこもっていることを姉に責められたうえ、すぐに仕事を見つけて家から出ていくように迫られた。それに対して激高し、『ぶっ殺してやる！』と叫びながら姉を刺した。短絡的ではあるが、一般的に理解できない動機とは決して言えない」

「では、犯行時に一也さんには少なからず責任能力があったということですか？　心神喪失ではなく、心神耗弱状態だったと？」

だとすると、不起訴にはならない。心神耗弱状態での犯行は、情状酌量はあるものの、裁判で裁かれなくてはならないのだ。

「弓削君、さっきの彼を見て、今日の昼に心神耗弱状態だったと思うかな？」

数瞬、さっきの面接の記憶を反芻した凛は、はっきりと首を横に振った。

「いえ、そうは思いません。未治療の状態が続いたせいで、一也さんの病状はかなり進行しています。現実を正確に把握する能力は、著しく阻害されているはずです。長期間、統合失調症による心神喪失状態だったと思われます」

「私も同じ考えだ」

影山は腕を組んで、天井辺りに視線を彷徨わせた。

「犯行の状況と、被疑者の病状の乖離。これがなにを意味するのか……」

口をはさんで思考を邪魔してはいけないと思い、凛が口をつぐんでいると、唐突に影山が立ち上がり、出口へと向かう。凛は「え、どこに」と慌てて彼のあとを追った。

「影山先生、お疲れ様です。それで鑑定の結果は出ましたか？　やっぱり精神病でしょ？」

外で待ち構えていた串田が、いまにも揉み手をしそうな態度で訊ねてくる。

「被害者と両親は、いまも病院に？」

「え、まあ、ガイシャは入院していますからね。両親もたぶん付き添っているんじゃないでしょうか？」

「では、いまからそちらに向かうので、どちらの病院に搬送されたか教えてもらえるかな。あと、精神鑑定医が話を聞きに行くと、先方に伝えておいてもらえるとありがたい」

「え、待ってください！　病院に行くってどういうことですか？」

　串田は目を白黒させる。

「そのままの意味だ。これから被害者と、その両親に話を聞いてくる」

「なんでそんなことする必要があるんですか？　彼らの証言なら、調書にすべて書いてあったでしょう」

　顔を紅潮させる串田の気持ちが、凜には十二分に理解できた。簡易鑑定は基本的に三十分程度の面談のみで行う、文字通り簡易的なものだ。にもかかわらず、影山はこれから被害者とその両親に話を聞きに行こうとしている。さっさと心神喪失の鑑定をもらい、この事件を終わりにしようと串田が焦るのも当然だった。

「被疑者の病状と、家族が証言した犯行時の状況に、いくつか不可解な点が見つかった。その理由を探るために、事件にかかわった人々から直接話を聞く必要がある」

「いえ、でもですね。簡易鑑定でそんなことする方を見たことないんですが……」

「一般的な鑑定医はやらないだろう。ただ、私は正確な鑑定をするためには労力を惜しまない」

　精神鑑定に対する影山の執念を普段から目の当たりにしている凜は、「いや、労力を惜しまないと言われても……」と戸惑う串田に同情する。こうなった影山はてこでも動かない。

「あのですねぇ、影山先生。私たちもたくさんの事件を抱えていまして、あまりこの件にだけ時間を割くわけにはいかないんですよ。今日中に鑑定をしていただいて、方針を決めたうえで明日には送検する必要があるんです」

　哀れを誘う声を出す串田の前で、影山は腕時計を確認した。

「いまは、午後八時十八分だ」

「は？　あの、それがどうしましたか？」

「『今日』はまだ三時間四十二分ある。それまでに鑑定できるように努力しよう」

　影山は薄い唇の口角を上げる。それを見て説得が無理だと悟ったのか、串田は筋肉で盛り上がった肩を落としたのだった。

2

目黒第一総合病院の面談室に入ると、中年の男女が力なく俯いて座っていた。

目黒署をあとにした影山と凜は、被害者である沢井涼香が搬送されたこの病院にやってきていた。串田が連絡を入れてくれていたおかげで、夜間受付に向かうと、すぐにこの病棟に案内してもらえた。

まずは両親の話を聞きたいということで、担当の看護師に頼み、開放時間が過ぎて無人になっている面談室に彼らを呼んでもらった。

「はじめまして、私は光陵医科大学雑司ヶ谷病院の……」

影山と凜が自己紹介をすると、二人は虚ろな瞳を上げた。調書によると、二人とも五十代前半だということだったが、表情が弛緩(しかん)しているせいか目の前にいる夫婦は還暦前後に見えた。身に着けている服は落ち着いているにもかかわらず、高級感を醸し出していて、彼らが経済的に余裕のあることをうかがわせた。

「あの、串田っていう刑事さんから連絡があったんですが、一也のなんというか……精神状態を鑑定するとか」

父親である沢井貞夫が、ぼそぼそと聞き取りにくい声で言う。

「はい、犯行時の息子さんの精神状態がどのようなものであったのか、それを鑑定します」

「それはつまり……、あんなことをしたとき、一也がパニックになって、わけが分からなくなっていたということでしょうか？」

奥歯にものが挟まったような貞夫のセリフが、凜は気になった。影山の眉尻もかすかに上がる。

「それを調べるため、ご両親にお話をうかがいたいのですが、よろしいでしょうか？」

沢井夫婦はわずかなあいだ無言で顔を見合わせたあと、おそるおそるといった様子で頷いた。影山は近くから椅子を持ってくると、夫婦に向き合うように座る。凜はその隣に立って、影山がどのように話を進めていくのかに集中した。

「それでは、まず一也さんが高校を辞めたころの話を聞かせていただけますか？　なぜ彼は中退をしたんでしょう？」

影山が訊ねると、夫婦は再び顔を見合わせたあと、雅恵が首をすくめながら話しはじめた。

「学校でいじめを受けるようになってきたんです」

「いじめ？　具体的にはどのような？」

「それまで仲の良かった友人たちが、陰で悪口を言うようになって、それに一也を仲間外れにするようになっていったんです」

　凜は横目で影山の様子をうかがう。視線に気づいた彼は、かすかにあごを引いた。他人に悪口を言われているように感じるという症状は、統合失調症の初期に極めて高い頻度で生じるものだ。

「一也さんがいじめを受けていることについて、どのような対応をとりましたか？」

「最初は子供同士のことなので、親が口を出すのはどうかと思ってなにもしませんでした。ただ、次第にいじめがエスカレートして、物を盗まれたり、授業中もずっと悪口を言われたりするようになったので、担任の教師に抗議をしました」

「教師の反応は？」

「調査したが、クラスにそんないじめは存在しないとしらを切られました。それで、校長にまで抗議をしたのですが、結果は一緒でした」

　雅恵の回答を聞いて、凜は軽く唇を噛む。実際はいじめなどなかったのだろう。しかし、脳がうまく情報を処理できなくなっていた一也にとっては、それは現実に行われていたことなのだ。

「それで一也さんは学校に行かなくなったんですね？」

　影山の質問に、貞夫は苛立たしげにかぶりを振った。

「私はちゃんと登校するように何度も一也に言ったんだ。いじめなんかに負けているようじゃ、社会に出たときに役に立たないから。ただ、そのうちにあいつは部屋に鍵をかけて立てこもるようになったんです」

　凜は顔をしかめる。精神疾患を発症して苦しんでいるにもかかわらず、さらにプレッシャーをかけられたりすれば、病状は間違いなく悪化してしまう。

「それから、あの子はほとんど部屋から出なくなりました」

　雅恵が沈んだ声でつぶやく。

「一日中部屋にこもって、なにをしているのか分かりません……。入浴もほとんどしないし。ただ、もう少し休息期間をとれば、きっとやる気を取り戻して勉強を始めてくれると思っていたんです。それなのに……」

「私はもう、あいつになにも期待していなかった」

　妻とは対照的に、貞夫は苛立たしげに言った。

「あんな弱い男じゃまともな社会人になんかなれるはずはない。だから、知り合いの会社に奉公のような形で送って鍛えてもらうつもりだったんだ」

「あの……、病院には連れて行かなかったんですか？」

両親の言葉に耐えられなくなった凜は、思わず訊ねてしまう。雅恵は「もちろん行きましたよ」と唇を尖らせた。

「あまりにも顔色が悪いし、つらそうなんで、近所のクリニックを受診して採血やらレントゲンやらで調べてもらいました。けれど、体にはまったく異常がないって言われたんです」

「……心には？」

雅恵が口にした「体には」というセリフが気になり、凜は低い声で訊ねる。精神疾患の患者が、体の不調を訴えて内科を受診することは多い。経験の豊富な内科医なら、一也が精神疾患を患っている可能性が高いことに気づくはずだ。

雅恵の顔に恐怖に近い色が走った。彼女は首をすくめて、隣に座る夫に視線を送る。

「あの医者はヤブだ！」

頬を紅潮させながら、貞夫が吐き捨てた。

「あいつは一也が精神の病気かもしれないから、精神科に行くように言ってきたんだ！」

やはり精神科の受診を勧められていた。凜は「それでどうしたんですか？」と身を乗り出した。

「もちろん受診なんかさせなかった。精神病なんかのはずがないからな」

「はずがないって……」

言葉を失う凜の前で、貞夫は芝居じみたしぐさで両手を開いた。

「精神病っていうのは遺伝するんだろ？　うちの家系にはこれまで一人も精神病患者なんて出ていない。だから、一也が精神病のはずはない」

「たしかに精神疾患の中には遺伝的な要因がかかわっているものもありますが、それだけではありません。近親者に患者がいないということだけで、精神疾患を否定することはできません」

「一也のことは親である私たちが誰よりも理解している。あいつは病気なんかじゃない、ただたんにさぼっているだけだ。気合が足りないから、勉強も仕事もせずに閉じこもっているんだ」

あまりにも前時代的な意見に、反射的に反論しかけた凜の前に、腕が突き出される。黙って話を聞いていた影山が軽く首を左右に振った。凛は「……すみません」と、一歩後ろに下がる。

冷静さを取り戻すにつれ、凛は沢井夫妻の考えを理解していく。この二人は決して教育レベルが低い人たちではない。息子が精神疾患かもしれないということは、理解はしているはずだ。しかし、理性が理解しても、感情がそれを認めることを許さないのだろう。

沢井夫婦、とくに夫の貞夫にとっては、精神疾患というものは自分とは全く無関係の世界に存在する概念だったのだ。だからこそ、息子が精神疾患かもしれないという現実を必死に否定し、目を逸らしてきた。

古来から精神疾患は、悪魔が乗り移った、狐が憑いたなど、穢れたものとして扱われてきた。原因がオカルトなどではなく、脳内の神経伝達物質のバランスの崩れなどから生じるものだと判明した現在でも、患者に対する差別意識が消えたわけではない。そして、その差別意識が患者たちから治療の機会を奪うことは、決して珍しいことではなかった。

「一也さんのことはよくわかりました。それでは、被害に遭われた娘さん、涼香さんについてお話をうかがえますか？」

影山は話を続ける。

「あの子に関しては、別に喋ることなんて……。とても優秀な子だよ」

「たしか、来年から海外の大学に留学するとか」

「ああ、そうなんだ。そう簡単にできることじゃない」

貞夫は誇らしげに胸を反らした。

「では、涼香さんと一也さんの関係はいかがでしたか？」

沢井夫婦の顔色が変わった。貞夫はあごを引くと、ゆっくりとした口調で言う。それは失言をしないよう、慎重に考えながら喋っているように見えた。

「正直言って、良くはなかった。涼香は早く一也を家から追い出すべきだと言っていた」

「もともとはとても仲が良かったんですが、一也が引きこもるようになってから……。数ヶ月前には、涼香に無理やり家から追い出されそうになった一也が暴れて、警察を呼ばれたことまであったんです」

雅恵が小声で言うと、貞夫が「おいっ！」と妻を怒鳴りつけた。

「……ごめんなさい」

雅恵はうなだれて口を固く結ぶ。垣間見えた夫婦の歪んだ力関係に、凛の眉根が寄った。

「まあ、そんなわけで姉弟仲は決して良くなかった。だからと言って、まさか涼香を刺すなんて……。あの馬鹿が……」

貞夫の歯ぎしりの音が響くなか、影山はすっと立ち上がる。

「ありがとうございます、とても参考になりました。あと、最後に一つだけうかがってもよろしいでしょうか」

影山はあごを引くと、二人に鋭い視線を投げかける。

「一也さんが涼香さんを刺したときに叫んだという、『ぶっ殺してやる！』という言葉。お二人はそれが聞こえましたか？」

沢井夫婦は一瞬顔を見合わせたあと、はっきりと首を横に振った。

沢井夫婦から話を聞き終え、面談室をあとにした影山と凜は、その足で廊下を進み、病棟の奥にある個室病室の前までやって来た。

扉をノックした影山は、「失礼します」と引き戸を開けて室内に入る。六畳程度の殺風景な病室、窓際に置かれたベッドには若い女性が横たわっている。理知的で整った顔立ちだが、険しい表情も手伝ってか、ややきつい雰囲気を纏っている。

「……精神鑑定医の方ですね」

眼球だけ動かしてこちらを見た女性、沢井涼香は硬い声で言う。

「ええ、そうです。光陵医大雑司ヶ谷病院の影山と弓削と申します。警察から連絡があったかと思いますが、一也さんの精神鑑定のために、お話をうかがいにまいりました」

影山と凜がベッドに近づくと、涼香はこれ見よがしにため息をついた。

「話なら、刑事さんに全部しましたよ」

「できるだけ正確に鑑定をするため、直接お話を聞きたいと思っています。どうぞよろしくお願いいたします」

涼香は再び大きなため息をつく。

「いいですけど、早く終わらせてください。あいつに刺された傷が痛むんですよ」

「では、さっそくはじめましょう。今日の昼、あなたは自分で弟さんの部屋に向かったんですね」

「そうですよ、それがなにか？」

そっけない態度で涼香は答える。

「鍵はかかっていなかったんですか？　弟さんが鍵を開け

てくれたんですか？」

「普段は鍵をかけて閉じこもっています。けどあいつ、母が部屋の前に食事を置いておくと、扉を開けてそれを取るんですよ。その隙を見計らって、部屋に入りました。そうしないと、話ができないから」

「どんな内容の話をしたんですか？」

影山は間髪いれずに質問を重ねる。

「いつまでも家でダラダラしていないで、さっさと仕事でも見つけて、出ていってくれって言いました」

「なぜ、出ていけと」

「なぜって、当然じゃないですか！」

涼香の声が大きくなる。傷に響いたのか、彼女は眉間にしわを寄せた。

「一也と私の部屋は隣同士なんですよ。壁一枚はさんだ先に、あんな引きこもりがいたら気持ち悪いでしょ。ときどき大声で叫んだりするし、悪臭まで漂ってくるんですよ」

涼香の眉間に刻まれたしわが深くなる。

「家から出ていくように言われ、一也さんはどんな反応を示しましたか？」

「いいわけだかなんだか知りませんけど、ずっと俯いたまま、ぶつぶつつぶやいていましたよ」

「そんな一也さんを見て、あなたはどうしましたか？」

「はっきりと答えない一也に腹が立って、いろいろと責めました。なんというか、挑発的なことも言ったと思います。人間のクズとか、生きている価値がないとか」

凜の頬が引きつる。その表情に気づいたのか、涼香は少しばつが悪そうに視線を逸らした。

「私はあいつのためを思って言ったんです。それだけ発破をかければ、反抗心が湧いてやる気を出すんじゃないかと思って」

たしかに涼香は本人のためと思ってやったのかもしれない。しかし、精神疾患に苦しめられている人物に対してストレスを与えることは、病状を悪化させこそすれ、改善させることは決してない。

「その後、事件が起きたんですね？」

「……はい」

涼香の表情がこわばった。

「あいつはわきに置かれていたゴミの山の中から果物ナイフを取り出して、『ぶっ殺してやる！』と叫んで私に向かってきたんです。とっさのことで逃げることもできませんでした。あいつは真正面から思いっきり体当たりをして、ナイフを刺してきました。お腹(なか)が焼けるように痛くて……、このままじゃ殺されると思って怖くなって、必死に逃げ出しました。そうしたら両親が来て助けてくれて……。あとのことはよく覚えていません」

涼香の語った内容は、調書に記されている通りのものだった。影山は細いあごをひと撫(な)ですると、すっと目を細める。

「あなたを刺すとき、一也さんは『ぶっ殺してやる！』と叫んだ。それは間違いありませんか？」

「間違いありません！」

涼香は即答する。しかし凜には、涼香の目が一瞬泳いだように見えた。影山が「なるほど」と腕を組むと、涼香はベッド柵に手をかけて軽く身を起こした。傷が痛んだらしく、その口から小さな呻(うめ)き声が聞こえる。

「……一つ聞きたいんですけど、精神鑑定の結果によっては、あいつが起訴されない可能性があるんですか？」

「判断するのは検察ですが、犯行時に心神喪失状態であったと判断されれば、不起訴になることが多いです」

「そんな！　あいつは私を刺したんですよ！　私を殺そうとしたんですよ！　あいつがなんの罰も受けないで、すぐに隣の部屋に戻って来るなんて、私には耐えられません！」

ベッド柵を摑(つか)んで、涼香は声を荒らげる。

「落ち着いてください、涼香さん。すぐに戻ってきたりはしませんから」

興奮させては傷に障る。そう思った凜は慌てて口を挟む。涼香は「どういうことですか？」と上目遣いで視線を送ってきた。

「たとえ心神喪失状態が認められて不起訴になったとしても、すぐに釈放されるわけではありません。法に則(のっと)って、専門の施設に入院して治療することになります」

「すぐには帰ってこないということですか？」

凜が頷くと、涼香は心からの安堵(あんど)の表情を浮かべて、再びベッドに横になる。

「あいつはどれくらい、施設に入ることになるんですか？」

「それは分かりません。裁判官と精神科医が退院しても問題ないと判断するまでです。その期間には個人差があります」

「できれば、一生閉じ込めておいてください。あいつを二度と、外に出さないでください」

険しい表情で天井を睨(にら)んだ涼香は、入院着の上から臍(へそ)の辺りを押さえた。

「すみません、これくらいにしてくれませんか？　傷がまた痛みだしたので」

「分かりました。大変なところお邪魔しました」

影山は会釈をすると、身を翻して出口へ向かう。引き戸の取っ手を摑んだところで、影山は首だけ振り向いた。

「よろしければあなたの傷の詳細について主治医から説明を受けてかまいませんかね。それも鑑定の参考になるので」

涼香は「はぁ」と曖昧に頷いた。


「幸いなことに、傷は皮膚と皮下組織、腹筋の一部を切り裂かれただけで、腹腔内までは達していませんでした。出血はやや多かったものの、内臓の損傷がなかったので手術室への搬送はせず、救急部で私が止血と縫合を行いました」

ナースステーションにある電子カルテの前で、涼香の主治医である中年の外科医が説明をする。画面には処置の内容などが記されていた。

涼香の病室をあとにしてすぐ、影山は看護師に頼んで涼香の主治医を呼んでもらった。もう午後十時近い時間だというのに、よく『病院に棲みついている』と揶揄される外科医だけあって、主治医は院内で仕事をしていた。

「傷の大きさなどはどの程度でしょうか？」

影山が訊ねると、外科医は「口で説明するより、見てもらった方がいいですよね」とマウスを操作する。電子カルテのディスプレイに、生々しい切創が口を開けた腹部の写真が映し出される。

臍の少し右側から脇腹にかけて数センチの長さがある傷口からは、黄色い脂肪と、その下に広がるピンク色の筋組織が顔を覗かせている。傷の周りの皮膚には、赤黒い血が大量に付着していた。

胸のむかつきをおぼえ、凜は鳩尾に手を当てる。研修医の頃は外科や救急も回ったので手術にも立ち会ったし、ひどい怪我も多く見てきた。しかし、初期臨床研修を終え精神科医になってからは、血を見る機会が劇的に減っていた。いつの間にか耐性が下がっていたようだ。

「かなり綺麗な傷ですね」

影山はディスプレイに顔を近づける。

「ええ、鋭い刃物による傷だったんで、縫合も容易でした。傷跡もそれほど残らないでしょう」

「この傷は？」

影山はディスプレイに映し出された傷口の上を指さす。そこには二筋ほど、二、三センチの小さな傷が走っていた。

「ああ、その傷なら皮膚を浅く切っていただけなんで、縫合の必要もありませんでした。刃物を持った相手と揉み合いになったときにでもついたんですかねえ」

「搬送時の患者の服装をおぼえていますか？」

「え、患者の服ですか？」

虚を突かれた表情を浮かべた外科医は、数秒考え込んでから答える。

「たしか、Ｔシャツを着ていましたね。白いＴシャツですが、腹部を中心に血液で赤黒く染まっていました」

「そのＴシャツは腹部が切られていましたか？」

影山の問いに、外科医は首をかしげる。

「そりゃあ切られていましたよ。当然じゃないですか、ナイフで切り付けられたんですから」

「切られた部分は一ヶ所でしたか？　それとも、複数ありましたか？」

「えっとですね……。さすがにそこまではちょっと覚えていませんね。出血量が多かったので、ゆっくり観察している余裕はなかったし、処置をするためにＴシャツはすぐにハサミで切っちゃいましたからね。警察が証拠品として持っていきましたから、言えば確認できると思いますよ」

「そうですか……」

小さく頷きながらも、影山の視線はディスプレイに映る写真に注がれ続けていた。そのとき、外科医が首からぶら下げていたＰＨＳが着信音を立てる。

「はい、どうした？　……ああ、……了解。すぐに行く」

通話を終えた外科医は、首をすくめる。

「すみません、担当患者が発熱したらしく、他の病棟に呼ばれてしまいました。見終わったらカルテを閉じておいてもらえますか」

「分かりました。お話ありがとうございます」

画面を見つめたまま影山が礼を言うと、外科医は「では」と小走りにナースステーションから去っていった。白衣に包まれた後姿を見送った凛は、影山の横顔を覗き込む。

「あの、影山先生、なにがそんなに気になっていらっしゃるんですか？」

「この傷口だ。刺されたというには長すぎる。これは『切られた傷』だ」

「刺したあとに横滑りしたんじゃないでしょうか？」

「普通、人を刺すときは刃を縦に構えることが多い。私の経験上、横に滑ることはまれだ」

多くの悲惨な事件の精神鑑定を行ってきた影山の言葉は生々しく、凜は頰を引きつらせる。

「でも、絶対に縦に構えるというわけじゃ……。とくに一也さんの場合、現実の認識能力も下がっているんで、普通と違うことをしてもおかしくないと思います」

「それ以外にもおかしい点がある」

影山はマウスを操作すると、写真を拡大していく。ディスプレイいっぱいに開いた創部が拡大され、凜の顔がこわばった。

「この写真では、臍の近くの部分では傷はほとんど皮膚を裂いているだけだが、脇腹に向かうにつれて脂肪まで露出している。つまり、脇腹の傷の方が深い。一般的に刺した傷が広がる場合は、最初に刺された部分の傷が一番深くなり、刃が滑っていくにつれて浅くなるはずだ」

「ということは、涼香さんは最初に右脇腹を刺されたということですか？」

「それだと、証言と合わない。被害者はナイフを構えた弟に、いきなり真正面から体当たりをされたと言っている」

「じゃあ、どういうことに……？」

混乱した凜は額に手を当てる。

「引きこもっていたとはいえ、被疑者は若い男性だ。それなりに身長も体重もある。それに対し、被害者は細身の女性。このケースで腹部を刺された場合、致命傷、そうでなくても重傷になることが多い。男の腕力で突き出されたナイフは、容易に薄い皮下組織や筋肉を貫通し、腹腔内に達して内臓を損傷する」

「では、なんで今回はそうならなかったんでしょう？」

凜が眉を八の字にすると、影山は傷の上にある二筋の傷を指さした。

「この小さな傷こそがヒントだ。このような傷を見たことはないか？」

「え、見たこと？」

凜は腰を曲げると、顔をディスプレイに近づける。引っかき傷のような小さな傷。あきらかな特徴のない切り傷。

「すみません、分かりません……」

凜が首をすくめると、影山はさらに画像を拡大する。もはや画面には大きな切創の一部と、その上の小さな二つの傷しか見えず、それが体のどの部分を写したものかさえ分からなかった。

「では、これが腹でなく、手首だと仮定したらどうかな?」

「手首?」

　眉根を寄せながら、凜は画面を凝視し続ける。手首に大きく口を開ける傷口と、その周囲にある小さな傷……。そこまで考えたとき、凜は目を見開いた。口から「あっ!」と声が漏れた。

「分かったかな?」

　硬直している凜に、影山が声をかけてくる。凜は呆然としたまま、震える唇を開いた。

「ためらい傷……」

　ためらい傷。刃物などで自傷行為をする際、力を込めて切る前に覚悟が決まらず、弱い力でつけてしまう浅い傷。

「その通りだ」

「そ、それじゃあ、今回の事件は……」

　目を見開く凜に向かい、影山は大きく頷いた。

「沢井一也が犯人ではない。すべて沢井涼香の自作自演だ」

3

「……まだ信じられません。涼香さんの自作自演なんて」

　ホットココアをすすりながら凜がつぶやく。

「しかし、状況から考えるに、その可能性が一番高い」

　ブラックのコーヒーが入った紙コップを片手に、影山は言った。

　ナースステーションで沢井涼香のカルテを見終えた凜と影山は、一階の外来待合へとやってきていた。間もなく午後十一時になる時刻、並んだ椅子が非常灯の薄い灯り(あか)に照らし出される広い待合には、二人以外に人影はない。ここなら他人に聞かれる心配なく話をすることができる。

「なんで警察は、気づかなかったんでしょう?」

　凜は紙コップの中のココアを回す。

「被疑者である沢井一也が否認をしていれば、裁判で争うことを考え緻密な捜査を行い、その結果、沢井涼香の証言の矛盾に気づいただろう。しかし、被疑者と会話が成立しなかったことから、警察内では心神喪失による不起訴が既定路線となった。裁判は行われないので、証拠などを集める必要もない。つまり、詳しい捜査をする必要がなくなったんだ」

「あの……、涼香さんの狂言の可能性が高いということを、警察には伝えるんですか?」

　凜は隣に座る影山の横顔をうかがう。影山はコーヒーを一口飲んだ。

「私が依頼されたのは、被疑者の精神鑑定だけだ。本来は捜査について口を挟むような立場ではない。しかし、鑑定の過程で今回のように、事件の根幹を揺るがすような事実が見つかった場合は、警察へ情報を提供するのが倫理的に正しい」

「警察はどう動くでしょうか？」

「私は精神鑑定医として、警察から一定の信頼を得ている。情報が無視されることはないだろう。現場の状況、凶器をはじめとする証拠品、関係者の証言、それらがあらためて検証されるはずだ。その結果、涼香さんの証言の矛盾が露呈し、一也君は犯人でなかったと分かる」

「涼香さんは逮捕されたりするんでしょうか？」

「事件の捏造(ねつぞう)により無実の弟を逮捕させた行為はもちろん犯罪だ。ただ、入院中ということもあって、逮捕される可能性は低いだろう。本人が罪を認めさえすれば、書類送検されたのち不起訴処分というのが妥当な線だ」

そして、一也は釈放され、再び実家の部屋で精神疾患に苦しめられ続ける。

痛々しい未来像に、凜の舌に残っていたココアの甘みが苦く変化していく。

「……理解できません」

凜は空になった紙コップを握り潰す。「何がだ？」と影山が横目で視線を送ってきた。

「なんで、涼香さんはあんなことをしたんですか？」

「隣の部屋に弟が引きこもっていることに耐えられなくなり、犯罪者に仕立てあげることで実家から排除しようとした。普通に考えれば、そういうことになる」

「だからって、女性が自分のお腹を切るなんて、……一生残るかもしれない傷を作るなんて私には思えないんです」

「すべての人間が、自分と同じような感性を持っているとは思わない方がいい。それは医師が、とりわけ精神科医が犯しがちな間違いだ」

影山の口調に普段以上の重量感をおぼえ、凜は口を閉じる。

「我々精神科医は、日常的に精神疾患患者と接している。精神症状の原因が脳の神経伝達の異常にあること、精神疾患の患者たちが病に苦しめられていて、救うべき病人であることを理解している。しかし、誰もが精神疾患を正しく理解しているとは限らない。いや、多くの人々は精神疾患に対して極めて無知だ。無知は恐怖を呼び、恐怖は差別を生み出す。中世のように精神疾患患者を穢れた存在として見なす人々は、現代にも少なからず存在している。そのような人々にとっては、精神疾患患者がそばに存在しているということが、怪物とともに生活しているようなプレッシャーになる。患者からすれば、自分たち健常人こそが怪物に見えていることも知らずに」

淡々と、しかしどこか熱の籠った口調で影山は喋り続ける。

「ただ、彼らを非難する資格は私たちにはない。いまの状況の一因に、医療サイドの啓蒙不足があるのは間違いないのだから。いま精神科医がするべきことは、精神疾患は決して珍しい疾患ではなく、誰もが罹患する可能性があることと、そして適切な治療を行えば、治癒や症状の緩和が可能であることを世間に広めることだ」

影山は小さく息を吐くと、紙コップに口をつけた。寡黙な影山がこれほど饒舌になるのを凜ははじめて目の当たりにしていた。

「じゃあ、涼香さんにとって一也さんは怪物のように見えていたということでしょうか。隣の部屋に理解の及ばない存在が潜んでいる。その恐怖に耐えきれなくなった涼香さんは、自分の腹を切ってまで一也さんを排除しようとした……」

凜は唇を噛んで俯いた。

「ただ、一つ分からないことがある」

影山がひとりごつようにつぶやいた。凜は顔を上げる。

「分からないこと？　なんですか？」

「なんでいまの時期だった？　涼香さんは来年には海外に留学する。あと半年ほど待てば、彼女は嫌でも弟から離れるはずだった。一也君が引きこもってから約三年、その間は耐えられたにもかかわらず、なぜあと半年待てなかった？」

「それは……、三年間の我慢で限界が来て、わけが分からなくなったんじゃないですか？」

「突発的な犯行にしては計画性がありすぎる。それに、一見したところ沢井家は経済的に恵まれている印象を受ける。自分の腹を切り、さらには罪に問われるリスクを取るくらいなら、留学までの半年、どこかで一人暮らしさせてもらえばよかったはずだ」

「たしかに、そうですね……」

凜は口元に手を当てる。

「他にも、納得がいかない点がある。一也君が『ぶっ殺してやる！』と叫びながら刺してきたと、涼香さんが証言している点だ。一也君の精神症状は、もはや現実と完全な乖離を起こすほどに進行している。状況にあった発言などできる状態ではない」

「そう言えば、そこに違和感をおぼえたからこそ、わざわざこうして直接話を聞きに来たんでしたね。もし、涼香さんが『無言で刺された』とか証言していれば、狂言に気づかなかったかも」

「涼香さんは頭の良い女性だ。しかも、今回の事件は明らかに前もって計画されたものだ。三年間も弟の状況を見てきた彼女なら、もっと自然な犯行状況を創作できたはずだ」

「あの……、それじゃあどういうことになるんでしょう？　今回の事件が、涼香さんによる狂言であることは間違いないんですよね？」

混乱しつつ凜が訊ねると、影山は口元に手を当てて黙り込む。思考の邪魔をしてはいけないと、凜も口をつぐんだ。薄暗い待合に、壁時計の秒針が時を刻む音だけが響いていく。

「いまでなくてはならなかったとしたら……。そして、明らかな殺意が必要だったとしたら……」

たっぷり三分以上黙り込んだあと、影山は薄い緑の光を発する非常灯を見上げた。

「影山先生、なにかおっしゃいましたか？」

凜が訊ねるが、影山は答えることなくスーツの懐からスマートフォンを取り出し電話をかけはじめる。一瞬、「院内で電話は……」と止めかけるが、周りには誰もいないことを思い出して凜は言葉にしなかった。

「串田さん、影山だ。ちょっと調べてもらいたいことがある」

電話の相手は串田刑事だったようだ。スマートフォンから響く彼のだみ声が、凜にもかすかに聞こえてくる。

「分かっている。けれど、まだ二十三時二十分、今日はまだ四十分ほどあるはずだ。すぐに調べてくれ。そうすれば、今日中に鑑定結果を知らせよう」

無茶なことを言うなと呆れつつ、凜は状況を見守る。

「いや、調べて欲しいのは今回の事件ではない。数ヶ月前にあった……」

影山の依頼内容を聞いて凜は首をひねる。なぜいま、あの件を調べる必要があるというのだろう？

電話の向こう側で串田が資料を漁っているのか、影山はスマートフォンを顔の横に当てたまま黙り込む。数十秒して、串田がなにやら報告しているような声がかすかに聞こえてきた。

「ありがとう。日付が変わるまでに、あらためて電話をする」

そう言って通話を終えた影山は、懐にスマートフォンを戻すと、「行こうか」と立ち上がった。

「行くってどこへ？」

戸惑いつつ腰を上げた凜が訊ねると、影山はかすかに薄い唇の端を上げた。

「もちろん、涼香さんに会いにだよ」


「なんなんですか、こんな時間に」

苛立ちが飽和した口調で涼香は言う。

「私、昼間に刺されたんですよ。主治医にもできるだけ安静にして、体力を回復させるように言われているんです。だから、早く眠りたいのに」

一階の待合から外科病棟へと戻った影山は、ナースステーションにいた看護師に、もう一度涼香の主治医を呼ぶように頼んだ。深夜にもかかわらずまだ病院にいた主治医は、再度涼香と面接したいという影山の依頼に難色を示したが、事件を解決するためにどうしても必要だと、平板な口調で滔々（とうとう）と語る影山についには説得され、十五分以内という条件で面接を許可してくれていた。

「あまり時間は取らせません。ただ、もう一度だけ確認したいことがあります。涼香さん、あなたは本当に一也さんに刺されたんですか？」

なんの前置きもなく、影山は核心をつく。涼香の表情に激しい動揺が走った。

「どういう意味ですか？　一也以外に、誰が私を刺すって言うんです！」

「私は、今回の事件があなたの自作自演ではないかと思っています」

かすれ声を出す涼香に追い打ちをかけるように、影山は言う。絶句した涼香が横たわるベッドに、影山は近づきながら、なぜ狂言を疑ったかを淡々と説明していく。

三分ほどかけて説明を終えた影山は、血の気が引いた涼香の顔を覗き込んだ。

「いかがでしょう。私の仮説は間違っていますか」

「間違っているに決まっているじゃないですか！　全部、あなたの勝手な想像でしかないでしょ。それともなにか証拠でもあるんですか？　私を逮捕するんですか」

涼香が声を上ずらせる。

「いえ、証拠なんてありません。そもそも、私は捜査機関の人間ではないので、現行犯でない限り、他人を逮捕する権利はありませんよ」

かすかに安堵の表情を浮かべる涼香に向かって、影山は「ただし」と言葉を続ける。

「あなたが認めないなら、私はいまの仮説を警察に伝えます。彼らはありとあらゆる証拠を見直すでしょう。そうすれば、真実が明らかになる。個人的には、その前に自分のしたことを認め、警察に伝えることを勧めます。そうすれば、大した罪に問われることはないでしょう」

「……脅しですか？」

「いえ、単に事実を伝えているだけです」

平板な声で言う影山を、涼香は睨みつける。部屋の空気が張り詰めていく。数十秒の沈黙ののち、涼香が口を開いた。

「……私は弟に刺されたんです」

「いえ、違います。あなたは自分で腹を切った。一也さんを警察に逮捕させ、実家から出すために。彼はあなたが捨てたナイフを拾ってしまっただけだ」

涼香の表情が炎に炙（あぶ）られた蠟（ろう）のように歪んだ。

「なんで私がそんなことしないといけないんですか！　私は来年の春には留学して実家を出るんですよ。そんなことしなくても、半年我慢すれば弟とは離れられたんですよ！」

それはまさに、数十分前に影山自身が口にした疑問そのものだった。それに対して影山がどのような答えを出したのか、凜もまだ知らなかった。一階待合から病棟に向かっている間に説明を頼んだのだが、「時間がない」とにべもなく断られてしまった。

いったい影山は串田に、なぜあのことを調べてもらったのだろう。いったいなぜ、涼香は自らの体を傷つけてまで、狂言をしなくてはならなかったのだろう。凜は緊張しつつ成り行きを見守る。

「逆ですよ。あと半年しかなかったからこそ、あなたは今回の狂言を行わないといけなかった。そうでしょう？」

影山に水を向けられた涼香の喉から、ものを詰まらせたような音が漏れた。

「ちょっと待ってください。半年しかなかったからこそって、どういうことですか？」

混乱した凜は、我慢できなくなり口を挟んだ。

「手がかりは、数ヶ月前に沢井家で起こったトラブルにあった」

影山は低い声で話しはじめる。

「それって、涼香さんに無理やり家を追い出されそうになった一也さんが暴れて、警察沙汰になったっていうものですよね。それがどうしたんですか？」

「沢井夫婦は大切な情報を隠していたんだ。トラブルの本質は、一也さんが追い出されたことじゃない。実家から追い出した一也さんを、涼香さんがどこに連れていこうとしていたかだ」

「え、どこって……？」

虚を突かれた凜は目をしばたたかせる。

「串田刑事に頼んで事件の詳細について知ることができた。数ヶ月前、涼香さんは両親が留守にしている隙に、一也さんを無理やり精神科病院に受診させようとしたんだ」

「精神科病院に受診？」

凜の声が跳ね上がる。影山はゆっくりと頷いた。

「病識、自分が病人であるという意識が希薄であることが多い精神疾患では、家族の同意を得ての強制的な受診を受け入れている病院もある。そのような病院に依頼し、職員を派遣してもらい、一也さんを家から連れ出そうとした。しかし、家の外で一也さんが激しく抵抗したため近所の住人に通報され、警官が駆けつける事態となった。警察からの連絡を受けて慌てて帰宅した両親が強く反対したため、精神科病院への搬送は中止となり、警察も家族内のトラブルということで事件化することはしなかった。そうですね？」

影山は涼香に確認するが、彼女は細かく震えるだけで答えることができなかった。

「ま、待ってください」凜はこめかみを押さえる。「じゃあ、涼香さんは一也さんが精神疾患だと気づいていたんですか？」

「もちろんだ。涼香さんだけでなく、おそらく両親も実際は気づいている。違いは、両親は世間体を考えてそれを隠そうとし、涼香さんは弟のためを思って治療を受けさせようとしたことだ」

「でも、それがどう今回の狂言に繫がるんですか？」

「犯行時、一也君が『ぶっ殺してやる！』と叫んだという証言こそが、その疑問を解く鍵になっている」

「え、え、どういうことですか？」

混乱の海に引きずり込まれ、凜は頭痛をおぼえる。

「一也君の病状からするとリアリティのないそのセリフには、意味があったということだ。涼香さんはこの事件に、『明らかな殺意』を必要としていた。だからこそ、犯行時にあのセリフを一也君が叫んだと証言しなくてはならなかったんだ」

「明らかな殺意……。それがあるとどうなるんですか？」

「医療観察法の対象になる」

影山が『医療観察法』という言葉を発した瞬間、ベッドに横たわる涼香の体が大きく震えた。思考にかかっていた霞(かすみ)が晴れ、凜は「あっ！」と声を上げる。

「かつては、心神喪失により不起訴、または無罪になった触法精神障害者はほとんどの場合、精神科病院に措置入院となり、その後のことは担当医に丸投げされてきた。それが無責任であるという批判によって生まれたのが、二〇〇五年に施行された医療観察法だ。それにより、重大な犯罪を起こしたが心神喪失により罪に問えない者に対しては、裁判官と精神科医の合議によってどのような処遇にするべきか決定することとなった。そこで入院治療が必要と判断されれば、指定医療機関で一年以上にわたって専門的な治療が施され、さらに退院後のことも見越して、社会復帰調整官によって生活環境の調整も行われることになる」

「じゃあ、一也さんに医療観察法による治療を受けさせるために、自分の腹部を切ったっていうことですか!?」

驚きの声を上げた凜は、影山の鋭い視線に射抜かれ背筋を伸ばす。

「さっきも言ったように自分の常識だけで物事を判断するべきではない。それだけ、涼香さんは追い詰められていたんだ。そうですよね？」

みたび影山に水を向けられた涼香は数秒の躊躇(ためら)いのあと、ほんのかすかに頷いた。その表情からは張り詰めていたものが消え、迷子の少女のように弱々しく見えた。

「……三年前に一也が高校を辞めたときは、私もたんにいじめられて弱気になっただけだと思っていました。少し休めば、また元気になるだろうと」

涼香はぽつぽつと語りだす。

「けれど、次第に言動がおかしくなってきて……。なにが起こっているのか分からなくて、ネットなどで必死に調べたんです。それで気づきました。一也は……統合失調症だって」

「ご両親には言わなかったんですか？」

凜が訊ねると、涼香は痛みに耐えるかのように、鼻の付け根にしわを寄せた。

「言いました。何度も何度も。けれど父は『うちの子が精神病なんかになるはずはない』って聞かなくて。母は父には逆らえないし……。そのうちに一也の症状はじわじわと悪化していきました。隣の部屋にいる私には、それが手に取るように分かったんです」

　壁越しに弟が精神疾患に蝕まれていくのを感じつつ、なにもすることができない。その絶望がどれほど心を腐らせていくものなのか、想像しただけでも恐ろしかった。

「それで数ヶ月前、一也さんを無理にでも精神科病院に連れていこうとしたんですね」

「耐えきれなくなって、私一人で精神科病院に相談に行ったんです。そこの先生は、家族の同意さえあれば、無理にでも連れてきて診察することもできるとおっしゃって。だから両親がいないときに……。けれど、一也が家の外を凄く怖がって……」

「警察に通報され、計画は失敗に終わった」

　影山が言葉を引き継ぐと、涼香はつらそうに「はい……」と答えた。

「それ以来、家には常に父か母がいるようになりました。私は来年から数年間、海外留学することになって……。もし、それまでに助けられなかったら、一也は完全に壊れると思ったから……」

　目元を押さえて言葉を詰まらす涼香に、凜はおずおずと訊ねる。

「あの、狂言をした理由は分かりましたけど、一也さんが『ぶっ殺してやる！』って叫んだと証言しなくてはいけなかった理由はなんなんでしょうか？　あれがなければ、狂言がばれることもなかったのに……」

「弓削君、医療観察法の対象となる犯罪は知っているね」

　涼香の代わりに、影山が言った。

「はい、たしか……、殺人、放火、強盗、強制性交、強制わいせつ、あと傷害だったはずです」

　凜は指折り対象となる犯罪をあげていく。

「そうだ。その中で傷害事件だけは被害者が重傷であるという但し書きがつく。しかし、ここで言う『重傷』にはっきりした定義はない。検察のさじ加減次第で決まってしまうことを、法学部で学ぶ涼香さんは知っていた」

　影山は低い声で話し続ける。

「傷が腹腔内まで達しない負傷を、検察が『重傷』と判断せず、医療観察法の対象から除外されれば、一也君はどこかの精神科病院に措置入院として丸投げされる。そうなれば、治療の質は保証されない。措置入院の際、退院の判断は主治医に任されている。治療が不十分でも、症状がわずかに軽快しただけで退院させられるかもしれない。当然、退院後の生活環境の調整なども行われない」

「だから、『明らかな殺意』が必要だった……」

凜は呆然とつぶやく。

「被疑者の殺意さえはっきりしていれば、事件は『傷害』でなく『殺人』となる。『殺人』は未遂であっても医療観察法の対象だ。重傷か否かは関係ない。だからこそ涼香さんは、不自然であることを自覚しつつ、一也君が『ぶっ殺してやる!』と叫んだと証言しなくてはならなかったんだ」

説明を終えた影山は、ふぅと息を吐く。部屋が重い沈黙に満たされていく。

事件の真相は明らかになったが、凜の気持ちは沈んでいた。真実が警察に知られれば、涼香は罪に問われ、釈放された一也はまた自宅の部屋で引きこもり続けることになるだろう。誰一人幸せにならない結末。

「……影山先生」

嗚咽の隙間から、涼香が声を絞り出す。

「どうかお願いです。いまのことを警察には言わないでくださいませんか。どうか……、お願いですから……」

溺れた者が助けを求めるように、涼香は手を伸ばす。しかし、影山は首を横に振った。

「できません。それをすれば、不起訴になったとしても、一也さんはあなたを刺したという汚名を着ることになる」

「けれど、それ以外に一也を救う方法はないんです! どうかお願いいたします!」

傷が痛むだろうに必死に上半身を起こした涼香は、深々と頭を下げる。

「無理です。私が報告する前に、あなたが自ら警察に狂言を自白してください。そうすれば、おそらく起訴まではされないでしょう。前科がつくこともありません」

絶望の表情で顔を上げた涼香の目が潤んでいく。

「……やっていません」

拳を握りしめた涼香が、蚊の鳴くような声で言った。凜の口から「え?」と呆けた声が漏れる。

「ですから、私は狂言なんてやっていません。本当に一也に刺されたんです」

「……警察が捜査すれば、すぐに真相にたどり着きますよ」

つぶやいた影山を、涼香は憎悪の籠った眼差しで睨みつける。

「そんなの関係ありません。一也を救う方法はこれしかないんです。私は絶対に、自分から狂言を認めたりなんかしません!」

鋼のように強い決意を全身に漲らせる涼香を見て、影山は「とりあえず、もう一つの犯罪についての話をしましょうか」と言った。

「もう一つの犯罪？」

涼香が訝しげに聞き返す。凜も、影山がなにを言っているのか理解できなかった。

「公務執行妨害ですよ。ご両親の通報により駆けつけた警官を、一也さんは殴っている」

「だって、それは……」

絶句する涼香に影山は顔を近づける。

「どんな理由があろうと、警官を殴ったのは事実です。彼はそれについて裁かれる必要がある。さて、ここで一つ取引の提案をしましょう」

「取引……？」

「ええ、もし一也さんがあなたを刺していないと分かれば、私が依頼された殺人未遂事件の精神鑑定は無効になり、あらためて公務執行妨害についての精神鑑定が行われることになる。もしあなたが狂言を自白するなら、私はその精神鑑定を、簡易鑑定ではなく本鑑定で行うよう検察に掛け合いましょう。検察にはいろいろと貸しがある。きっと了解してくれるはずです」

「本鑑定……ということは……」

涙で濡れた涼香の目が大きくなる。

「そうです。私の病院に二ヶ月ほど入院して鑑定を受けることになる。精神疾患の治療をしっかりと受けながらね」

涼香が両手で口を覆う。その下から「ああっ……」という声が漏れだした。

「その鑑定で統合失調症による心神喪失の判定が下された場合、おそらくは不起訴になり、当院に措置入院となるでしょう。そして、社会復帰が可能と私が判断するまでしっかりと治療を受けていただきます。もちろん、退院後のフォローも含めて」

涼香の瞳から大粒の涙がこぼれだす。

「ありがとうございます……。本当にありがとうございます……」

嗚咽が響く病室の中、影山は床頭台に置かれた時計に視線を送った。

「ああ、主治医に十五分だけと言われたのに、いつの間にか過ぎていたな。それでは私たちはそろそろ失礼します。警察には早めに連絡を。弟さんの件はお任せください」

「どうぞ……、どうぞよろしくお願いします」

涙ながらに礼を述べる涼香に会釈をすると、影山と凜は病室をあとにする。廊下を進み、エレベーターで一階に降りた二人は出口に向けて薄暗い待合を進んでいった。

「一也さん……、回復しますかね？」

影山と並んで歩きながら、凜は小声で訊ねる。

「社会復帰までは難しいだろう。破瓜型はもともとあまり予後が良くない。それに加え、長期間無治療でいたため、かなり症状が悪化している」

「ですよね……」声が沈んでしまう。

「我々は万能ではない。大切なのは、どんな患者に対しても全力を尽くして治療に当たるという覚悟だ。それを忘れないように」

凜が「はい」と頷くと同時に、待合に置かれていた柱時計がポーンと大きな音を立てた。影山は足を止めるとこめかみを掻く。

「ああ、零時になってしまったな。串田刑事には日が変わる前に鑑定結果を伝えると言っていたが、犯罪自体がなかったんだ。約束を破ったことにはならないだろう」

「ええ、そうですよ」

凜は口角を上げる。

「さて、とりあえず今日は帰るとしよう。明日には検察に連絡を取って、一也君の件を本鑑定にするよう依頼したりと忙しくなるからな」

影山は再び歩き出す。

革靴が床を叩く音が、暗い待合に反響した。

ウロボロス

真野光一（まのこういち）

1947年高知県生まれ。日本大学卒業。2015年、「本宮鉄工所」で第10回木山捷平短編小説賞を獲得。2019年には、本作「ウロボロス」で第18回湯河原文学賞を、「光射す方に」で第14回ちよだ文学賞を相次ぎ受賞した。本作は、「小説ＮＯＮ」2019年６月号に掲載。元警官の主人公は、定年後に勤め出した運輸倉庫会社で、殺人の容疑で指名手配中の女とよく似た人物が働いていることに気づく。追う元警官と追われる女……だが、女の足は恐ろしく軽やかだ。読了後に、冒頭の殺人シーンを、もう一度味わってほしい。（Ｋ）

暗闇の中で女は、隣の助手席に座っている男の身体に手を伸ばしてそっと揺すってみた。反応がないので車内灯をつけると、男は背もたれに身体を預け、口を少し開けて安心しきった寝息を立てている。男の手から滑り落ちた缶ビールがフロアマットに零れて小さな染みをつくっていた。スイッチを切るとまた闇が戻る。

　ここまでは計画通りだった。女は運転席の下をまさぐると、隠しておいたロープの束を摑んで車から降りた。

　辺りの暗闇に注意深い目を配るが、舗装道路から逸れて森に入った先細りの小道だから、車が入って来る心配はなく、夏休みはとうに終わっているし、こんな夜中に山歩きをする物好きもいない。車の反対側に回るとき、深く積もった落ち葉がパンプスの下で乾いた音を立てたが、耳に届く音は他になかった。

　女は後部ドアを開けて、助手席のすぐ後ろに浅く座り、ロープの束を震える手で解いた。ロープの片方は輪になっており、引いたら締まるようにしてある。男が軽く鼾をかき始めた。睡眠導入剤をたっぷり入れたから、少々のことでは目を覚まさないはずだ。助手席の後ろから、ロープの輪をヘッドレストの差し込み棒の間に通して輪を丸く広げる。男の頭を潜らせるときにまた、手が震えたが、そのまま首の根元まで通して軽く締めた。事前に一度、ロープにぶら下がって点検してみたが、一人や二人では切れそうにない。

　女はロープの端を持って外に出ると、すぐ側の幹の太い木に二重に回して固く結んだ。洗濯物を干すのに使っていたものだが、もう干すものは何もない。

　運転席に戻ってエンジンをかけると、男が小さく呻いたように聞こえ、急いでレバーをドライブに入れてアクセルをゆっくり踏んだ。すぐ隣で「ギュッ、ギュギュッ」とロープの軋む音がして、左耳のすぐ側で男の手が藻掻いているらしい空気の動きを感じた。

　監視カメラのモニター画面に、スチールラックの間を忙しげに歩く女の姿が映っている。少し前のめりになって、何かから逃れるように歩くその女の背中を、与武猛夫は以前どこかで見た気がして目で追っていた。幼い頃から数え切れないほど他人の背中を見てきたから、脳がそんな記憶を捨てずに残しておいたのかもしれないし、もしかしたら、いつか夢の中に出てきた人の背中なのかもしれないなと思った。

　女は左右の棚を素早く指差しながら、列の向こう端の壁際まで歩くと隣の列に回り込んで折り返してくる。

「三番倉庫がどうかしたんですか？　与武さん」

　いつの間にか昼食から戻ってきた渡春課長が横に並び立ち、同じ画面を見上げていた。背が高いから、突き出た喉仏がすぐ目の前で動く。

「昼休みまで真面目に仕事をしている女性がいるから、感心して見ていたんです」

　南の窓から離れた壁の天井近くに、五棟ある倉庫の内部を映すモニター画面が横一列に並んでいるが、動きがあるのは三番倉庫だけだった。

「鈴木さんは、昼休みもほとんど取らないんですよ。あれが彼女のルーティーンなんです」

「ずいぶん熱心な社員さんですね」

「彼女は、ああやって荷物と棚番号をチェックしながら頭に入れていくんです。以前、三番倉庫で預かってた荷物を盗まれたことがありましてね。彼女、三番倉庫の担当なんです」

「荷物はコンピューター管理してるんじゃないんですか？」

「もちろん、全てバーコードで管理してますが、ご覧の通り、入出庫を全て自動化しているわけじゃありませんので、タイムラグがあって、リアルタイムでの管理ができていません。あのときは、専務にずいぶん絞られました。この業界で盗難があったなんて話が広まると、信用に関わりますからね。まあ、後から現場に行って説明しますよ」

　定年時に、警務部の担当が与武に勧めてくれた再就職先は、札幌市内の金融機関だった。彼はそれを断って、自分の足でハローワークを回り、あえて警察ＯＢのいそうにない、この神内運輸倉庫を探しあてた。警察に奉職した与武の四十年は、加害者と被害者、善と悪といった二項対立の狭間で、想いを乱し続けた日々だったから、退職してまで、在職時の人間関係や組織に縛られたくなかった。それに、思い出したくない過去もある。

　ところが入社してみると会社は、与武の能力をよく確かめもせずに、警備主任という大仰な名札を準備していて、倉庫区域の危機管理を担当するよう命じた。与武は定年まで組織の末端にいて、ほぼ昇任もせずに定年を迎えたから、危機管理という言葉にさえ馴染みが薄い。彼の警察人生はその多くが交通畑だったから、そのことを上司である渡春に伝えた。よくよく話を聞いてみると、その職務の中には、倉庫の天窓の補修や、隣接する食品会社との境界塀にある有刺鉄線の修繕、といった業務なども含まれている。資材庫や油脂庫などの、赤い房のついた鍵をジャラジャラ手渡されたから、それならできそうだなと了解した。中堅の運輸倉庫会社といっても、人一人を遊ばせておく余裕がないことは、とうに分かっていた。

　入社初日の昨日は、さっそく渡春に連れられて各部課への挨拶回りや、社内、役所での手続きを終え、今朝から課長直々のオリエンテーションを受けていたのだった。

「あそこにある監視カメラで、この通りをカバーしています。倉庫に入る人と車は、これで全て監視できます。倉庫の裏はあとから回りましょう」

　渡春の説明を受けながら一緒に倉庫前の広い道路を歩いていると、遠くからウミネコの鳴き声が聞こえてきたが、どこを見回しても鳥の姿は見えなかった。広い通りに面して五棟ある大型倉庫が、伏した象のように鼻面を並べている。先ほどすぐ横を追い越して行った大型トラックが、三番倉庫に尻を突っ込んでいくところだった。

　会社は、種々の企業が集まる石狩新港地区にあって、日本海からの風の通り道になっており、倉庫の間を潮気を含んだ風が常時吹き抜けている。ウミネコの鳴き声も、その風に乗って来るのだろう。

　渡春と一緒に三番倉庫に入って行くと、男たちが気合いの籠もった声をかけながら、トラックに荷物を積み込んでいた。段ボール箱がびっしり詰まった高さ三メートルほどのスチールラックが、奥に向かって二列で立ち並んでいる。ラックは各列に四十台ほどあるだろうか。見上げると、高い天井を這う鉄骨に、丸い監視カメラが取り付けてあるのが見えた。

　二台のフォークリフトが、しきりにバックブザーを鳴らしながら荷物をピックアップしている。ヘルメットを被った女が、積み上げられた段ボール箱を指差しながら、男たちに積み込みを指示していた。与武にはその女が、管理課のモニター画面に映っていた女だとすぐに分かった。女はフォークリフトを運転している男に手振りを交えて何やら指示したが、それでも心配になったのか、すぐ後を小走りで追いかけて指示を付け足した。

「逞しい女性ですね」

「鈴木さん、パートなんです」

「パート？」

「パートですけど社員より仕事はできます。六年前に来て、最初は倉庫内で雑用みたいなことをさせていたんですが、いつの間にか管理している荷物と棚番号を頭に入れてしまっていて、倉庫主任を補佐できるようになったんです。倉庫の荷物は出入りが激しいのに、それでもそのたびにだいたいの位置を頭に入れているみたいです」

「社員にしないんですか？」

「一度、社員にならないかって誘ったことがあるんですけど、パートのままでいいと言って断られました。ちょっと変わってるんですよ、彼女」

「同僚にもそんな刑事がいました。一度見た顔は、いつまで経っても忘れないという優秀な男なんですが、そいつも昇任試験などには全く興味を示しませんでした」

「パートのおばちゃんが言ってましたけど彼女、あの眼鏡を外したら美人だそうですよ」

「若いんですか？」

「四十三でしたかな。好意を寄せる社員もいましたが相手にもされませんでした」

トラックがクラクションを軽く鳴らして出て行くと、積載作業員たちは汗を拭きながら倉庫を出て行った。

「鈴木さ～ん、ちょっと」

呼ばれた女性は、書類を挟んだバインダーを胸に抱いたまま、可愛く小走りでやってきた。化粧は濃いが、渡春を見上げる喉も、バインダーを抱く手も白い。鼻梁が高く、その上に乗せた黒縁眼鏡を外せば、なるほど美人の部類に入るだろう。細面で頬骨が少し出ており、切れ長の目を伏せてこちらを見ようともしない。薄い唇の端が少し持ち上がったが何も言わなかった。与武は、どこかで見たなと思った。どこで会ったのだろう。今まで勤務した署に関わっていたのなら覚えている。交通事故の加害者か被害者だろうか。

「積み込みお疲れさんでした。どう？　順調にいってる？」

「あ、はい。このあと十五時から小樽運輸のトラックが入ります」

「鈴木さん、こちらは今月から管理課で働いてもらうことになった与武さんです。北海道警察に勤めておられた方です」

「あ、はい。あの、これからピッキングを始めますので失礼します」

「あ、そう……。お疲れさん。……ね、変わってるでしょ？　彼女」

ラックに分け入って行く女の背中を見送る渡春が、ふふふと好意的な笑みを見せ、これから会議があると、与武を置いて倉庫を出て行った。

与武は静かになった倉庫で、天井を仰ぎ見ながら大きく息を吸った。鼻腔（びこう）に段ボールの匂いが押し入ってくる。太い鉄骨が走る天井近くの側壁には、明かり取りの窓があって、西に傾き始めた弱い日差しが入り込んでいた。その日差しに子供の頃を思い出す。

当時、小樽の生家のすぐ隣に古びた煉瓦（れんが）造りの倉庫が建っていて、崖が迫るその裏に、子供一人が這ってやっと通り抜けられるほどの穴が空いていた。

父親の話によると、倉庫の持ち主は行方不明とのことで、与武は不気味に思ってずっと近づかなかったが、小学四年のとき思いきってその穴を潜ってみた。中は廃墟のように何もなく、南側の壁の高いところにある鉄格子の嵌（は）まった明かり取りの窓から、薄紫の明かりが斜めに射し込んで、やっと床に届いていた。ひび割れの走るコンクリートの床には、古いガラスの浮き玉が三個だけ放置されていて、目が慣れて暗い壁際を見ると、海の匂いのする古い漁網が積まれていた。与武には、なぜか懐かしい匂いだった。

その漁網に寝転んで薄暗い天井を見上げると、幼稚園の頃に母親が家を出て行ってから、ずっと押さえ込んできた悲しみが、癒やされていくのを感じた。それから倉庫が、与武の居場所になった。酒乱の父親に酷く叩かれたときや、友人にいじめられたときにも、倉庫は与武を癒やしてくれた。子供の頃はその倉庫が、与武の心の拠（よ）りどころだった。

与武が勤務することになった管理課は、十二人の職場で、輸送部門との連絡調整や在庫管理、入出庫調整や荷役人員の調達・割り当てなどをしているらしいが、採用されて日が浅い与武には複雑すぎて、まだその全容がよく摑めなかった。事務の多い職務の特性なのか、女性が八人もいて、室内に女性たちの声がよく行き交った。

与武はとりあえず、敷地内にある監視カメラの位置を全て把握し、警備の問題点を探した。倉庫内外に設置されている監視カメラは合計十五台で、五棟ある倉庫を全てカバーするには無理があった。

おまけに二十年以上前に導入された旧式機材だから、ハードの録画機能に限界があって画像も粗く、後付けで増えたラックに対する死角も多い。渡春によると、以前盗難が発生したときに、新しいシステムの導入を検討したらしいが、警備会社が提案した金額が予想以上に高額で、翌年度予算での検討にと、毎年先送りされてきたらしい。

与武は、自分が運よく採用されたのは、これらの警備器材の弱点を補うか、もしくはそれ以上の効果が期待できると踏んでの雇用であったのかと考えた。だが、与武に提示された給料は、パート主婦のフル稼働に毛の生えたようなものだったから、そういう事情が分かってくるにつれ、会社が自分に求める期待の底が見えてきて、いないよりいたほうがまし程度の仕事かとも思った。かといって手を抜くような性格ではない。

与武の机には、レコーダーなどのハード器材が置かれていて、手元で画面の切り替え操作ができるようになっているように、なっていると言うが、言い換えれば誰も見ていないということでもあるから、与武にその器材が支給されたことによって、何かあったときは責任を問うぞと脅されているような気がした。

警察学校で拳銃を支給されたときは、生まれて初めて持つその冷たい鉄の重みがずしりと手の平に落ちてきて、即物的な責任の重さを感じたものだ。目の前の監視器材は他者のプライバシーを盗み見るという罪悪感がひそかにセットされていて、責任というより側頭部に銃口をつきつけられているような、ちりちりした強迫感に迫られた。

忙しく立ち働く社員を手伝いたいが、入社したばかりの与武には何をすればいいのか、まだよく分からない。鳴りっぱなしの電話を誰も取らないから受話器を上げたら、いきなり男の怒鳴り声で、聞いたことのない会社の名前と品名と時間を早口で喋られた。何度も聞き返していると、襟蓮という、女性たちを仕切っている年輩の女性が来て、余計手間がかかるので電話を取るなと言う。だからと言って、机に座り、ただぼんやりとモニター画面を見ていると独房で罰を与えられているような気分になる。

「あせることはありません。じっくり倉庫回りをするのも仕事です」

渡春に優しく言われ、そういうものかと管理課を出て、倉庫や各部課を回ってみた。倉庫の現場に行くと社員やパートの主婦などが愛想よく挨拶をくれるが、足を休めて世間話をするというわけでもなく、警戒するように目を散らしている。そんなことが続くうちに与武はふと、自分は監視カメラの弱点を補うために雇用されたのではなく、監視カメラそのものを演じさせられているのではないかと思った。そういえば渡春は、初日から与武を連れ回し、パート主婦やトラックの運転手に至るまで、ことさらのように与武を元警察官だと紹介して回ったのだった。新規システムを導入するより、その方がずっと安くつく。

アパートの部屋に戻ると、下の階から子供の泣き声が聞こえた。あ、あれは茜ちゃんだと、やっと分かるようになった。鋼製階段が錆びてボロボロになっているようなアパートだから、六部屋あるのに、入居者は与武の他に一階西端の部屋に蛭田という若い夫婦の一家が入っているだけだった。小学一年生を頭に女の子ばかり子供が三人いる。茜ちゃんは二番目で一番下は三歳くらいだった。小さい頃の彩香にそっくりだからすぐに覚えた。

アパートのある花川は石狩新港地区に隣接していて、札幌市街地にも近いから札幌市のベッドタウンのような地区で、札幌に通勤している蛭田は、ときおり印刷会社の社名が入ったライトバンで夜遅くに帰ってくる。夫より少し年上らしい小太りの妻は、朝から子供たちを錆だらけの軽四に乗せて出て行き、与武が会社から帰る頃に、子供たちと騒がしく帰ってきて食器の音を立てる。料理の匂いが立ち上って来ることはほとんどないから、出来合いの総菜で済ませているのだろう。子供が三人いて自分が働いていたら、手の込んだ料理なんてできるものではない。

妻の智子は、一人娘だった彩香が殺されてから料理を一切しなくなった。外にもほとんど出なくなった。十年前、彩香は合格した大学を下見に行くと言って、友人と二人で東京に行って池袋で友人と別れた後、行方が知れなくなり、二日後に北関東の山中で遺体となって発見された。犯人はまだ捕まっていない。彩香が死んで、智子は人が変わった。あの頃からだろうか、智子の身体に病が潜み始めたのは。

危機管理の対象は何かと考えた末、地震と火災と盗難、それに加えて倉庫地区は石狩川の河口に近い低湿地にあるから風水害も考慮して個々の被害様相を具体的にイメージする。事前に予防施策を講じておくべきものと、それらが発生したときの対処要領に分けて計画すればいいと与武は考えた。そうして警備主任としての仕事をこなしながら、管理課の仕事にも慣れてきて、空いた時間には電話を取ったり、他の社員から簡単な数値の打ち込みを頼まれることも多くなった。

三番倉庫では、今日も鈴木がいつも通りラックの間を前のめりになって歩いていた。コピーをとりながらその様子を見ていたら、ラックの向こう端に回った鈴木が壁側の死角に入ったまま隣の列に現れなくなった。

そんなことはここに来て初めてのことだった。それともこれもルーティーンで、今まで見逃していただけなのだろうか。何をしているのだろう。しばらく画面を見つめていたら、一分ほどして隣の列に姿を現した。そして何ごともなかったように歩き始める。

気になると放っておけないたちなので、渡春に断って事務所を出て、三番倉庫に入っていくと、パートの主婦たちが小口の荷物を騒がしく仕分けしていた。鈴木の姿は見えない。倉庫の奥に進み、さっき彼女が姿を消したラックの間を、壁際まで歩いた。辺りの棚は缶飲料の入った段ボールばかりで、荷物に貼ってあるカードにはロットナンバー、数量、日付、バーコードが印字されている。ラックの棚幅は百五十センチほどしかないから、こんなところで監視カメラから一分も隠れて何をしていたのだろうと見回していたら、目の高さにある棚の端に、黒い布カバーのある携帯用丸鏡が置いてあった。その前に粉のようなものが散っているので、鼻を近づけてみると、ファンデーションの匂いがする。化粧をしていたのか。他に何かないかとしゃがみ込み、目を床に這わしていたら、背後に気配を感じた。振り返ると、鈴木が責める目で立っていた。心臓がドクリと音を立てる。足音は聞こえなかったはずだが、いつの間に来たのだろう。彼女が履いているのは安全スニーカーで、靴底はラバー素材なので、歩くと窮屈に擦(こす)れる音が出る。忍び足で近寄ったのだろうか。

「何でしょう」

鈴木は冷たい目でそう言うと、棚の鏡に手を伸ばして、ポケットに入れた。

「いえね、ラックの脚が緩んでないかチェックしていたんです。ほら、このアンカーボルト、指で触るとグラグラしてるでしょ？　コンクリに割れ目が出来てるんですよ。こうなると、天井から吊ってあるワイヤーだけじゃ弱くて、地震対策にはなりません。事故は案外こういう小さな油断から起こるんです。さっそく帰って管理課長に報告しておきましょう」

人間は嘘をつくと饒舌(じょうぜつ)になる。鈴木は、太い黒縁眼鏡の奥から油断のない目で見つめてくる。よく見ると、ファンデーションがやけに濃い。下手くそな化粧だった。眉だってこの前見たときのラインと妙に違っている。あえて、元の顔を変えているような気がする。倉庫を出て歩きながら、与武は、自分がなぜ彼女に拘るのかよく分からなかった。

仕事を終えてアパートに帰ると、茜ちゃんが白いチョークで階段に落書きをしていたから声を掛けると可愛い笑顔で振り向いてくれた。部屋に入り、冷蔵庫からプリンを取って来て与えると、胸に抱いて、走って帰った。アパートに入ったばかりの頃、ドアの前で遊んでいたから与えると、喜んで持って帰ったから買いだめしてあった。彩香が大好きなプリンだった。部屋に戻って窓を開け放っていたら、茜ちゃんの泣き声が聞こえた。

「知らない人のところに、行ったらいけないって言ったでしょ！」

あえて聞こえよがしの大きな声だったから急いで階段を下りていった。

「すみません。勝手なことをしてしまいまして」

開けっ放しのドアの外から玄関の中に声を掛けると、母親が決まり悪そうに出てきた。

「この子は人懐っこいものだから、誰にでも付いて行くんです。だから、いつもきつく躾けてるんです。気を悪くしないでくださいね」

「ええ、よく分かります。今度から気を付けますから」

そりゃそうだ。白髪を短く切り揃えた、こんな人相の悪い素性の知れない男が、ある日突然アパートに入ってきたら、誰だって警戒する。彩香も小さい頃から、人懐っこい子供だった。人を疑うことを知らなかった。夫婦でそのことを誇らしげに思ったものだった。育て方を間違えたのかもしれない。

あの事件の後、休みを取って、彩香が発見された現場に何度も行き、現地の刑事たちが見逃している痕跡や、遺留品が残されていないかと、山の中を何時間も這い回ったりした。だが、最初は親身になって案内をしてくれた刑事に、異様な目で見られていることに気付いて、山に入るのをやめた。

仕事に復帰しても、彩香を殺した犯人が今頃平然と生活しているのかと思うと、腹の底から震えが込み上げてくることが多かった。刑事課に沈鬱な表情でやってくる事件の被害者家族をよく見たものだが、自分がその立場になってみて初めて、その表情の下に隠れている感情を読めるようになった。人間は勝手なものだと与武は思う。

最初こそ気丈に振る舞っていた智子だが、葬儀が終わって少しすると様子が変わり始め、以前と変わらず出勤していく与武を詰るようになった。夜もほとんど眠らず、与武が夜中に目を覚ますと、智子は布団の上に座っていて、よく寝られるわねと冷たい目で言ったりした。職務を遂行することで、全てから逃げていたのかもしれない。その頃は、警察学校で何度も練習して覚えた宣誓の一部を、ことあるごとにぶつぶつ口に出した。

『何ものにもとらわれず、何ものをも恐れず、何ものをも憎まず、良心のみに従い、不偏不党且(か)つ公平中正に警察職務の遂行に当たることを固く誓います』

そうやって使命感と信じるものに背骨を支えられて、自分自身の正直な感情を欺していたのだと思う。だが、智子はもっと辛かったはずだ。警察とは何の関係もないサラリーマン家庭に育った、長女だったのだから。

二連休だったが、馴染みのない土地なので、休みの過ごし方に困る。狭い部屋にいると気が滅入りそうで、行くあてもないまま車を走らせていたら、石狩新港に出てしまった。海というのは、行くあてのない人間が来るところなのかもしれない。

埠頭では、数人の釣り人が竿(さお)を伸ばしている。風が強く、海面に白い波が立って日差しを散らしていた。上空を、ウミネコの鳴き声が雲と一緒に流れていく。埠頭の先を見ると、白い日傘をさした女性が儚(はかな)げな背中を見せて、舫(もや)い杭(ぐい)に腰を下ろしていた。どこかで見た背中だと、のんびり歩いて女性のすぐ後ろまで行くと、思った通り三番倉庫の鈴木だった。辺りに連れらしい者は見当たらない。倉庫地区から三キロ近く離れているから、歩いて来たとは考えにくいが、釣り人のものらしき車の脇にママチャリが置いてある。自転車で来たのかも知れない。声を掛けてみようかと思ったが、その背中が一切を拒否しているように見えた。引き返そうとしたとき、音を立てて埠頭を這ってきた砂混じりの強い風が、鈴木の肩までの後ろ髪を一瞬めくり上げ、項(うなじ)の髪の生え際(ぎわ)に、小豆ほどのホクロが二つ横に並んでいるのが、目に残って足が竦(すく)んだ。

佐多撫玲子(さたぶれいこ)?

佐多撫玲子は十三年前、三十五歳の男を絞殺したとして指名手配を受けて逃げ続けている。男の遺体は旭川(あさひかわ)近郊の山道で、首にロープを巻き付けた状態で発見された。拘(こう)縮(しゅく)した指に長い髪の毛が二十数本握られており、鑑定すると、当時付き合っていた佐多撫の部屋の髪の毛と一致した。佐多撫は、勤め先だった信用金庫から数回にわたって合計千五百万円を横領していたが、全額、その男の口座に振り込まれていた。男は結婚詐欺の常習犯で、欺された多くの女性の中には、首を吊って命を絶った者もいる。佐多撫は勤務態度が真面目で、上司や友人の話を総合しても、そのようなことをする女性とは考えられなかった。女子校を出て男に免疫が出来ていなかったのではないかと、週刊誌で叩かれたが、真相は闇の中である。当時交通課に勤務していた与武も動員されたから、今でも鮮明に覚えている。佐多撫は、事件当時三十歳。身長は百六十五センチで、指名手配の写真は信用金庫に入社時に撮影されたものだったが、確かぽっちゃり型で色白の美人だったはずだ。首の後ろに小豆大のホクロが二個横に並んでいるというのが、確認の決め手だと覚えている。千歳（ちとせ）空港の監視カメラには佐多撫が黄色いキャリーバッグを引き、前のめりになって歩いているのが映っていて、それがテレビで繰り返し報道された。

　車に乗り込んだ与武はハンドルに両手を置き、フロントガラス越しに埠頭の女を見つめながら深い息を吐いた。あの鈴木という女は、頬骨が出てほっそりしており、事件当時の佐多撫とは似ても似つかないが、年齢と上背が合致していて、項にホクロが二個並んだ女となると、限りなく佐多撫玲子に近づく。確かオウムの事件で指名手配され、十七年間逃げ続けた末に逮捕されたあの女性も、その変貌ぶりに捜査員でさえ見分けがつかなかったという。

　彼女の指紋を採って警察で照合すればはっきりするだろうが、そこから先で与武は途方に暮れる。こんなところでまた佐多撫の名前に脅かされるとは思いもしなかった。与武が警察組織に自分から距離を置き、警察とは縁のない会社に働き口を求めたのには、佐多撫の事件に関わりがある。

　与武は八年前、道北にある寒幌（さむほろ）という小さな町の駐在所に着任して三年ほど勤務した。彩香のことで気が鬱していた智子が心配で、地方の駐在所勤務を希望したら、上司が配慮してくれたのだが、着任したその町が、佐多撫玲子の育った町だった。佐多撫の事件は、寒幌に着任する五年も前に起きたことだから、ほぼ記憶の奥に仕舞い込まれていたが、住民たちは、その事件がつい昨夜起きたことのように話題にした。佐多撫が育った家には人のいい祖母と、親戚から預かったという五歳くらいの女の子が住んでいて、駐在は、その祖母を訪ねて世間話をするのが申し送りになっていた。道警本部は、佐多撫が必ず祖母を訪ねてくるとみていた。

　だが与武は、佐多撫の行方など、どうでもよかった。その町で智子は、歴代の駐在の妻たちが果たしてきたであろう地域活動や、社会貢献活動に励むようになり、町民と交流を続けているうちに、少しずつ笑顔を見せるようになっていった。だが着任して三年経った頃に智子は体調を崩し、受診したら卵巣癌と診断された。その時点で、すでに全身が蝕まれていた。すぐに入院させ、手術を受けたが手遅れだった。

智子が他界する数週間前、話があるというから病院に行くと、その頃既に死期を悟っていた智子は、力のない声で思いも寄らないことを話し始めた。

「ここに入院する前に、私あの人に会ったのよ」

「誰に？」

「ほらあ、あの佐多撫さんよ。婦人部の会合が終わった雪の夜に、お婆ちゃんの家の前を通りかかったら、玄関に明かりがついていたから訪ねてみたの」

与武は妻に、ときおり佐多撫の祖母を訪ねて、世間話をするよう頼んでいた。佐多撫の捜査というより、何か役割を与えることが、彼女のためにいいと思っていたのだが、未来という女の子が妻によく懐いたので、気安く訪ねるようになっていた。

「いつもそうするので、風除室を勝手に入って玄関を開けたら、ニット帽を目深に被った女性が、鞄を胸に抱いて出てくるところだったの。驚いた顔をしたから、私が『駐在所から来ました』って挨拶したら、その人が玄関にへたり込んでしまったのよ」

「それが、佐多撫だったのか」

「彼女が私に、見逃してほしいって言わなければ、気が付かなかったわ。彼女は私のことを婦人警官だと勘違いしたみたいで、床に頭を擦りつけるようにして、見逃してほしいって繰り返し懇願するから、話を聞かせてほしいって言ったのよ」

「どうして、すぐに知らせてくれなかった？」

「どうしてかしらね。私には、彼女が悪い人には見えなかったのよ。お婆ちゃんは奥で息を潜めていたみたいで、未来ちゃんの姿も見えなかった。だから、玄関でしばらく話を聞いてあげたわ。結婚の約束をして、十年以上貯金していたお金を全部男に渡したのに、信金から金を引き出さなければ祖母を殺すと脅されて、酷く殴られたことなどを。だから私は逃げろって言ったのよ」

「殺人犯だぞ」

「それがどうしたの？　彩香を殺した犯人は平気な顔をして暮らしているのに、どうして彼女だけが捕まらなくてはいけないの？」

すぐ上層部に報告すべきだったが、死を間近にして事実を告白した妻の、恐れなどない穏やかな顔を見ていると、与武は警官としての使命感など、どれほどのこともないと思った。それに、これが公になれば警察組織を揺るがす大事件に発展するのは間違いない。その日から与武は貝になった。警察と距離を置いたのは贖罪の意味もある。

渡春に社員名簿を見せてほしいと頼み、総務課から借りてきてもらった。渡春は最初、個人情報は見せられないと渋ったから、火災などの不測事態対処のために、どのような人間が、どこでどれくらい働いているかを知っておく必要があると言うと、案外簡単に動いてくれた。鈴木という女が、確かに佐多撫であると確認しておきたかった。

「三番倉庫で働いている鈴木陽子さんの名前が見えませんが」

「彼女の場合は別に管理してますが、何か」

「何か訳がありそうですね」

そう言うと渡春は、両手の指を組んで左右の親指を戦わせながら言い淀んだ。

「彼女が六年前に採用されたときに、面接をしたのが私なんです。その当時彼女は、ご主人から酷いＤＶを受けていて、何もかも置いて友人のところに逃げているとのことだったんです。友人に迷惑をかけたくないので、個人情報は会社には出したくないと」

「でも、給与振込とか確定申告とか困るでしょ」

「そのときたまたま専務が同席されていて、給与は現金支給にすることを決めたのです。それに彼女の給与は、会社の雑費として支払われていますので、経理上は何の問題もありません」

「でも、国保とか健保とかマイナンバーとかはどうしてます？」

「彼女が自分で手続きしているそうですが、くわしいことは分かりません。それによって生じる問題については、会社として口出しはできません。第一、ご主人のＤＶが問題でそうなったことですから」

「履歴書は出したんですよね」

「もちろん預かってますが、お見せできませんね」

履歴書だって嘘に決まっている。履歴書を追跡調査する会社などほとんどない。こんな中小企業のパート従業員ならなおさらのことだ。

「まるでこの世に存在していない人間を雇用しているようにも思えますが」

「ですから全て専務の指示です。この前説明したように、うちの社長は、一代で貸倉庫業を運輸倉庫会社にまで創り上げた、業界では名の知られた人です。社長以下、専務、部課長、支店長は全て縁者で占められている同族会社で、上がそうすると決めたら通ってしまうんです。与武さんは、鈴木さんに何か問題があるとでも仰るんでしょうか？」

「いえ、別にそういうつもりで聞いたわけではありません」

やはり彼女は佐多撫だ。千歳空港から東京に向かって後消息を絶っていたが、いつの間に北海道に戻っていたのだろう。それにしてもよく入り込めたものだ。鈴木陽子という名前も、よく考えた上で詐称しているのだろう。日本女性の中では偽名の代表選手になれそうないい名前だ。

監視モニターに佐多撫の歩く姿が映っていた。それが視界に入って、数値の打ち込みが手につかない。警察に届けるつもりはなかった。佐多撫が逮捕されたら、当然智子のことを自供するだろう。与武は、佐多撫に目の前から消えてほしかった。だから用もないのに三番倉庫に行って、あえて目立つよう、彼女の動きを見張ってみたりしたが、気にする様子がない。

サバンナで、ライオンなどの肉食動物を恐れる草食動物は、常に警戒を怠らず、彼らの接近を認めると素早く逃げると決まっている。彼女はなぜ逃げないのだ。元道警の警官だと知っているはずなのに、怖くないのだろうか。自分を助けた駐在の妻の苗字を忘れたのか？

気が付くと、佐多撫がラックの間で立ち止まってこちらを見上げていた。挑戦的に監視カメラを睨んでいるのだ。もしかしたら気付いているのかもしれない。それにしても何というふてぶてしい女だ。ライオンを挑発する草食動物など、見たことがない。

あれはハンディキャップ理論と言ったか。たしかそんな言葉があった。犯罪心理学の部内講話で、講師がそんな話をしていた。ライオンなどの肉食動物に狙われたガゼルが、ストッティングと呼ばれる跳びはね行動をすることがあるという。最初はゆっくり走り、やがてライオンに見せつけるように高く跳ねる。捕食者にあえて見つかりやすくなるこのガゼルの行動について、イスラエル人の生物学者は、ガゼルは、この行動によって他の仲間より元気だから、いくら追っても無駄足だよと、捕食者に知らせているのだと言う。そうすることによってライオンは、最初から無駄な追跡をしないらしい。

　もしかしたら佐多撫は今、ストッティングをしているのかもしれない。捕まえられるものなら捕まえてみろと。もちろん、この場合のハンディキャップは、脚力や肺活量ではない。彼女と与武の、脳みその違いをシグナリングしているのだ。だとしたら舐められたものではないか。


　夕方、仕事を終えて車で帰る途中、広い道路の左側歩道を、足の長い女が背中を見せて歩いていた。追い越すときに見たら、やはり佐多撫だった。佐多撫は、いつも二キロほど離れた花畔から自転車で通勤しているはずだが、自転車がパンクでもしたのだろうか。与武は追い抜いて百メートルほど進んでから車を停めた。左のドアミラーで、近づいてくる佐多撫の小さな姿を見つめながら、与武は自分はなぜ車を停めたのだろうと思った。

　言葉にできない思いが、胸に蟠っていた。それが思わず行動に出てしまった、としか言いようがない。妻のことを覚えているか、聞いてみたかったのかもしれない。だが、そんな話ができるはずもない。じゃあ、なぜ車を停めた？　今さら後悔しても仕方がない。考えもせずに起こしてしまった事件の動機は、その大半が冷静になってから後付けされると決まっている。衝動殺人がそうだ。

　パンプスの足音が大きくなったので、助手席側の窓をあけ、彼女が車の脇を通るとき声を掛けた。

「鈴木さん」

　佐多撫が、ギョッと立ち止まる。

「管理課の与武です。乗っていきませんか？」

　顔を見せると、そうと認めた佐多撫が一瞬身体を揺らした。逡巡したのだろうか、それとも何かを素早く判断したのだろうか。頭がいいから後者かもしれない。ややあって、じゃあ、お願いしますと後部座席に乗り込んで来た。

「自転車が盗まれてしまいまして」

　警察に届けは出しましたか？　とは聞かない。届けなど出せるはずがない。

「ご自宅はどちらですか？」

「花畔スーパーで降ろしてください」

　佐多撫の自宅は花畔のカモメハイツで、二階の東端の部屋に住んでいるのはとうに調べてある。ルームミラーで見る佐多撫は、口元で上品に微笑んでいた。とても、あんな事件を起こした女性には見えない。

　当時の週刊誌によれば、佐多撫の母親は佐多撫がまだ小さい頃に他界している。父親は道内の港で漁業関連備品を幅広く扱っていたが、一九七〇年代に入って、日ソ間でサハリン大陸棚の石油・天然ガス探鉱・開発プロジェクトの話が進むと、サハリンと北海道の間に今にもパイプラインが敷設されるというまことしやかな話が広まり、それを信じた父親は、北海道の経済発展を見越して、道内各港の倉庫を確保したり、各種製造業に投資をしたりした。だが、一九七三年の第四次中東戦争でオイルショックが起きると、消費の低迷と狂乱物価で経済は一気に冷え込んだ。その上、燃料代の高騰と、各国の排他的経済水域の設定で、本業の漁業関連備品の売れ行きが落ち込んだため、倉庫に大量の在庫を抱えたまま倒産に追い込まれた。共同経営者に逃げられた父親は四歳の佐多撫を連れて逃避行の末、自分の所有する倉庫の中で服毒自殺を図った。遺された佐多撫は、後に寒幌に住む母方の祖母に預けられているが、幼かった彼女の目に、父親と一緒に転々とした倉庫の記憶はあるのだろうか。

　スーパーの入り口に消える佐多撫のくびれた胴を見つめながら、与武は何か大きなものを取り逃がしてしまったような喪失感に襲われた。

　狭い部屋に帰っても、ますます気分が鬱してきそうで、車を青葉公園まで走らせて駐車場に駐めた。公園の周りを、市民ランナーらしき中年男性が二人で並び走っていた。

　彩香を殺害した犯人も、今頃どこかに潜り込んで、善良な市民を演じているのだろうか。

「もしもし？　あ、三浦さんですか？　与武です。与武彩香の……」

「ああ、与武先輩、申しわけありません。こちらから報告しなければいけないのに」

　眠そうな声だった。

「いえいえ、お宅も今、大変そうですから」

　実際、マスコミ経由で知る限り、全国報道された事件と事故があって大変そうだった。恐らく県警本部以下、皆寝てないのだろう。

「あれから、進展はないんです、申しわけありません。何かありましたら、すぐに一報致しますので」

　与武は携帯を切り、溜息を吐いた。三浦は、若いのにこうして律儀に応じてくれる。彩香の事件を担当した当時の刑事は定年退職し、すでに三人目に代わっていた。

　夜テレビを見ていたら、ドアがノックされた。気忙しげなノックだった。チャイムは入居したときから壊れている。誰かが訪ねてくる予定などなかった。急いでジャージの上衣を羽織って出てみると、蛭田の妻が茜ちゃんと下の子を連れて立っていた。

「与武さん、夜分すみません。実は上の子が熱を出して、四十二度もあって、ぐったりしてて、今から病院に連れて行くんです。主人に連絡したら、仕事が忙しくてあと一時間くらい帰ってこられないって。茜だけでも……」

　言葉が繋(つな)がらないほど慌てていた。

「いいですよ。二人とも見てますよ。安心してください」

「すみません。助かります。本当に助かります。恩に着ます」

　部屋に上げ、買ってあったプリンを与えたら、二人とも美味しそうに食べた。食べ終わると部屋の中を歩き回ったり、窓から夜空を眺めたりしていたが、すぐに飽きて押し入れを開け始めた。同じ作りの部屋だから、押し入れに何か遊び道具でも入っているのだろう。

　テレビをつけて番組を探したらちょうどアニメを放映していた。茜ちゃんはきちんと正座し、背筋を伸ばして真剣に見入っている。それが幼い頃の彩香にそっくりで、与武は思わず見とれた。下の女の子も、茜ちゃんに倣(なら)ってよそ行きの正座をしていた。

　一時間ほどして父親の車が帰って来ると、二人ともエンジン音で分かったのか、飼い主を待ちわびる犬みたいにそわそわし始め、ドアを開けると揃って走り出て蛭田に飛びついた。よほど寂しかったのだろう。

　子供を連れて帰るとき蛭田は、神内運輸倉庫に知り合いがいて、与武さんが元警察官だと聞いていたので、子供を与武さんにお願いしてみろと妻に言ったんです。いつぞやは、妻が失礼なことを言ったようで、その節は失礼しましたと、恥じ入るように言って帰っていった。悪い気はしなかった。

　与武はトンネルのような狭い筒状の闇を這い進んでいた。遠くを見ると、流星のような微(かす)かな光が群れて、銀河のように渦を巻いている。ああ、あそこが出口だと、地面に指先を立てて這って行くのだが身体が重くて少しも進まない。身体を脱ぎ捨ててしまおうと窮屈に右足を上げ、自分の肩に足をかけて力を入れたところで、全身がビクッと動いて目が覚めた。辺りはまだ暗かった。闇の中をずっと、光を求めて這っていたのは覚えているが、それがどんな光だったか分からない。寝直そうと、うとうとしていたら、会社から支給されている携帯の着信音が鳴った。三番倉庫の通用口の鍵が、壊されているという。

会社に着く頃には、曇り空が白々と明け始め、車を直接三番倉庫に乗り付けると、指示したとおり守衛が待っていた。三番倉庫の通用口のドアが、半開きになっている。倉庫に入ろうとしたら、中から渡春が出て来て、青ざめた顔を見せた。

「何をやられたんです?」

「それが分からないんですよ。鈴木さんが来るのを待ってます」

二番倉庫と三番倉庫以外は、企業から長期に預かっている大型の品物が多く、人の手で持ち運べるような物はそれほどないから何かあるとすれば、二番か三番だと思っていた。与武は倉庫周りをざっと点検してみたが、異常は認められなかった。

一時間ほどして佐多撫が出勤してきた。急いできたはずなのに、丁寧に化粧をしている。佐多撫はさっそく倉庫に入り、与武と渡春が彼女について歩いた。

「ここです」

左側の列から始めて十二列進んだところで、佐多撫がピタリと立ち止まり、右側の下の棚を指さした。その棚には上から下までトイレ備品類が積まれており、向かいの棚には園芸用品が並んでいる。

「ここに何があったんです?」

「バイクのマフラーです」

「なぜここにマフラーが?」

「昨日帰る前に見たとき、マフラーの段ボールがあったので、不思議に思って今日確認するつもりでした」

「この棚に荷が入ったのはいつです?」

「昨日の午前中です」

「どうします? 課長」

「警察への届け出は、まだしないでください。与武さんは、至急監視カメラの映像チェックをお願いします」

気のせいか佐多撫がほっとした表情を浮かべた。警察が入って困るのは、窃盗犯と佐多撫だけだ。

管理課に戻って、さっそく録画映像をチェックした。昨日、佐多撫が帰る前に荷物をチェックしたのが十七時半なので、それ以降の映像をチェックすればいい。ところが、倉庫内の録画映像に人影は映っていなかった。恐らく監視カメラの死角を通ったのだろう。

「通用口から、監視カメラに映らずにこのラックに行き来できるのは、倉庫に入ってすぐ壁際に沿って来るルートしかありません。中央にある監視カメラから、こちらまで死角になりますから」

　モニター画面を覗き込んでいた佐多撫が軽く首肯して同意を示す。倉庫群の裏を映す外部映像に切り替えると、午前一時五分に、モーションセンサーが動いた。会社の西隣にある高いコンクリート塀を、乗り越えてきた人影が映されていた。男らしい。西隣は、土建会社の資材置場で、昼夜無人であった。画面を倉庫の表側に切り替えると、裏から回ってきた人影が現れ、通用口の入り口で十秒ほど止まって中に入った。このときに鍵を壊したのだろう。これが午前一時八分。人影が中から出てきたのは、午前一時十分だった。手に段ボール箱らしきものを抱えている。人影は、来たときと同じ手順で、塀の向こうに消えた。与武は塀の高さや段ボールの大きさと比較して、少し上背のある男だと目星を付けた。

「与武さん、どうです？」

「これだけの短い時間で犯行を終えるというのは、躊躇なくラックに行ったということですから、カメラ位置と荷物の情報を知っていたんでしょうね。というより、この人物が、予めバイク備品の棚からマフラーをここに移しておいたのでしょう」

「内部の事情にくわしい者は限られますなあ」

　渡春が言い終わる前に、佐多撫がポケットから畳んだ用紙を出して広げた。

「これが昨日、荷積み作業をした者の名簿です」

　名簿には、男性九名、女性六名の名前が載っている。

「どうしてこれを？」

「さっき倉庫に入ったとき、係員詰め所から持って来ました」

　ということは、与武がこれまで判断したことを、佐多撫は倉庫の中で瞬時に理解していたことになる。佐多撫とは、こういう女だったのか。

「この中で、バイクに乗っている大柄な男性はいますか？」

「それなら、この師内という子です」

　佐多撫がすぐに細い指をさした。

「通勤時に、うるさい音をさせてきますから」

「住所は分かりますか？　早いほうがいいでしょう。転売するにしても修理工場に持ち込むにしても、まだ動いていないでしょうから。いえ、一人で行って来ます。大丈夫です」

アパートのドアをしつこくノックすると、師内は警戒しながらドアを小さく開けて顔の半分を見せた。見たことのある顔だった。与武がドアを押し開けて入ると、奥の、半開きになった開き戸の向こうから細長い段ボール箱がはみ出しているのが見えた。倉庫の棚で確認してきた、マフラーの段ボールと同じ形の箱だった。

「な、何ですか。急に」

　師内は迷惑そうに声を震わせる。与武を覚えている目だった。元警察官だということも知っているはずだ。

「今ならまだ間に合うぞ」

「何のことですか？」

「とぼけるな！」

　ドスのきいた声を腹から出した。

「誰？　お客さん？」中から寝起きらしい若い女の声がする。

「どうする？　警察に行くか？」

　与武がそう言って睨み付けると、師内は唇を小刻みに震わせた。


　与武は、パソコンで守衛の巡回チェックリストを作成していた。チェックリストは古典的な方法だが、きちんとやれば犯罪の未然防止に役立つ。これを各倉庫の通用口や、夜間無人になる総務課などの建物、油脂庫、資材庫、それにトラック駐車場などにぶら下げておく。夜間巡回する守衛に巡回時間と異常の有無を記入させる。もっと早く手を付けているべきだったが、こんな簡単なことさえ、ずっとやってこなかった、会社の危機意識にも驚く。

　会社は冷凍物や生鮮野菜などを扱っていないし、スーパーやホームセンターなどと直結しているわけではないから、夜間は基本的に無人になる。その点で言えば、まだ昔ながらの貸倉庫業に軸足を残していて、流通機構から取り残されている会社なのだ。

「与武さん、来週の土曜は盆踊りですから、浴衣を借りておいてくださいね」

　襟蓮に後ろから声を掛けられ、肩に手を置かれた。入社したばかりの頃はずいぶん冷たくされたが、日を経るにつれて優しくなってきた。与武が窃盗事件を解決してからは、特に態度が変わった。専務に事件のことを告げ口したのは、襟蓮ではないかと渡春が話していた。襟蓮も一族の末端に連なっているらしい。話によると、神内運輸倉庫の盆踊りは二十年以上続いていて、社員の家族だけでなく、花川や石狩新港地区にある関連会社の家族まで参加してくる、盛大なものらしい。そういえば、トラックの駐車場に櫓が建ち始めていて、駐車場の変更通知も来ていた。ちょっとした小学校の、運動場のような広さの駐車場だった。

「与武さん、札幌の本社に行ってもらえませんか？　専務があなたに来てほしいって」

渡春が自分の席から声を掛けてきた。

「専務？　いったい何の用です？」

「何でしょうね。もしかしたらこの前提出した、危機管理計画のことかもしれません」

「だったらそれは課長の所掌でしょ」

「所掌は私でも、作ったのはあなたですから。それにこの会社では、指揮系統を飛ばすなんて珍しいことじゃありませんから、気にせずにどうぞ」

専務が、入社したばかりの平社員を呼びつけるからには、何か他の理由があるのかもしれない。危機管理計画なら、担当の渡春も一緒に呼びつけるはずだ。

本社機能の入っているビルは、札幌駅の北側にあった。与武はエレベーターで八階まで上がり、受付に面会を告げ、応接室でしばらく待たされた。広い窓から東側を見ると、建設中のビルが幾つかあった。何台もの赤白クレーンが、ブームを伸ばして曇り空を突き刺していた。新幹線の延長で、駅の東側地区の開発が進んでいると聞いている。道警にいた頃から見慣れた街だが、少し見ない間にずいぶん様変わりしている。

「お待たせしたわね」

そう言いながら小太りの老女が忙しげに入ってきて、腰をソファーに深く下ろすとスカートから太い足を放り出した。瞼の垂れた目で、与武をじっと鑑定するように見つめてくる。与武が頭を下げると、少しだけ微笑んだように見えたが、唾を飲み込んだだけかもしれない。表情に乏しい顔だった。

神内専務が社長の妹で、入院中の社長に代わって運輸倉庫業を取り仕切っているのは知っていたが、会うのは初めてだった。八十を過ぎていて、社長が健康な頃から兄妹二人三脚で実務に携わってきており、手腕は兄をも凌ぐと聞いている。その長年の苦労が、重く垂れた瞼の奥に潜む鋭い目に見て取れた。

「頑張ってるそうね。あんたの作った危機管理計画書見たわよ。よく出来てるわねえ」

「あ、はい恐縮です」

「火災予防施策でも、会社に足りなかったものを見事に炙り出してるわね。それに火災が発生したときの初期対処計画と避難誘導も見事に修正できてる。消防の立ち入り検査で、よく指摘されてたのよ。そうそう、あんた、石狩市役所まで行って市の防災計画書も確認してきたんだって？」

「あ、はい。普段から防災担当と連絡をとっておくと、何かあったときに便利ですから。電話番号と担当の顔を覚えておくだけでも安心です」

「殊勝な心がけね。あんたは何でも嫌がらずにやるらしいじゃないの。側溝のゴミ浚いや、トイレ掃除まで進んでやってると、管理課の皆さんから聞いてますよ」

「はあ、時間に余裕があるときにはできることをさせていただいております。私はまだ管理課の戦力にもなってませんので、給料を頂くのが申し訳なくて」

「窃盗事件では世話になったわね」

「何の話です？」

「とぼけなくていいわよ。管理課長が教えてくれなくても、報告してくれる人はいくらでもいるから。兎に角、お礼が言いたくてね。これからも、何か危険な芽があったら、教えてほしいのよ。早めに摘み取っておきたいから」

佐多撫のような人間が会社にいることこそが、危険な芽だ。彼女がこの会社にいると知れたら、会社が、彼女を匿っていたと、世間から非難される。そのことを告げるべきか迷った。専務は置物のように姿勢を変えず、じっと睨み据えてくる。

「何か言いたいんじゃないの？」

「はあ？」

「分かるわよ、あんたなんかより、ずっと長く生きてきたんだから。話してご覧よ。気が楽になるわよ」

だが、誘いに乗って話をしても、気が楽になるようなことではない。下手に話したら大騒ぎしただけで終わってしまいかねない。だが遠回しに話をすれば、佐多撫をこの会社から去らせることができるかもしれない。このままでは何も変わらないのは確かだった。

「一つだけいいでしょうか？」

「もちろんいいわよ」

「鈴木陽子という女性を、ご存じですよね」

「ああ、あの子。よく覚えてるわ。それが？」

「彼女を、社員名簿から外して雇用しているそうですが」

「それがどうしたの？　あんたには関係のないことでしょうよ」

「私が言いたいのは、彼女のようにマイナンバーも確認できない従業員を雇用していることの危険性です。個人情報の把握を嫌う人間の中には、アウトローもいます。世間に顔向けできない連中です」

「彼女がそうだというわけ？」

「いえ、そうだと決めつけているわけではありません」

「まあ一般論はそうかもしれないけど、彼女は、亭主のＤＶから逃げてきたのよ」

「確認しましたか？　それが事実かどうか」

「そんな面倒なこと必要ないわよ。彼女を見れば分かるわよ。何年生きてると思ってるのよ。人を見る目はあんたよりあるつもりよ」

そう言って睨み付けながら、すっかり冷えた湯飲みを手にとって口に含んだ。その目が節穴だと言っているのに、聞き分けが悪い。企業経営者なんてこんなものだ。周りがイエスマンばかりだから、自分の考えが全てだと思っている。

「何だか不満そうな顔ね」

「いえ、そういうわけではありませんが、専務、例のオウムの事件で、事件後ずっと逃亡していて、六年前に逮捕された女性を覚えていますか？」

「ああ、いたわねえ」

「彼女は逃亡中の一時期、関東の倉庫会社で働いていたということです。周りの誰も気が付かなかったらしいですよ」

「何が言いたいの？　面倒くさい言い回しはやめてちょうだい」

「つまり、そのような人間が倉庫を隠れ蓑(みの)にしてヤドカリみたいに身を隠していたという事実をお伝えしたいんです」

「でも、彼女無罪だったんでしょ？　可哀想に」

「私は彼女を責めているのではなく、外部との接触が限られる倉庫は、胡散臭(うさんくさ)い人間にとって都合のいい隠れ蓑になるということをお伝えしたいだけなんです」

「あらあら、うちみたいな倉庫会社には胡散臭い人間を引きつける何かがあるって言いたいわけ？」

「そんなことは言ってません」

「はっきり言えばそうでしょうよ。でもまあ仮にそうだとしても、か弱い女性が頼って来たのなら、ここが駆け込み寺になってもいいんじゃないの。世の中には女の子宮を、使い勝手の良い貸倉庫くらいにしか思っていない、下らない男どもがいっぱいいるからね」

「鈴木さんが本当に夫のＤＶから逃げているだけなら良いのですが、もし仮に他の理由があるとすれば、どうです？

それでも庇い通しますか？」

「警察というのは、いつもそうやって事件を作りたがるのね。あたしは、頼って来たら誰だって助けるわよ、ええ。倉庫で心が安まるなら羽根を休ませてあげればいいじゃないの。倉庫が胡散臭い人間の隠れ蓑になるというあんたの言葉をそっくり借りれば、あんただって、何かから逃げてこの会社に来たってことになるわねえ。それにね、彼女みたいな優秀な人材を、疑わしいというだけで手放すわけにはいかないわ。もちろんそれはあんたにだってあてはまることだけどさ」


与武は、すぐに会社に戻る気がしなかったので石狩新港に向かった。海を見ながら気を晴らすつもりだった。港に着くと埠頭の基部で、若い女性が釣りをしていた。まだ二十代前半といったところだろうか。小さな女の子を連れている。魚釣りには珍しい組み合わせだった。父親らしい男の姿は見えない。女児がむずかり、女性が釣り竿を置いてすぐ側に駐めた軽四のドアを開けて女児にペットボトルの飲み物を与えた。


与武は運転席から二人を眺めながら、智子と交わした会話を思い出す。あれは、他界する四日ほど前のことだった。浅い眠りから覚めた智子が、見ていた夢でも追うような虚ろな目で、病室の天井を見上げながら、話し始めた。

「佐多撫さん、今頃どこにいるのかしらね」

「さあ、どこかで元気に働いてるんじゃないか」

「だといいけど」

「だけど、彼女はなぜそうまでして逃げるんだろうな。どこにも希望がないのに」

「佐多撫さんは、子供のために逃げてるのよ」

「どういう意味？」

「分からない？　未来ちゃんのあの目」

「じゃあ、あの子は佐多撫の子だっていうの？」

「最初会ったときから、そう思ってた」

「相手の男は？」

「死んだ男に決まってるじゃない」

「殺したときには、男の子供を身籠もってたって言うの？」

「子供の年を計算したら分かるでしょ」

「でも、逮捕される危険を冒してまで子供に会いに来たのなら、なぜ連れて行かない？」

「それが子供のためなのよ。子供の苗字を変えてあるのはそのため。彼女は他人としてこのままひっそり世の中から消えていくつもりよ。それが彼女にできる唯一のことだと、分かってるのよ。頭のいい人だもの」

「それが彼女なりの、罪の償い方なのだろうか」

「償い？　馬鹿なこと言わないでよ。罪の償いなんて必要ないわ。ただ逃げ続ければいいのよ。あんな下らない男のために、自首したりする必要なんてない。表彰したいくらいよ。私が彼女でも子供の未来のために逃げ続けるわ」

　あの女の子は、もう中学生になっているはずだ。もし再会できたら、佐多撫もこうして娘を連れて魚釣りにでも来るだろうか。

　夕方アパートに帰ったら、階段の途中に蛭田と茜ちゃんがいた。茜ちゃんは階段に白墨で絵を描いている。女の子が手に持った風船が長い糸に繋がって、階段の踏み段に風船が一個ずつ描かれて昇っていた。蛭田は半ズボンにサンダル履きである。散歩にでも行くような服装だった。挨拶すると、今お帰りですか？　と分かりきったことを聞く。

「蛭田さんは？」

「ええ、今日は代休で、久し振りにこうして子供と遊んでます」

　何やら用ありげだったから、ちょっと寄りますか？　と誘ってみたら、じゃあちょっとだけお邪魔させていただきましょうかと、上がる気配を見せた。茜ちゃんも一緒に来るかと思ったら、茜はちょっと下に行って遊んでなさいと言って、上がり込んでくる。帰ってくるのを待っていたのだなと分かった。

　与武が、一つしかない座布団を出して座らせると、正座して咳払いした。だが目を合わせない。交番にやってくる住民の中に、ときどきこういう目が混じる。隣の騒音がうるさい。越してきた若者が、夜中に騒ぐ。バイクの音がうるさい、といった類の住民トラブルだが、自分の名前は出してもらいたくないのだ。ところが、蛭田はなかなか話し始めない。

「それで？」窓を開け放って部屋の澱んだ空気を逃がし、蛭田の前に座ると、観念したように目を合わせた。

「妻が変なことを言い出したんですよ」

「ほほう」

「私は止めたんですけど、一度与武さんに相談した方がいいんじゃないかということになりましてね。実は妻が近所で、指名手配されている女に似た人を見たって言うんですよ」

「指名手配。何の事件です？」

「信金の女が男を殺したという事件があったでしょ？」

「ああ、十三年前ですね」

「私はよく覚えていませんが、妻はテレビに映った犯人の女の顔が、微かに記憶に残っていたそうなんですよ」

「記憶違いということはありませんか？」

「ええ、私もそう思って、それは間違いじゃないのか？下手したら人権侵害になるぞって、言ったんですけどね。うちの妻は、あれで変な特技を持ってまして、一度見た人の顔は何年経っても忘れないんです。以前勤めていた札幌の居酒屋でも、大抵の客は一度担当したら覚えていて、十年ぶりに来た東京の客の顔でも覚えていて、感激されたほどです」

「奥さんは、どこで見たんです？　その人を」

「ちょっと待ってください。すぐ呼びますので」

蛭田が携帯をかけると、妻は出番を待っていた役者のようにすぐに上がって来た。茜ちゃんと下の子を連れている。上の子は、どうしたろうと思っていたら、妻のうしろから顔を覗かせた。一度来たから慣れているのか、茜ちゃんと下の子は靴を脱ぎ散らかして駆け上がってきた。

上の子も、それにつられて上がって来る。

「ほらあ、何です？　挨拶もしないで、ママ、いつも言ってるでしょ」

言いながら妻は、蛭田の隣に丸い腰を下ろして横座りすると、愛嬌のある目を向けてきた。ていねいに化粧までしている。

「奥さん、その女性をどこで見られたんですか？」

「花畔のスーパーなんです。金曜はチラシで牛肉の激安特価が入ってたでしょ。ちょっと遠いけど、あそこときどき安売りするんですよ」

「おい、余計なこと挟むなよ。与武さん忙しいんだから」

「すみません。それで私、買い物が終わってトイレに入ったんです。そしたら中に女性がいて、洗面台の前で化粧を直してたんですよね」

「ほほう、そのときに会ったんですね」

「会ったというより、鏡越しに目が合ったというか。その瞬間、あ、この人見たことあるって思ったんです。以前見た指名手配の顔を覚えていたんです。だから、えっ？　って思わず声が口に出ちゃったんですよね」

「それで？」

「はい、その女性も鏡越しに私の顔をじいっと見返してから、黒い眼鏡をかけて出て行ったんです」

「しかし、よく分かりましたね。十三年も経って、顔もかなり変わっているはずなのに」

「はい、もちろん帰ってすぐに警察のホームページを検索して、昔の手配写真を確認しました。スーパーで見た女性は、確かに昔の面影はありませんでしたけど、鏡越しに見た瞬間の女性の目は、手配写真そのままだったんですよ」

「その女性、どんな様子でした？　逃げるような感じでしたか？」

「それが何だか、普通に落ち着いていました。私がビックリして声を出したんだから、手配犯だったら普通逃げるでしょう？　だからいまいち自信が持てないんですよね。私の見たあの目は一体何だったんだろうって」

「これは妻の話とは関係ないかもしれませんが、昨日の夜帰って来たら、黒縁眼鏡をかけた女が駐車場から慌てて出て行くのを見たんです。妻にそのことを話したら、上背や人相が、妻の話した女と似ているものですから、一体何をしに来たのかそれが気になってですね」

「ほらほらあ、勝手に冷蔵庫開けたら駄目でしょ、嫌だもう」

「あ、いいよ、プリン食べても」

「何ですか？　お行儀の悪い。おじちゃんにきちんとお礼を言いなさい」

「でも、よくその事件を覚えていましたね」

「はい、大学のときの親友が寒幌の出身で、一度遊びに行ったときに、ここが事件を起こした犯人の家だって教えてくれたんです。ですから余計記憶に残っていたんだと思います」

「実は当時、私は寒幌で駐在をしていました」

「ええ？　じゃあ、与武さんが見ればすぐに分かりますよね」

「さあ、どうでしょう。自信はありませんね。身近にいれば分かるかもしれませんが、殺人犯が地元の北海道で堂々と買い物をしているとは思えませんし」

「そうですよね、やっぱり。な、プロがそう言ってるんだから、俺たちに分かる訳ないんだよ。おい、そろそろ」

二人は、目で言い合わせて腰を上げ、子供と一緒に騒がしく帰っていった。

駐車場から出て行った女は、おそらく佐多撫だ。自分を見抜いた女がどこに住んでいるかを探りあてたのだ。そして次の一手を練るのだろう。今、佐多撫が打てる手は、この町から出て行くか、目撃者の口を早く封じるかだ。佐多撫がこれ以上罪を重ねるとは思えないが、与武は事件現場を写した凄惨な写真が忘れられなかった。首がクロス編みしてある強力なナイロンロープで必要以上に強く締められていて細く括れ、遺体はエゾマツの木の根元に放置されていた。彼女がどのようにして百八十センチ近くある男を殺したのかは、未だに特定できていないが、佐多撫のことだから、事前に綿密な計画を立てたに違いない。そんな残忍さを秘めている女が、蛭田の妻を殺しに来る可能性は否定できないが、与武が同じアパートに住んでいることを承知したはずだから下手に手出しはできまい。

ライトアップされた櫓の上で、腹に重く響く和太鼓が叩かれると、大音響の『北海盆唄』がかかり、浴衣姿の男女が櫓の周りに集まり始めた。全部で五百人以上いるだろう。夜は無人地帯なので、近所から苦情が来る心配はなかった。子供たちも大勢いて、外来駐車場の方からは、まだ家族連れが列を作って集まって来ていた。

踊りの輪は二重になり、やがて三重になった。高い櫓から、明かりの灯った提灯が連なって、弱い風に揺れている。櫓を囲んで天幕が八張りほど建ち、その下で本社から来たらしい役員たちや、取引先の来賓らしい者たちが、椅子に座ってビールを酌み交わしていた。神内専務の姿も見える。東の空には気の早い星が出ていた。仮設トイレが何基か設置され、夜店まで出て、焼きそばの香ばしい匂いを辺りに漂わせている。

太鼓を叩きながら嗄れ声を張り上げているのは、渡春だった。浴衣を諸肌脱ぎにして肩の汗がライトで光っている。手が長いから、エイリアンが藻掻いているように見える。堅物だと思っていた彼に、そんな面があったとは思いもしなかった。

踊り手たちが左回りに踊っていく。一番元気のいいのは、荷積み作業でよく見る若い連中だった。酒が入っているのか、浴衣の裾を腰紐にたくし込み、男踊りのように跳ね回った。ライトに照らされた元気な足元で、土埃が舞っている。男たちの中に師内がいた。すぐ横で、あのとき部屋にいた若い女が踊っている。神内専務は、師内を赦して事件を不問に付した。懐が深いと言えば聞こえはいいが、はっきり言えばいい加減なのだ。その場だけの感情で即断していく。それを熟慮した末のように伝えてきた。自分の会社なのだから、文句を言われる筋合いはない。

踊りの輪をぼんやり見ていたら、いきなり右足に何かが抱きついてきた。

「おじちゃん」

「おお、茜ちゃん。来てたのかい。ママはどこ？」

振り返ると、後ろに蛭田夫妻が照れくさそうに立っていた。子供たちの手を引いている。

「来てらしたんですね」

「ええ、友人の招待で毎年来てるんです。神内さんの盆踊り、最後にビンゴ大会があって、景品が凄いんですよ」

　だから、こんなに人が集まるのか。もちろん佐多撫は参加しないだろう。こんな大勢の人間が集まる場所に、能天気に顔を見せるほど愚かではないはずだ。ましてや、花畔のスーパーで危うい思いをしたばかりだ。案外今頃、アパートで荷造りをしているかもしれない。頭がよくて用心深い女。それが佐多撫玲子なのだ。そうでなければ、十三年間も捜査の網を逃れて生きては来られない。

「踊りましょうよ、与武さん」

　輪から小走りで外れてきた襟蓮に、乱暴に手を取られ、踊りの輪に引きずり込まれた。『北海盆唄』は盆踊りの交通整理でよく動員されたから、耳に馴染んでいるが、踊ったことはなかった。仕方なく、見よう見まねで腕を動かし、足を運ぶ。やってみれば単調な動作だから、すぐに覚えた。若い男たちの激しい足運びで土埃が立っていた。

　三十分ほど踊ったろうか。疲れたので、休憩しようと天幕の下に入り、折りたたみ椅子に座って汗を拭いた。テーブルの端に、顔見知りの空穂（うつぼ）というパート女性が座っていて、目が合うと人のよい目でビールを勧めてくる。与武と同年配の女性で、夫は十五年前に他界したと本人の口から何度も聞いていた。こういう場所に、妻と彩香を連れてきたことはなかった。もっと違う人生を歩んでいれば、あんなことにならずに済んだかもしれないと、与武はしみじみ思う。

　渡春は、櫓を下りて、主賓席でビールを飲んでいた。しきりに専務に頭を下げている。空穂があまりしつこく勧めるので、一口だけ飲んでみた。与武はアルコールに弱く、普段は酒を飲まない。

「あら、飲めるじゃないですか。ほらほら、グウッと飲んで」

　空穂がビールを注ぎながら、媚（こび）を含んだ目で微笑んだ。近くで見ると、色白の頬が僅（わず）かに赤く染まっている。鼻筋が通って、若い頃はきっと美人だったろうなと、その横顔を見ていたら、誰かに似ていた。誰だろう。ああ、そうだ。小学五年のときに交通事故で死んだ、若い女性教諭に似ている。その教諭が与武の初恋の女性で、夏休みの中間登校日に、何か行事でもあったのか、紺地の浴衣で教室に現れ、踵（かかと）を浮かせて黒板の高いところに白墨で何やら書いていたとき、浴衣の右袖がはらりと落ちて真っ白い上腕が現れたので、どぎまぎした。あのときも倉庫に入って彼女の死を悼んだ。しかし今頃になって、どうしてそんなことを思い出すのだろう。注がれたビールをグッと飲んでみたら、思いがけず飲めた。なぜだろう。

「あらあ、与武さん踊らないんですかあ」

そう言いながら蛭田の妻の丸い顔が、天幕の明かりに現れた。

「茜ちゃんたちは?」

コップに残ったビールを飲み干して聞く。

「ええ、友人の家族と一緒に金魚すくいしてます。子供たちが仲がいいんです。主人は酔って、ほらあそこで踊ってます。私に車の運転をさせる気なんですよ」

また、空穂がビールを注いだ。そのとき後ろから肩に優しく手を置かれ、振り仰いだら佐多撫が笑みを含んだ目で見下ろしていた。与武は思わず咳き込んだ。

「大丈夫ですかあ、主任さん」

佐多撫は、さも大事そうに与武の背中をさする。与武はゾッとした。蛭田の妻が、ぽかんと口を開けて佐多撫の顔を見つめていた。

「あら、主任さんを横取りする気?　鈴木さん」

空穂が軽口を叩くと、佐多撫も「そちらこそ」とやり返して上品に笑い合う。蛭田の妻は、訳の分からない笑顔で突っ立っている。佐多撫にビールを注がれ、それも飲んだ。

いつの間にか曲が止み、櫓に上がった中年女性が、コンコンとマイクを叩いてくぐもった音を夜空に響かせた。

「さあ、今度はいつものあれ、いきますよう。輪を作ってくださ～い。男性は左、女性は右側ですよ～」

例年のことなのか、参加者たちが素直に従って、二重の輪を作り始めた。圧倒的に女性が多い。かかった音楽は『オクラホマミキサー』だった。

「ほらほら、与武さんも踊るんですよ。一緒に踊りましょ」

空穂に強引に手を引かれ、踊りの輪に加わった。足元がふらつく。酔ったのだろうか。『オクラホマミキサー』は、確か中学か高校で踊ったことがある。ほろ苦い思い出の、いっぱい詰まったフォークダンスだ。踊るのは何十年ぶりだろう。

「はい、手を組んで」

マイクの女性の指示で、右側の空穂と肩越しに手を組んだ。与武は何だか楽しかった。

「はい、ひだり・ひだり、み～ぎ・み～ぎ、ひだり、み～

ぎ、ひだり、み〜ぎ、まあえ、うしろ、クルッと回ってありがとう。はい、交代」

足をぎこちなく運んでいたら、何度かするうちに身体が思い出す。空穂はいつの間にか見えなくなっていた。女性たちの背中が次々と巡ってくる。いつの間にか輪が三重になっている。人が多いから目が回る。人に酔う。気が付くと目の前に、菖蒲柄の浴衣を着た佐多撫の背中があった。もう逃げることを諦めたのだろうか。佐多撫は背中で与武を誘うと、肩越しに見上げて悪戯っぽく笑った。戸惑いながら両手を重ね合わせる。

「はい、ひだり・ひだり、み〜ぎ・み〜ぎ」

うまく足が運べない。やはり酔っている。正面からフラッシュを焚かれて目を細めた。フラッシュの光った辺りに目が慣れると、写真を撮ったのは渡春だった。嫌な予感がする。元警察官と指名手配の女が、仲よく『オクラホマミキサー』を踊っているのだ。佐多撫が逮捕されてこれが世間に出れば大変なことになる。後で渡春に言って、画像を消去してもらおう。誰かに見られている気がして輪の外を見ると、蛭田の妻がこちらに無邪気な手を振っていた。佐多撫を見たはずなのに、どういうことだ？

「はい、クルッと回ってありがとう」

佐多撫が、意味ありげな笑みを残して後ろに去ったとき、与武は、ハッと振り返った。ひょっとして佐多撫は今、ストッティングをしているのではないのか？　蛭田の妻にストッティングをしてみせることで、佐多撫玲子を消して見せたのではないのか？　まさか寒幌町の駐在だった男と踊っている女が、指名手配犯であるはずがないと。

昆虫や爬虫類などが擬態をして生き延びているのは知っているが、ガゼルが、ライオンの群れに入り込んで、仲間の振りをするなんて聞いたことがない。それが佐多撫の狙いだったのか。佐多撫は楽しげに身体を翻していた。目が合うと可愛く笑う。

だが、何故そんな危険を冒してまで、佐多撫はこの倉庫会社に拘るのだ。

「はい、まあえ、うしろ、クルッと回って、ありがとう」

もしかしたら彼女は、幼い頃に父親と巡った倉庫の日々の記憶を、この神内倉庫で辿っているのだろうか。

一つ内側の輪に、どこかで見た背中が踊っていると思ったら、智子だった。智子がクルッと回ってお辞儀している。声を掛けようとしたら、すぐ見えなくなった。櫓に近い輪で、中学生の彩香が、幼い髪を上げて踊っている。二人とも帰って来たのか。そうか、お盆だったな。お盆なら帰って来てもおかしくないか。少し離れた輪で、小学生のときに死んだ小柄な女性教諭が、白い項を見せて踊っていた。櫓から連なった提灯が、妖しく灯って揺れている。あの灯を頼って来たのだろうか。

「はい、まあえ、うしろ、クルッと回って礼をして」

三重になった踊りの輪が、土埃を上げて、渦のようにグルグル回る。加害者も被害者も、善人も悪人も手を組んで、仲よく踊っている。ウロボロスと言ったか？　蛇が自分の尻尾を飲み込んでいるあの図だ。一体何が、何時のどこに、どう繋がっているのか、まるで分からないものが目の前で渦を巻いている。

嫌疑不十分

薬丸（やくまる） 岳（がく）

1969年生まれ。2005年に少年犯罪をテーマにした『天使のナイフ』で第51回江戸川乱歩賞を受賞してデビュー。子供に対する性犯罪を扱った『闇の底』、心神喪失者の連続殺傷事件を描いた『虚夢』など、社会的で重いテーマを取りあげることが多く、高い評価を受けてきた。息子が殺人者となった父親の立場と思いを描いた『Aではない君と』で第37回吉川英治文学新人賞（16年）を、通り魔に襲われた娘を持つ刑事が主人公である夏目信人シリーズの「黄昏」で第70回日本推理作家協会賞短編部門（17年）を受賞。（N）

コンビニに入ると、杉浦周平は店内を見回した。店長はいないようだ。レジに立っている若い女性に近づく。

「あの……店長さんはいらっしゃいますか？」

周平を見つめながら若い女性が首をひねる。

「あ、今日からここでバイトをすることになっていた杉浦と言います。先ほど店長から携帯に留守電が入っていて、そのことでちょっと……」

「少々お待ちください」

女性はそう言うとレジから出て、奥のドアに向かっていく。店長は事務所にいるようだ。

三日前に事務所で面接をしてアルバイトとして採用された。夜十時から朝六時までの夜勤で週五日という条件だ。人手不足だから大いに助かると、店長は上機嫌だった。だが、シャワーを浴びている間に電話がかかってきて、採用を取り消す旨の留守電のメッセージが残されていた。

理由については言っていなかったが、察しはついていた。今までに十回以上同じ理由で採用を取り消されている。

今回も厳しいことを言われるだろうが、貯金も底をつきかけているので何とか食い下がらなければならない。

ドアが開いて、女性とともに店長が出てきた。露骨に顔を歪めながら「何？」と訊く。

「さっきの留守電のメッセージはどういうことですか？いきなり採用を取り消すって……」

周平が言うと、ドアの奥に向けて店長が顎をしゃくった。店長とふたり事務所に入っていく。

「近頃、ＳＮＳにバイト先の変な動画を投稿する輩が多いから、新しく採用しようという人のことは一応ネットでチェックするようにしてるんだよね。君の名前を検索したら、ある記事が出てきてさあ。三ヵ月前に女性を襲って逮捕された二十五歳の男って、君のことだよねえ」

やはりそうか。

「面接のときにはそんなこと、一言も言ってなかったじゃない」店長が机に置いてあった履歴書を手に取ってこちらに突きつける。「履歴書にも書いてないよね。勉強したいことができたから前の職場を辞めたって言ってたけど、それも嘘なんでしょう？」

逮捕されたから解雇されたなんて面接で言えるはずがない。

「たしかに逮捕されたのは事実ですし、それを黙っていたのは謝ります。ただ、不起訴になりました。僕はやっていません」

冤罪だ。自分は断じて女性を襲ってなどいない。

「その記事も見つけたよ。小さな記事だったけど。嫌疑不十分で不起訴になったって」

不起訴はその理由に応じて『嫌疑なし』『嫌疑不十分』『起訴猶予』の三つに分類される。

『嫌疑なし』はその名の通り、被疑者に対する犯罪の疑いが晴れた場合だ。『起訴猶予』は有罪の証明が可能であるが、被疑者の境遇や犯罪の軽重、また犯罪後の状況などを鑑みて検察官が不起訴にする。

周平に示された『嫌疑不十分』という判断は、犯罪の疑いは完全に晴れないものの、裁判において有罪を証明するのが困難だと考えられている場合だ。

「つまり、やっていないって証明されたわけじゃないんでしょう？　うちは接客業だから、そういう人を雇うわけにはいかないよ」

「でも、僕は本当にやってないんです。釈放されてからいくつも面接に行ってるんですけど、どこも採用してくれないんです。このまま仕事が見つからなかったら、生活していけません。頑張って仕事しますから、どうかここで雇ってもらえませんか」周平はそう訴えながら頭を下げた。

「こっちも働き手が欲しいのはやまやまなんだけどねえ。でも、ここで働くのは君にとっても酷なことだと思うんだけどね。ネットには君の情報が出ているんだから、そのうちお客さんや他のバイトの子たちも君が逮捕されたことを知るかもしれない。お客さんからも同僚からも白い目で見られながら仕事をするなんてきついでしょう」

店長を見つめながら言葉が出ない。

「まあ、仕事はしなきゃいけないだろうけど、こういう接客業はやめておいたほうがいいんじゃない？」そう言って店長が履歴書を差し出してくる。

これ以上食い下がっても無駄だと諦め、周平は店長の手から履歴書を受け取った。力なく頭を下げて事務所を出ていく。

コンビニを出て外の空気に触れても息苦しさはやまない。

どうして自分がこんな目に遭わなければならないのだと、胸の底から激しい怒りが湧き上がってくる。

駅に向かっている途中、ポケットの中で振動があった。スマホを取り出して画面を見る。登録していない番号からの着信だ。

「もしもし……」周平は電話に出た。

「杉浦周平さんのお電話ですか？」

男性の声に、「ええ、そうです」と答える。

「先日お話を聞かせてもらったウィークリーセブンの須藤です」

その言葉に反応して、鼓動が速くなった。

自分の窮状を訴える手段はないかと、いくつかのテレビ局や週刊誌に連絡をした。どのマスコミも周平の話に興味を示さなかったが、ウィークリーセブンの須藤だけはきちんと耳を傾けてくれて、冤罪の訴えを誌面に載せられるかどうか編集会議で検討してみると言ってくれた。

「それで、どうですか？」勢い込んで周平は訊いた。

「結論から言いますと、現時点では誌面に載せるのは難しいという判断になりました」

落胆がこみ上げてくる。

「嫌疑なしという判断が下されていたのだとしたら、こちらとしても杉浦さんの主張を誌面に載せることができたんですが。冤罪によって二十三日間も警察に勾留され、そのせいで仕事や社会的な信用を失った、と……。ただ、嫌疑不十分ということですと、被害者の女性にお話を聞けないまま、杉浦さんの主張だけを一方的に載せるのは、マスコミ倫理としていかがなものだろうと」

「そうですか……」それしか言葉が出てこない。

「力になれず申し訳ありませんが……どうか気を落とさずに頑張ってください」

電話が切れた。重い足取りで駅に向かう。

電車に乗ると、空いている席に座って目を閉じた。

また仕事の当てをなくしてしまった。

昨日、不動産会社から連絡があり、滞納している家賃を納めなければ退去してもらうときつく言われた。

これからどうすればいいのだろう。

周平は目を開けてポケットからスマホを取り出した。ネットにつないで、派遣会社を検索する。

とりあえず日雇いの仕事を探して当座をしのぐしかない。

派遣会社のホームページを見ていると、「マジか……」と男性の呟きが聞こえて周平は目を向けた。隣に座ったイヤホンをつけた男性が食い入るようにタブレットの画面を見ている。

ユーチューブの画面の右上に『ブレイクニュース』とテロップが出ていて、若い女性がひとりで映っている。女性は紺のスーツに白いブラウス姿だが、ブラウスの上のボタンはふたつ外され、ニュースキャスターとは思えないエロさを醸し出している。

　周平は興味を覚えてスマホのユーチューブを起動させた。『ブレイクニュース』と検索すると、いくつかの画面が縦並びに表示される。

　いずれもこちらを見据えるような女性の静止画像であり、その横に『野依美鈴のブレイクニュース』というタイトルと日付、視聴回数などが記されている。

　野依美鈴――？

　女子アナには詳しいほうだが、その名前は知らない。

　多いものでは視聴回数が二千五百万回を超えているので、相当人気があるチャンネルなのだろう。

鞄からイヤホンを取り出して耳にはめると、視聴回数が一番多いものをタップした。画面が大きくなり、缶コーヒーのＣＭが流れる。それが終わると室内の映像に切り替わった。

　台所のようだ。ふたりの女性がテーブルにはす向かいに座っている。ひとりは検索画面に出ていた野依美鈴だ。

「皆さん、こんにちは。ブレイクニュースの野依美鈴です。今日はあるお宅からこの映像をお届けします。日ごろからブレイクニュースをご覧のかたの多くはおわかりかと思いますが、今日は富永菜々美さんにご出演していただくことができました。富永さん、今日は本当にありがとうございます……」

　ドアを開けて、周平は喫茶店に入った。店内を見回したが、相手はまだ来ていないようだ。店員に案内された席に座り、ホットコーヒーを頼む。

　腕時計に目を向けた。午後一時五十分だ。約束の時間まで十分ある。

　コーヒーが運ばれてくると、スマホをネットにつないで新しい情報を探した。

　昨日家に帰ると、ユーチューブにアップされた野依美鈴の動画をすべて確認し、ネットで彼女のことを調べた。

　ネットの情報によると、野依美鈴はどの組織にも属さないフリーのジャーナリストだという。

　自身のＳＮＳに寄せられるコメントをもとに、事件と思われるものや社会問題などを独自に取材し、ユーチューブを使って発信している。

　その中には名誉毀損で訴えられても不思議ではないと思える過激な動画も多く、ネット上でも彼女に対する賛否両論があふれていた。

昨日最初に観た動画は、母親による子供への虐待事件だった。当初、母親は虐待を否定していたが、野依美鈴の執拗な取材により、母親はその事実を認めて警察に出頭した。

それ以外の動画を観ても何度か眉をひそめそうになったが、自分には想像もできないほどの多くの人たちが観ている事実に、あることを閃いた。

SNSのダイレクトメッセージで、ブレイクニュースで取り上げてもらいたいことがあると送ると、すぐに返信があって今日ここで会うことになった。

「いらっしゃいませ――」という店員の声に、周平は顔を上げた。野依美鈴が入ってくるのを見て、周平は立ち上がった。

動画で観るのと同じく、ダーク系のパンツスーツ姿で、ブラウスの上のふたつのボタンを外している。

「杉浦周平さんですか？」周平の前で立ち止まり、野依美鈴が言った。

凛とした切れ長の目が印象的な美人だ。動画で観るよりもさらに魅力的に思え、緊張する。

「ええ、お忙しいところありがとうございます」

向かい合って座ると、野依美鈴がこちらに名刺を差し出してきた。はだけた胸もとから谷間が覗き、どぎまぎしながら受け取る。

名刺には『ブレイクニュース　代表　野依美鈴』とあり、携帯番号とメールアドレスが記されている。

ネット上で彼女のことを調べたが、野依美鈴という名前以外のことは何もわからなかった。年齢も経歴も不明だ。

こうやって近くで向き合っていても、彼女の年齢は推し量れない。年齢不詳という印象だ。落ち着いた立ち振る舞いや動画で観る毅然とした言動から、三十代半ばのようにも思える反面、薄化粧の肌の張り艶から、もしかしたら自分よりも年下かもしれないとも感じる。

やってきた店員にアイスコーヒーを頼むと、野依美鈴がこちらに視線を戻した。

「早速ですがお話を聞かせていただけますか」

野依美鈴の言葉に、周平はあたりに目を向けた。他の客からはかなり離れているが、それでも声を落として切り出す。

「実は……今年の一月十六日に警察に逮捕されました。女性を暴行したという容疑で……」

野依美鈴が頷いた。周平の名前をネットで検索して、すでにそのことを知っているようだ。

「ただ、僕はそんなことしてないんです。刑事さんにいくらそう言っても信じてもらえなくて、それから二十三日間警察署に勾留されました。そのせいで仕事もクビになって……実家の両親からも絶縁を言い渡されて……」

「ご実家はどちらなんですか」

「北海道です」

「じゃあ、こっちの大学に行ってそのまま就職された？」

「いえ……大学は北海道です。ただ、二年生のときに中退して、東京に出てきました。向こうは仕事が少ないので。こちらに来てからお酒関係の仕事に興味を覚えて、ダイニングバーで六年間働いていました」

「お店はどちらにあるんですか」

「新宿区の戸山というところにあります」

「事件があった近くですね」

やはり知っていた。

周平が女性を暴行したとされたのは店のすぐそばにある戸山公園の中だ。

「ちなみにアルバイトですか？」

「いえ、正社員です。いずれ独立したいと思っていたんですが……」

そのために少しずつ貯金もしていたが、この事件のせいでその願いも叶わなくなるだろう。

「事件は不起訴になったんですよね？」

野依美鈴に訊かれ、周平は頷いた。

「嫌疑不十分ということで……。逮捕されたときにはテレビのニュースでも報じられたそうです。送検されるときの僕の映像とともに。だけど不起訴になったという記事はほとんど出ません。かろうじていくつかの新聞で小さく報じられただけです。逮捕されたことで僕は仕事も、友人も、家族も失いました。だけど不起訴になっても失ったものは取り返せないままです。こんなことならいっそのこと起訴されて裁判になったほうがマシです。裁判で無罪になれば、不起訴よりも大きな扱いで報じられるでしょうから。自分が潔白であることを公の場で訴えたくていくつかのマスコミに連絡しましたが、取り合ってもらえませんでした。これからどうすればいいのかと悩んでいるときにブレイクニュースのことを知って……」

「わたしのニュースでご自身の冤罪を晴らしたいと？」

「ええ。それまでは冤罪なんて自分には関係のない遠い世界の出来事だと思っていました。だけど今回の経験で誰にでも起こりえることだと思っています。もちろん僕はそんなことはしていないと訴えたい気持ちもありますが、それ以上に被害者の話ばかりを鵜呑(うの)みにする警察や検察の危うさを世間の人たちに知ってもらいたいんです」

「事件のことを詳しく聞かせてもらえますか」

頷いて少し身を乗り出したときに、店員がこちらにやってきた。彼女の前にアイスコーヒーを置いて立ち去ると、周平は口を開いた。

「事件が……いや、事件なんてそもそもないんですが、それが起こったのは逮捕される前日の一月十五日の、夜の十一時過ぎぐらいのことです」

その日、仕事を終えるといつものように、早稲田駅への近道である公園を通り抜けようと歩いていた。夜の十一時過ぎとあって公園にはほとんど人はいなかったが、少し前を女性がひとりで歩いていた。

「その女性が落とし物をしたんです。拾ってみるとハンカチでした。女性に近づいていって声を掛けましたが、イヤホンで音楽でも聴いているのか気づかなくて……早足で歩いていたので僕も駆け寄っていって、『落としましたよ』と女性の上着の腕の部分を手でつかんだんです。そしたら女性がいきなり悲鳴を上げて、両手を振り回して暴れだしました。『違います。落とし物です』って説明したんですけど、女性は聞く耳を持たないまま僕の顔を爪でひっかいて駆け出していきました」

あのときのことを思い出すと後悔が押し寄せてくる。こんなことにならずに済む選択はいくつかあったはずだ。親切心など出さずに落とし物を放置すればよかったし、もしそれを伝えるにしても、公園を出て人通りのあるところですればよかった。

「たしかに暗い公園でいきなり腕をつかんで驚かせてしまったかもしれません。だけど僕は彼女に暴行なんてしていないし、そんな気もなかった。むしろ僕のほうが顔をひっかかれて暴行されたんです」

「杉浦さんはその後、どうされたんですか?」

「そんなことがあって僕もパニックになってしまって……すぐに女性が逃げた反対方向に向かって駆け出しました。公園から出ると回り道をして駅に向かいました」

「ハンカチは?」

「その場に捨てていくのもどうかと思って、家に持ち帰りました。もしその女性をどこかで見かけたらそれを渡してそのときの誤解を解こうと思って」

「杉浦さんはどちらにお住まいなんですか?」

「荻窪です」

早稲田から六駅目だ。

「それで翌日に逮捕されたんですか？」野依美鈴が少し意外そうに言った。

「ええ……翌日仕事を終えてアパートに戻ってくると警察の人に囲まれて、その場で手錠をかけられました」

「ずいぶん迅速な逮捕ですね。何か思い当たることはありませんか」

なくはなかったが、「いえ、まったくありません」と首を横に振った。

「その女性と顔見知りだったとか？」野依美鈴がこちらに身を乗り出して訊く。

「暗かったので女性の顔はよくわかりませんでした。それに警察でも被害者のことを教えてくれませんし。ただ、顔見知りではないと思います」

あのあたりで自分の顔見知りがいるとすればバーの客ぐらいだろう。だが、常連客でもないかぎりほとんど覚えていない。

「取り調べで、女性は僕に口をふさがれて草むらに押し倒されたと証言していると聞きました。だけど僕は本当にそんなことはしていない。それに女性が落としたハンカチを渡そうとしただけだと刑事さんに伝えましたが、そんなハンカチは持っていなかった、自分のものではないと女性は言ったそうです」

「杉浦さんのお話が本当なら、被害女性はどうしてそんなことを言ったんでしょう」

野依美鈴の問いかけに、わからないと首を振るしかない。

「痴漢の冤罪ならまだ話はわかります。被害女性が触った男を勘違いする場合もあるでしょうから。ただ、今回の場合は杉浦さんとその女性の証言は明らかに食い違っています。誰かから恨みを買ったりすることはありませんか？」

思い当たらない。上京してから人当たりよく生活してきたつもりだ。

「そういうことはありません。どうしてそんな嘘を言うのか僕にも理解できません」

「もしかしたら示談金目的だったのかもしれませんね」

その言葉に反応して、彼女を見つめた。

「示談金目的？」

「そうです。ありもしない事件をでっち上げられたとしたら、怨恨以外の理由はそれぐらいしか思いつきません」

今まであの女性がどうしてそんな嘘をつくのかまったく理解できなかったが、彼女の話を聞いて納得した。

示談金をせしめるために警察に嘘の話をでっち上げて周平を逮捕させたが、不起訴になってしまったので請求できなくなった。

「不起訴になったということは、弁護士がつくことはなかったんでしょうか」野依美鈴が訊いた。

「いえ、逮捕された翌日に弁護士会に連絡して当番弁護士のかたに来てもらいました」

起訴される前の段階でも、弁護士を依頼できる制度だ。初回の接見は無料で、アドバイスをしてくれたり相談に乗ってくれたりする。

「よくその制度をご存知でしたね」野依美鈴が感心したように言う。

「一応、大学は法学部だったので……」

「弁護士の名前は覚えていますか?」

「飯田橋にあるST法律事務所の大宅明(おおやあきら)先生というかたです。初めて接見したときに親身になって話を聞いてくださったので、そのまま弁護をお願いすることにしました」

わずか二十日あまりの弁護活動だったが、それで貯金のほとんどが消えてしまった。

「弁護士は示談金のことについて何か話していましたか?」

「示談金のことについては特に何も……そもそも僕はやっていませんからお金を払う意思もありませんでしたし。ただ、相手の女性と連絡を取りたいけど警察も検察も身元を教えてくれないと言っていました」

「では、今現在も被害女性のことはわからないんでしょうね」

「おそらく……」

こちらから視線をそらし、野依美鈴がようやくアイスコーヒーに口をつける。何か考えているようだ。

「あの……」

周平が声をかけると、野依美鈴がグラスからこちらを見た。

「僕の事件を扱ってくれますか?」

「わたしは構いませんが、杉浦さんにとってはそれなりにリスクのあることですから、よくお考えになられたほうがいいと思います」

「リスク、ですか?」

「顔にモザイクをかけて訴えても、杉浦さんの名誉が回復されることはないでしょう。警察や検察に対する不満を訴えるだけならともかく。もしそのことを扱うのであれば杉浦さんの顔を出すつもりです。わたしのニュースは多いときで二千五百万回以上の視聴があります。それだけ多くの人が杉浦さんのことや、その事件のことを知ることになります」

だからこそ意味があるのだ。

「僕はそれで構いません」

「それと、ブレイクニュースで何かを訴えたいということでしたら、ひとつ約束してほしいことがあります」

「何ですか？」少し前のめりになって周平は訊いた。

「嘘や隠し事はしないでください」

そう言ってこちらを見据える野依美鈴の目を見つめ返す。

「真実を報じるためにブレイクニュースはあります。嘘や隠し事は真実を知りたいという視聴者の目を曇らせるだけでなく、後々のご自身の後悔にもつながりかねません」

「今までお話ししたことにそれらのものはありません」周平は答えた。

「わかりました。もうひとつだけお話ししておきたいのは、わたしは杉浦さんの広報マンではありませんので、あくまでも中立な立場で報道します。そのうえでジャッジは視聴者に委ねるしかないということです」

野依美鈴を見つめながら周平は頷いた。

改札の外で待っていると、人波の中から野依美鈴がこちらに向かってくるのが見えた。隣にキャップを被(かぶ)った小太りの男を連れている。

「おはようございます」

周平が声をかけると、野依美鈴が小さく頷き、隣の男を見た。

「カメラマン担当の樋口(ひぐち)です」

「よろしくお願いします」

周平が会釈すると、樋口がぼそっと「どうも」と返した。

「公園に行く前にコンビニに寄りましょう」

「コンビニ？」

意味がわからず訊き返すと、野依美鈴が微笑して「無精ひげを剃(そ)ったほうが見栄えがいいので」と答える。

「憔悴(しょうすい)した感じが少しでも出るかなと思って剃ってこなかったんですけど」

「できるかぎりいつも通りがいいでしょう。そのほうが視聴者からの生の感想が出てくると思います」

駅を出てコンビニを探した。シェーバーを買ってコンビニのトイレでひげを剃ると公園に向かう。

三ヵ月前まではいつも通っていた公園だが、今はまったく違う景色に思える。自分がここを通るときは出勤前の夕方から退勤後の夜中で薄暗い。今は保育士に連れられた園児たちがはしゃぎ回っている。

「それでは女性に声をかけたあたりに案内してください」

野依美鈴に言われ、周平は記憶を辿りながら園内を歩いた。公衆トイレが近くに見えてきたあたりで立ち止まる。

「このあたりだったと思います」

周平が言うと、野依美鈴が樋口に目を向けて頷く。樋口が上着のポケットからスマホを取り出してこちらに向ける。

「ぶっつけ本番でいきましょう」

樋口が片手でオッケーマークを作ると、野依美鈴がスマホに向かって一歩足を踏み出した。

「皆さん、こんにちは。ブレイクニュースの野依美鈴です。今わたしは新宿区内にある戸山公園に来ています。今年一月十五日午後十一時過ぎ、ここを通りかかった女性を暴行したとしてひとりの男性が逮捕されました。わたしの隣にいるのが逮捕された杉浦周平さんです。杉浦さんは逮捕されてから二十三日間警察に勾留された後、嫌疑不十分として不起訴となり釈放されました。ただ、不起訴となり釈放されても、杉浦さんに絡まりついた鎖はまだ解かれずにいます。逮捕されたことで仕事を失い、家族や友人知人、また世間の人たちからの冷たい視線にさらされ、新しい仕事を見つけることさえままならない状況です。ご自身の実名と顔をさらすというリスクを覚悟のうえで、この場で皆さんに訴えたいことがあるとのことで、杉浦さんにお越しいただきました」

よどみなくそこまで話すと野依美鈴がこちらを向いた。

「それでは杉浦さん、さっそくあの日、あなたがここで経験されたことをお話しいただけますか」

たとえスマホのカメラといえども、こんな形で撮られていることに緊張する。

なかなか話しだせずにいると、「あの日、どうしてこの公園にいらっしゃったんですか」と野依美鈴が話を振ってくる。

「あ、その……この近くに職場があったんです。この公園を通っていくと駅まで近道なので……」

「それでは毎日ここを通っていたわけですね」

「ええ……出勤するときには、行きと帰りにここを通っていました」

「被害を受けたという女性は、いきなり杉浦さんに口をふさがれて草むらに押し倒されたと供述しているそうですが」

「警察の人からはそう聞かされました。ただ、僕は本当にそんなことはしていません。あのときは……少し前を歩いていた女性がハンカチを落としたんです。それを拾って女性に近づいて声をかけたんですけど、気づかれなくて……それで思わず腕をつかんだら悲鳴を上げて暴れだしました。ハンカチを落としたことを伝えようとしたんですけど、女性は僕の手を振り払って逃げていきました。たしかにいきなり腕をつかんで驚かせてしまったかもしれないけど、でも絶対に口をふさごうとしたり押し倒そうとしたりはしていません」

いつの間にかカメラに撮られていることも忘れて訴えていた。

頷きかけながら周平の話を聞いていた野依美鈴が樋口のほうに視線を向ける。

「嫌疑不十分ということは、警察も検察も杉浦さんと被害女性のどちらの証言が正しいのか判断がつかなかったのでしょう。裁判で有罪とされる物証も、目撃証言などもなかったと思われます。ただ、もしかしたら今までこの事件の存在を知らなかった人、もしくは捜査機関が辿り着けなかっただけで目撃していた人や、あるいは何らかの事情を知っている人がいるかもしれません。もしそういうかたがいらっしゃったら、ぜひわたしのほうにメッセージを送っていただきたいと思います。また、ブレイクニュースでは杉浦さんの主張のみを一方的に扱うことはしません。被害を訴えられたかたの反論がありましたら、いつでもお待ちしております。もちろん人権上、安全上の配慮は充分にさせていただきます」

野依美鈴がこちらに目を向け、すぐに樋口のスマホに視線を戻した。

「ブレイクニュースはこれからもこの件を追っていきます——」

こちらを見据えて野依美鈴が言った次の瞬間、画面が切り替わった。

見覚えのある景色。三ヵ月前まで周平が働いていたダイニングバーのカウンターと、奥にいる人物を映している。顔にモザイクがかかっているが、店長の三宅(みやけ)だとわかった。

「杉浦さんは三ヵ月前までこちらで働いていたんですよね」

野依美鈴の声が聞こえ、モザイクの奥の三宅が頷いた。

「杉浦さんが女性を暴行した容疑で逮捕されたと知って、どう思われましたか?」

「そりゃあ、びっくりしましたよ」

機械で加工された声が聞こえた。

「信じられないと?」

「ええ……六年間ここで働いていたけど真面目なやつだったんで。いつか自分の店を開くのが夢だって、少ない給料の中からコツコツと貯金してたみたいだし。それに人当たりもよくてお客さんにも評判はよかったから、とてもそんなことをするようには……」

「女性に関してはどうですか?」

「女性に関してはどうって?」三宅が訊き返す。

「たとえば女性のことを軽視するような言動があったり、女性関係でトラブルがあったりとか……」

「特にそういうことはないなあ。ここには女性のお客さんもけっこう来るけど丁寧に接していたと思うし、杉浦に好意を抱いていそうなお客さんもいたけど一線は引いていたしね。むしろあまり女性には興味がないのかと思ってたぐらいで……」

「そうですか。今、杉浦さんに何かおっしゃりたいことはありますか? おそらくこの動画をご覧だと思いますけど」

「そうだなあ……逮捕されたと知ったときには問答無用でクビにしてしまったけど、杉浦の疑いが晴れたらまた一緒に仕事をしたいと思うよ。いや、絶対に疑いを晴らしてほしいね」

スマホの画面を見つめながら思わず目頭を押さえる。

涙を拭って目を開けると、ふたたび画面が切り替わっていた。

どこかの事務所のようで、ソファに向かい合って座る男女が映っている。野依美鈴と弁護士の大宅だ。画面の下に『弁護士　大宅明』とテロップが出ている。

「杉浦さんを担当された大宅先生にもお話を聞かせていただこうと思います。大宅先生、今日はこのような機会を作っていただき、ありがとうございます」

野依美鈴が頭を下げると、大宅が緊張した面持ちで会釈を返す。

「先生はいつから杉浦さんの弁護を担当されたんですか」

野依美鈴が訊く。

「逮捕された翌日に接見しました。一月十七日ですか」

「そのとき杉浦さんはどのようなお話をされていました

か」

「先ほどまであなたがおっしゃっていたようなことです」

「落とし物を渡すつもりで腕をつかんだら女性に騒がれてしまったと」

「そうです。それから二十日間あまり、供述は一貫していましたね」

「その間、何か杉浦さんにアドバイスされましたか」

「納得のいかない供述調書には絶対にサインをしてはいけないと助言しました。あと、被疑者ノートというものを差し入れして、捜査員から言われたことなどを書き込むようにしなさいと」

「今回の件に関して先生はどのように感じておられますか」

「悔しさを覚えますね。不起訴ということはある意味では我々の勝利ではあるんですが、今回の逮捕によって杉浦さんが失ったものの回復には到底至りません。現に不起訴になって釈放されたというのに、杉浦さんはいまだに犯罪者扱いされているんですから」

「嫌疑不十分という決定に不満がある？」

「担当した弁護士としては当然そうですよね。被害者の供述も、どんな証拠があって逮捕に至ったのかもわかりませんから迂闊なことは言えませんが、不起訴になった人間の人権はもっと量られるべきだと思います。否認をするとたいていの場合家族であっても接見を禁止されます。二十三日間たったひとりで捜査員の厳しい取り調べに臨まなければならないのは、常人には想像できないほどの苦しみです。でも、彼はその苦しみの中にあってもなお、自分の主張を曲げなかった。それはひとえに、それが事実だからだとわたしは思っています」

「先生、今日はどうもありがとうございました」野依美鈴が会釈をしてこちらに顔を向ける。「以上、ブレイクニュースがお伝えしました」

スマホから車窓に目を向けると、阿佐ヶ谷駅を過ぎたあたりだった。

今日は葛西にある派遣会社の面接に行った。採用されてから取り消されるのはもううんざりだから、履歴書には逮捕された旨を記した。もちろん不起訴になったことと、自分は絶対にそんなことはしていないということも口頭で伝えた。面接した人は検討して後日連絡すると言っていたが、表情を窺うかぎり望み薄だと感じた。

周平は耳からイヤホンを外すとスマホとともにポケットにしまった。

電車を降り、駅の近くにある立ち食いそば屋に入った。今日初めての食事だ。かけそばを注文して時間をかけてゆっくりと味わう。

「ねえ……」

隣から声をかけられ、周平は目を向けた。自分よりも一回りほど年上の男性が箸を止めてじっとこちらを見つめている。

「もしかして、ブレイクニュースに出てる杉浦さん？」

周平は答えに窮した。

「やっぱそうだよね。応援してるから」

意外な言葉を聞いて、はっとする。

「おれも昔やってもいない痴漢を疑われたことがあったから。たまらないよな」男性はそう言うと残りのそばを食べ、周平の肩を叩いて店を出ていった。

アパートに戻るとすぐに野依美鈴のＳＮＳをチェックした。

自分の件に関して数百ものコメントが寄せられている。それらのすべてに目を通していく。

『美人局か？　通勤で使っている場所で女性を襲うなんてありえない』

『夜中の公園で女性を呼び止めるのに、いきなり腕をつかむのはないでしょう。相手が気づかないならせいぜい肩を叩くとかさあ』

『杉浦くん、けっこうイケメンだからそんなことしなくても相手はいるでしょう。それともそういう性癖？』

『そもそも夜中の十一時過ぎに女性がひとりで公園なんか通っちゃいかん。襲ってくれと言ってるようなものだろう』

『被害を訴えてる女性の顔が見たい！　それができれば三千万回突破もあるかも』

本当に様々な意見がある。スクロールして読み進めていくうちに、ひとつのコメントに目が釘付けになった。

『周平ちゃん、北海道から逃げてたんだね。東京に行っても相変わらずのようだ』

忌々しい思いで画面を消すと、周平は敷きっぱなしの布団の中に入った。

着信音が聞こえ、周平は目を開けた。すぐに布団から出てテーブルに置いたスマホをつかむ。登録していない固定電話からだ。

「もしもし……」周平は電話に出た。

「スタッフファクトリーの吉田ですが、杉浦さんでしょうか？」

昨日面接した人材派遣会社だ。

「はい、そうです」

「昨日は面接に来ていただいてありがとうございます」

「いえ……」

「あの後社内で検討した結果、今回は残念ですが採用を見合わせたいと思います」

「そうですか……」それだけ言うと周平は電話を切った。

ひとつ重い溜め息を吐くと、ユーチューブを起動させる。ブレイクニュースの新しい動画が投稿されていて、さっそく画面をタップした。

画面が大きくなり、化粧品のＣＭが流れた。もどかしい思いで数秒待った後、ＣＭをスキップする。

「皆さん、こんにちは。ブレイクニュースの野依美鈴です――」

野依美鈴は夜の駐車場に佇んでいる。背景全体にモザイクがかかっているが、どうやらコンビニの前で撮影しているようだ。

「今日も引き続き、杉浦周平さんの件をお伝えいたします。公園でのふたりを目撃したわけではありませんが、その後のことについてご存知だというかたからご連絡をいただきましたので、お話を伺いたいと思います」

画面が右のほうに移動すると、顔にモザイクがかかった人物が現れた。恰幅のいい体格から男性だと思われる。

「――さんは、あの日の夜、被害者の女性を見かけたそうですが？」

名前にピーという音がかぶる。

「ええ……一月十五日の午後十一時半過ぎだったかなあ、そこのコンビニで買い物してたら若い女性が『助けてください！』って叫びながら駆け込んで来たんだよ。どうしたんだろうって女性に寄っていったら、こちらを見てちょっとほっとしたようになってね」

「その女性とお知り合いだったんですか？」

「知り合いっていうほどでもないけど、朝ごみを出すときにたまに顔を合わせることがあって会釈するぐらいの……それで女性に『どうしたの？』って訊いたんだ。するとすぐ近くの戸山公園で男に襲われて逃げてきたって話で。それならばすぐに警察に連絡したほうがいいと一一〇番通報して、そのとき店にいたバイトさんはちょっと華奢な男の子で、彼女もひどく怯えていたから、とりあえず警察が来るまで一緒にいてあげたんだ」

「そのとき女性はどのような身なりでしたか」

野依美鈴に訊かれ、「身なり？」と男性が首をひねる。

「ええ、どのような格好だったかと」

「赤いダウンジャケットに長いスカートを穿いてたよ」

「足もとは？」

「はっきりとは覚えてないけど普通のスニーカーだったと思うよ」

「ダウンジャケットの素材はどのようなものでしたか」

「素材と言われてもなあ……今おれが着ているのと同じような、ちょっとテカテカした」

「ナイロン製」

「そう……」

どうでもいい話が続き、少し苛立つ。

「その女性は襲われたと言っていたんですね？」

モザイク越しに男が頷いた。

「いきなり背後から口をふさがれて、草むらに押し倒されたって。ダウンジャケットとスカートも土や埃で汚れてたね」

嘘だ――

画面を睨みつけながら思わず叫び声を上げた。

「その女性はずっと気持ちが悪いって言いながら口もとを袖口で拭ってたよ。口をふさがれたときの感触が残ってたんじゃないかな。警察官が来る間に洗面所で口をゆすいでたね」

「女性の証言が事実なら、それがあだになってしまったかもしれませんね」

野依美鈴の言葉に、「うん？」と男が小首をかしげたのがわかった。

「そのままにしておけば相手のＤＮＡが検出されたかもしれませんから」

「そうなんだ？　おれはそういうの、よくわからないけど……」

「事件の後もその女性を見かけたことはありましたか？」

「何度か、ごみ置き場でね。あのときはありがとうございましたって、それまでとは違って言葉を交わすようになった。犯人の男が不起訴になったのを知ってたから、このあたりに住んだままで怖くないって訊いた」

「女性は何と答えてましたか？」

「当然怖いから引っ越したいけど、事件の少し前にここに移ったばかりだからお金の余裕がないって……できるだけ夜は出歩かないようにすると……」

「あの日はどうして夜遅くに公園を歩いてたんでしょう。

そのことについて何か聞いてらっしゃいますか」

「いや……特にそういうことは聞いてないね」

「お話を聞かせてくださってありがとうございます」

画面が切り替わり、明るい風景になった。住宅街を歩いていく野依美鈴の背中をカメラが追う。場所を特定されないようにするためか、ところどころにモザイクがかかっている。

野依美鈴が向かう少し先にごみ置き場があり、その前にごみ袋を持ったパンツスーツ姿の女性がいた。顔にモザイクがかかっている。

「おはようございます――」

野依美鈴が声をかけると、女性がこちらのほうを向いた。

「ブレイクニュースの野依美鈴と申しますが――」

「ブレイクニュース……?」加工された声で女性が言う。

「ええ。一月十五日にこの近くの戸山公園で発生した事件について調べております。失礼ですが、その事件で被害に遭われたかたではありませんか?」

「ちょ……ちょっとやめていただけませんか……何なんですか、いったい……」そう言いながらごみ袋を置くと、手で顔のあたりを隠す。

「お顔を流すことはありません。少しお話を聞かせていただけないでしょうか」

「い、急いでますので……」

逃げるように歩きだす女性の後を野依美鈴がついていく。その後をカメラが追う。

「あなたを暴行したという容疑で逮捕された杉浦周平さんから聞いた話を、この数日ニュースで流しています。杉浦さんはあなたが落としたハンカチを渡そうとしただけで、あなたを襲ったりしていないと訴えていますが」

野依美鈴が早足になって追いつき、女性の横に並んで歩く。

「杉浦さんの主張だけを報じるのはフェアではありませんので、ぜひあなたのお話も伺わせてください」

無言で歩く女性の顔がアップになる。モザイクがかかっていても動揺している様子が窺えた。

「あなたは本当に襲われたんでしょうか」

その言葉に反応したように女性が立ち止まった。野依美鈴を睨みつけているようだ。

「どうしてわたしが嘘をつかなければならないんですか。あの男はいきなりわたしの口をふさいで押し倒したんです! 必死に抵抗して何とか逃げましたけど、そうでなかったら今頃わたしは……」

「その人物は不起訴になりましたが、それについてどう思われますか」野依美鈴が問いかける。

「どう思われるも何も……納得できるはずないじゃないですか。あんなことをした男が野放しになっているなんて、どうかしてます。悔しくてたまりません」

「杉浦さんに対して今おっしゃりたいことは？」

「刑務所に入れられないなら、せめて……苦しんでほしいです。それだけです。ついてこないでください」

憎々しげに言うと女性が歩きだした。

画面の中で遠ざかっていく女性の背中を見つめながら、言いようのない怒りがこみ上げてくる。

何であんな嘘をつくのか。示談金目当てか何か知らないが、人を陥れて平気なのか。

カメラが野依美鈴に向けられる。

「表情をお見せできないのは残念ですが、彼女の憤りがわたしには痛いほど伝わってきました。以上、野依美鈴がお伝えしました」

憤っているのは自分のほうだ――

画面が暗くなると、周平はやり切れない思いで立ち上がった。財布をつかんで中に入っている名刺を取り出す。野依美鈴に電話をかける。

すぐに電話がつながり、「もしもし……」と野依美鈴の声が聞こえた。

「杉浦です」

「何でしょうか？」

「今さっきアップされた動画を観ました。名前は何と言うんですか」激情を必死に抑えつけながら訊いた。

「被害者の女性の名前ですか？」

「そうです」

「お知らせするわけにはいきません。おわかりでしょう」

「でも……」

「忙しいので失礼します」

電話が切られた。


住宅街を歩き回っているうちに、ようやくそれらしい光景にぶつかった。

周平はポケットからスマホを取り出し、ユーチューブを起動する。昨日観た動画を早回しして、野依美鈴があの女を直撃したあたりから再生した。

番地表示などにはモザイクがかけられているが、建物や周辺の様子からこのあたりではないかと感じる。

スマホを観ながらさらに足を進めると、ごみ置き場が見えた。昨日の動画にあったごみ置き場で間違いない。

周平はごみ置き場の前で立ち止まり、あたりを見回した。

ここにごみを捨てるということはこの近くに住んでいるのだろう。

どうしてもあの女に会いたい。何であんな嘘をつくのか問い詰めたい。

おそらく罪の意識などないのだろう。自分がやっていることの重大さなど認識していないのだ。だからあんな嘘を平気でつけるのだろう。

自分の言動によってひとりの人間の人生を奪っていることを、何とかして思い知らせてやりたい。

「こんなところで何をしているんですか」

ふいに声が聞こえ、周平は振り返った。

野依美鈴がひとりで立っている。厳しい視線をこちらに向けていた。

何も答えられずにいると、「あの人を捜しているんですか」とさらに訊いてくる。

「そうですよ。どうしてあんな嘘をつくのか直接問い質(ただ)したい」

「そんなことをしても警察に通報されるだけですよ」鼻で笑うように野依美鈴が言う。

「別に通報されたっていい」

自分にはもう失うものは何もないのだから。

「少しお待ちになりませんか？」

「どういうことですか」その言葉の意味がわからず周平は首をひねった。

「わたしのＳＮＳには毎日数多くのコメントやダイレクトメッセージが寄せられています。その中には被害女性の同僚や知人と思われる人もいて、ちょっと引っかかるメッセージもあります」

「引っかかる？」

周平が訊き返すと、野依美鈴が頷いた。

「今はそれらの情報を精査している段階です。だから少しお待ちください」

「あの女が嘘をついていると証明できそうですか？」

「もしかしたらそうかもしれません。本人が認めるかどうかは別にして」

「そうですか……わかりました。よろしくお願いします」

周平は軽く頭を下げると踵(きびす)を返して歩きだした。

それから六日後の昼、何度も鳴らされるベルの音で周平は起こされた。

布団から出ると息をひそめて玄関に向かう。不動産会社の者に訪ねられても今は払える金は千円もない。

警戒しながらドアスコープを覗く。意外な人物の姿が視界に映り、すぐにドアを開けた。

目の前に立っていた三宅が「生きてたか……」とほっとしたように溜め息を漏らす。

「どうしたんですか？」周平は訊いた。

「電話もメールもつながらないから心配で来ちまった」

料金滞納で三日前からスマホが使えない。

「すみません、ご心配をおかけして……とりあえず上がりますか？　散らかってますけど」

三宅が頷いて玄関に入ってくる。部屋に上がると手に持っていたコンビニの袋を差し出した。

「あまり食ってないかもしれないと思ってな」

袋の中を見るとサンドイッチやカップラーメンが入っている。ありがたい。

「仕事は決まったのか？」そう言いながら三宅が床の上で胡座(あぐら)をかいた。

ローテーブルをはさんで向かい合わせに座りながら周平は首を横に振った。

「電話もネットも使えない状況ですから、探すに探せません……」絶望的な気分で頭が垂れる。

「そうか……おまえからすれば冗談じゃねえと思うかもしれないが、またうちで働かないか？」

三宅の言葉にはっとして周平は顔を上げた。

「いいんですか？」

頷きかけてくる三宅を見つめながら、心の中で戸惑いが芽生える。

「でも、やっぱり……やめたほうがいいでしょう。お店の評判が悪くなります」

「そうか、スマホが使えないんだったな」三宅がポケットから取り出したスマホを操作してこちらに渡す。

ユーチューブの画面だ。二日前の夜にブレイクニュースの新しい動画が投稿されている。

画面をタップするとＣＭに続いて映像が流れた。どこかの公園だ。いくつかのベンチで食事をしている会社員やＯＬがいるので昼時なのだろう。

画面が移動してすぐ近くに立っていた野依美鈴の姿をとらえる。

「皆さん、こんにちは。ブレイクニュースの野依美鈴です。わたしは今、横浜市内にいます。これからあるかたとお話をしたいと思います」

そう言うと野依美鈴がこちらに背を向け、奥に進んでいく。ベンチにひとり座り、顔にモザイクのかかった女性に近づいているようだ。近づいてくる野依美鈴に気づいたようで、女性がサンドイッチを口に運ぼうとしていた手を止めた。

「こんなところまで押しかけて申し訳ありませんが、少しお話しさせていただいてもよろしいでしょうか」

女性は何も答えない。じっと野依美鈴のほうに顔を向けている。

「それほどお時間は取らせません。いくつか質問させていただいたらすぐに立ち去ります」

答えのないのを答えとしたようで、野依美鈴が女性の隣に座る。

「まずお訊きしたいのは……あなたはあの夜、どうしてあの公園を通られていたのでしょう」

答えは返ってこない。

野依美鈴から女性は顔をそむけたままだ。

「あなたの職場はここ、横浜ですよね。ご自宅の場所を考えると、使っているのは副都心線の西早稲田駅ではありませんか。どうして夜中の十一時過ぎに公園を通って早稲田駅のほうに？」

「早稲田駅の近くの店に行こうと思ったんですよ」

機械で加工された声が聞こえた。

「お店？」

「レンタルDVDの店です。高田馬場駅のほうにもありますけど、そっちのほうが近いので」

「そうですか……先日、わたしのSNSに、あるダイレクトメッセージが届きました。あなたの同僚とおっしゃるかたからのものです」

その言葉に反応したように、女性が野依美鈴のほうを向く。

「あなたを取材した際の動画を観て、そのかたは自分の同僚だと気づいたそうです。顔にモザイクはかかっていましたが、体型も含めてそのとき着ていた服や身に着けていたアクセサリーが前日に出勤してきたあなたとまったく同じだったということで……いつもふたりでランチをとっているそうですが、今日はそのかたから断られたのではないですか？」

「何が言いたいのかまったくわからないのですが……」

「その同僚のかたはブレイクニュースを欠かさずご覧にな

っているそうです。当然、杉浦さんの件に関する動画もすべて。その中に出てきた風景に覚えがあるということでした。杉浦さんが働いていたダイニングバーです。昨年の十一月にあなたはその同僚を含む四人でそのお店に行かれましたね？」

「同僚とはよく飲みに行ったりしますのでお店のことまではよく覚えていません」

「そうですか？　あなたからわざわざその店に行ってみたいと言われたとメッセージにはありました。あなたたちの会社はここ、横浜駅の近くですよね。それなのにどうしてわざわざ電車で片道一時間ぐらいかかる店に行きたがるのか不思議に思ったそうです。ただ、あなたがどうしても行ってみたいと言うから付き合ったということですが、お店のかたに対しては失礼ですが、近くにいくらでもありそうな普通のダイニングバーだったと」

「ひどい言われようだな」

三宅の声に、周平は目を向けた。苦笑している三宅からすぐに視線をスマホに戻す。

「そして昨年の十二月にあなたはそのお店の近くに引っ越された。それまでは横浜から三駅目の戸塚に住んでいたそうですが、どうしてわざわざ四十分以上時間のかかる場所に移ろうと思われたんでしょう」

「どこに引っ越そうとわたしの勝手じゃないですか」

「そしてその翌月、その店の従業員であった杉浦さんに襲われた。これらのことは偶然でしょうか」

「いったい何をおっしゃりたいんですか」

「わたしが何か言うのではなく、あなたからご説明いただきたいんです。これをご覧の多くのかたが納得する合理的な説明を」

「わたしの狂言だとおっしゃりたいんでしょう。でもわたしの言っていることは本当のことです。あなたはわたしと同じ女性なのに、女性を襲う男の味方をするんですか」語気を荒らげて女性が言う。

「わたしは誰の味方もしません。ただ、真実を知りたいだけです。もし警察や検察が、あなたがそのような状況であの店に行っていたのを知っていたら、判断も変わっていたのではないかと思います。同じ不起訴であっても『嫌疑不十分』ではなく『嫌疑なし』という結果に」

「真実は……今までわたしが話してきたとおりです。それ以上お話しすることはありません」手に持ったままのサンドイッチを袋に放り入れて女性が立ち上がった。

「その同僚のかたはわたしにダイレクトメッセージを送る

のをひどく迷ったそうです。入社以来一番仲のいい友人だからと」

　立ち去ろうとしていた女性がその言葉を聞いて足を止める。

「ただ、杉浦さんの苦境を知り、またあなたの将来を思えばこそ、このまま黙っているわけにはいかないと……」

「余計なお世話です！」そう捨て台詞を吐いて女性がその場を立ち去る。

　野依美鈴が小さく息を吐き、こちらに視線を合わせる。

「彼女から合理的な説明を聞くことはできませんでした。あとはこれをご覧の皆さんの判断に委ねるしかありません。以上、野依美鈴がお伝えしました」

　画面が暗くなると、すぐにネットにつないで野依美鈴のSNSを見た。寄せられたコメントに目を通していく。

　ほとんどのコメントが周平に同情的で、被害を訴えた女性に対しては怪しむ意見であふれている。

「ネットは怖いな。あの女の情報もいろいろ出てきてる」

　三宅に言われ、周平は『杉浦』『暴行事件』『被害』『女性』と入力して検索する。

　たしかに被害者と思われる女性の名前や職場や年齢などの情報が出ている。さらにインスタグラムから張り付けた写真もあった。

　遠藤早苗。二十五歳。

　食い入るように画面を見つめるが、顔も名前もまったく覚えがない。

「何も心配することはない」

　その声に、周平は顔を上げて三宅を見つめた。

「戻ってくれるか？」三宅が微笑みかけてくる。

「ええ……ただ、ひとつお願いがあるんです」

「何だ？」

「少し前借りできないでしょうか。電車賃すらないんで」

周平はそう言って笑った。


　早稲田駅に降り立つと、公園は通らず遠回りをして周平は店に向かった。

　ポケットの中が振動してスマホを取り出した。

「もしもし……」周平は電話に出た。

「ウィークリーセブンの須藤です」

「ああ、どうも」

「警察から連絡はありましたか」

「ないですけど、どうしてですか？」

「たぶんそのうち連絡が来ると思います。あなたに襲われたと訴えていた女性が今日の午前中に警察に出頭して、虚偽告訴罪の容疑で逮捕されたそうです。遠藤早苗という名前です」

それを聞いて心臓が跳ね上がった。

「もしもし、聞こえていますか?」

しばらく言葉を返せずにいると、須藤が訊いてくる。

「ええ、聞いています。知らせてくださってありがとうございます」

「図々(ずうずう)しいと思われるかもしれませんが、よかったら杉浦さんのことを記事にさせてください」

「ええ……それは、もう……」

「それではまたあらためてご連絡しますので」

電話が切れるとすぐに野依美鈴に電話した。

「もしもし、どうされましたか」

野依美鈴の涼やかな声が聞こえた。

「遠藤早苗が警察に捕まったそうですが、ご存知ですか?」

「ええ」

「これで完全に僕の名誉は回復されます。野依さんには本当に感謝しています。それを言いたくて……」

「そうですね。わたしに感謝したほうがいいですね。わたしの説得に応じて出頭したようなものですから。交換条件をつけて」

「交換条件?」その言葉が気になり訊き返した。

「ところで杉浦さん……わたしとの約束を破りましたね」

ふいに彼女に言われたが、その意味がわからない。

「どういうことですか?」周平は訊いた。

「事件の翌日という迅速な逮捕で、何か思い当たることはありませんかとお訊きしたときに、あなたは『まったくありません』と答えられましたよね」

「ええ、それが……」

「心当たりがあったのではないですか? 彼女の腕をつかんだときに服に指紋がついたからではないかと」

野依美鈴の声を聞きながら、動悸が激しくなる。

「杉浦さんは以前にも逮捕されたことがあるんですよね。当時は未成年だったから名前などは報道されなかったようですが」

どうしてそれを……

「そろそろ新しい動画をアップします。杉浦さんのニュースで最後のものになりますので、時間のあるときにでもご覧ください。それでは——」

「もしもし……? もしもし……?」

電話が切れている。

店の控室で着替えを終えると、周平は落ち着かない気持ちのままスマホを取り出した。ユーチューブをチェックすると、五分前に新しい動画が投稿されている。

嫌な予感に囚われながら画面をタップする。CMに続いて野依美鈴の姿が浮かび上がった。ベッドに腰かけて、こちらを見つめている。カーテンを閉め切っているせいか部屋は薄暗く、どこか殺風景な印象だ。

野依美鈴の部屋だろうか？

「皆さん、こんにちは。ブレイクニュースの野依美鈴です。今日の午前十一時頃、遠藤早苗さんという女性が戸塚警察署に出頭し、虚偽告訴罪の容疑で逮捕されました。ご存知のかたもいらっしゃるかもしれませんが、遠藤早苗さんはブレイクニュースで連日報じていた、杉浦周平さんから襲われたと訴えていた女性です。つまり、今まで彼女が警察や検察、またわたしたちに訴えていたことは、杉浦さんを陥れるためについた嘘だったということになります。彼女はどうしてそんな罪を犯したのかを知りたくて、遠藤さんの親友の女性に会いに北海道に来ています」

その地名を聞いて胸が締めつけられた。

まさか……

画面が横に移動すると、顔にモザイクがかかった人物が野依美鈴の隣に座っていた。ピンク色のパジャマを着て、背中を丸めている。

「遠藤さんが逮捕されたと聞いてどう思いましたか」野依美鈴が優しげな口調で問いかける。

「ショックでした……」

機械で加工されていない女性の声が聞こえた。

「遠藤さんはどうしてそんな罪を犯したんでしょう。何か心当たりはありますか？」

「たぶん……わたしの復讐です」

その言葉が自分の心臓をえぐる。

「わたしは先ほどあなたが訪ねてくるまで、あの男が東京で逮捕されたことを知りませんでした。早苗はそのことについてわたしに何も言っていませんでした。ただ、去年の十一月だったか……早苗から『あの男じゃない？』とホームページアドレスを張り付けたメールが来ました。グルメ情報の検索サイトで、新宿区の戸山というところにあるダイニングバーのページでした。その中の何枚かの写真に写っていた店員のことを言っているのだと思いましたが、ぼんやりとしたものだったので確信は持てませんでした。早苗にそう伝えると一週間後に今度はその男の姿をはっきりととらえた写真がメールで送られてきました」

「あの男というのは杉浦周平さんですか？」

「本名はわかりません。Aとしか……」

「先ほど話していた復讐とはどういう意味ですか？」

「わたしは……わたしは十九歳のときにあの男に無理やり……無理やり犯されました」

嗚咽を嚙み締める声が耳にこだまし、思わず動画を止めようと指を向ける。だが、続きが気になりこらえる。

「どういうことでしょうか」

「早苗と一緒に札幌で買い物をしているときに、同い年の大学生だという男子ふたりに声をかけられました。一緒にカラオケに行こうと誘われて、軽い気持ちでついて行ってしまいました。それでもそれなりに警戒心はありましたからできるだけアルコールの少ない飲み物を選んでいたんですが、途中から意識が朦朧としてきました。後で知った話ですが早苗もそうだったそうです。少し意識が戻るとホテルのベッドで寝かされていました。わたしは必死に抵抗したけど……あの男に無理やり……」

「遠藤早苗さんは？」

「早苗は個室で激しく吐いてしまったらしくて、店員が呼んだ救急車で病院に運ばれたそうです、わたしは……完全に意識が戻ったときには男はホテルの部屋からいなくなっていました。ただ、わたしのからだのあちこちには男に凌辱された痕跡がありました。迷った末に警察に行って被害届を出しました。カラオケボックスの会員カードから身元がわかったみたいで、男は数日後に逮捕されましたが合意があったと主張していると警察の人から聞かされました」

飲み物に薬を入れたのは間違いないが、無理やりではない。一緒にカラオケをしているときには自分に気があるような仕草をしていたではないか。

自分こそ被害者だ。たかだか一回寝ただけで警察に逮捕され、通っていた大学も退学になり、親からも勘当されてしまったのだ。

「それで……結果的には嫌疑不十分ということで不起訴になったんですね」

女性が頷く。

「激しく自分を責めました……浅はかだった自分を……そして男によって無理やり汚された自分のからだを忌み嫌いました。人目に触れるのも辛くて大学にも行かなくなり、もう何年もこの部屋の中だけで生きています。それでも……そんな生活すらも嫌になることがあります。自分が生きていること自体が……」

「これ以上、無理にお話しされなくてもいいですよ」

野依美鈴の言葉に、女性が激しく首を横に振る。

「早苗は東京に行ってからも定期的にこっちに帰ってきてわたしのことを励ましてくれました。それにメールやラインもよくくれました。ダイニングバーに行ったとき、あの男はまわりのお客さんと楽しそうに笑っていたと……ひとりの人間の人生を滅茶苦茶にしたのに、罪の意識など微塵も感じていないようだった……絶対に許せない……って。だから……わたしの復讐をしてくれたんです。早苗は……早苗は悪くありません……」

「辛いお話を聞かせてくださってありがとうございます」

顔を埋めて泣いている女性の肩をさすり、野依美鈴がこちらに視線を向けた。

射ぬくような鋭い視線にぎょっとする。

「嫌疑不十分という判断が下されたということは、合意があったのか、無理やり凌辱されたのかは当人のふたりにしかわかりません。遠藤早苗さんのようにどちらかが正直に真実を話さないかぎりは」

画面から野依美鈴の姿が消え、女性の左腕のほうに向けてアップしていく。画面が小刻みに震えた。

女性の手首にいくつも走る深い傷跡を見て、スマホを持った自分の手が震えている。

「あとはこれをご覧の皆さんの判断に委ねるしかありません。以上、野依美鈴がお伝えしました――」

彼女の最後の声を聞きながら目の前が真っ暗になった。

推理小説・二〇一九年

末國善己（すえくによしみ）

二〇一九年四月三〇日の天皇退位、五月一日の新天皇即位にともない元号が「平成」から「令和」に変わった。

　時代の〝節目〟だったこともあり、「平成」元年に生まれた男を軸に、児童虐待、子どもの貧困、就職難など「平成」の闇に迫った葉真中顕の犯罪小説『Ｂｌｕｅ』（光文社）、「平成」デビューの九人の作家が、「平成」に起きた事件に挑んだアンソロジー『平成ストライク』（南雲堂）、先のオリンピックの前年に実際に起きた児童誘拐事件をモデルにした奥田英朗『罪の轍』（新潮社）、東京の下町で発生した殺人事件が、昭和天皇の大喪の礼の日に身代金が奪われた誘拐事件と結び付く貫井徳郎『罪と祈り』（実業之日本社）、映画好きのやくざが中堅監督を先の五輪の公式記録映画の監督にねじ込もうとする月村了衛『悪の五輪』（講談社）、豊田商事事件をモデルにした詐欺事件の残党が様々な詐欺にかかわっていく月村了衛『欺す衆生』（新潮社）など、高度経済成長からバブル後の「平成」を経て現代に至る時代とは何だったのかを問う作品が目についた。

　同じく時代の〝節目〟に着目しているが、満洲を舞台にした新美健『満洲コンフィデンシャル』（徳間書店）、ビハール号事件を基にした伊東潤の法廷サスペンス『真実の航跡』（集英社）、古書店主の不審死を追う同業者が、ＧＨＱがらみの陰謀に巻き込まれる門井慶喜『定価のない本』（東京創元社）、終戦直後の東京で小林少年が宿敵と戦う辻真先『焼跡の二十面相』（光文社）、フィリピンで戦死した詩人のノートを求め現地に飛んだ男を主人公にした宮内悠介『遠い他国でひょんと死ぬるや』（祥伝社）などは、さらに大きく近代日本の問題点に切り込んだといえる。

　二〇二〇年の東京オリンピックが目前に迫っていたこともあり（二〇二一年への延期が発表された）、先の五輪前夜の狂騒を浮き彫りにする森谷明子『涼子点景１９６４』（双葉社）、次の東京五輪を舞台にした真山仁の国際謀略小説『トリガー』（ＫＡＤＯＫＡＷＡ）、次の東京五輪後に起こる社会問題を切り取った藤井太洋『東京の子』(KADOKAWA)など、オリンピックものが次々と刊行された。

二〇一九年は、久々に刊行されたシリーズも多かった。〈吉敷〉シリーズの二十年ぶりの新作となる島田荘司『盲剣楼奇譚』(文藝春秋)は、現代の誘拐事件と終戦直後の密室殺人事件、そして江戸初期の剣豪小説がリンクしていく著者らしい大きなスケールに圧倒されるだろう。〈十二国記〉の十八年ぶりの新作となる小野不由美『白銀の墟 玄の月』(新潮文庫)は、反乱鎮圧のため鉱山に向かった戴の王が消えた謎、シリーズの随所にちりばめられていた戴をめぐる謎が解決するのでミステリ色が強い。

今野敏『呪護』(KADOKAWA)は、オカルトがらみの事件を描く〈鬼龍光一〉ものの十六年ぶりの新作だ。

香納諒一〈さすらいのキャンパー探偵〉シリーズは、フリーカメラマン兼探偵の辰巳翔一を九年ぶりに復活させたもので、『降らなきゃ晴れ』『水平線がきらっきらっ』『見知らぬ町で』(共に双葉文庫)が連続刊行された。

〈新宿鮫〉シリーズの八年ぶりの新作となる大沢在昌『暗約領域』(光文社)は、恋人の晶と別れ、よき理解者だった桃井を失った新宿署の鮫島が、新たに赴任してきた叩き上げの女性警視の下で難事件に挑んでいた。

髙村薫『我らが少女A』(毎日新聞出版)は、〈合田〉シリーズの七年ぶりの新作。池袋で女性が同棲相手に殺された事件が、十二年前、中学の元美術教師が殺された未解決事件の真相を浮かび上がらせる構造になっていた。

シリーズではないが、『ノースライト』(新潮社)は横山秀夫の六年ぶりの長編。警察小説ではなく、バブル崩壊で仕事をなくし設計事務所を経営する友人に救われた一級建築士が、再起をかけて設計した住宅の施主が失踪した謎をブルーノ・タウトの椅子を手掛かりに追う異色作である。

本格ミステリでは、有栖川有栖の作品集『こうして誰もいなくなった』(KADOKAWA)と『カナダ金貨の謎』(講談社ノベルス)、法月綸太郎の短編集『法月綸太郎の消息』(講談社)と『赤い部屋異聞』(KADOKAWA)、柄刀一『或るエジプト十字架の謎』(光文社)、白井智之『そして誰も死ななかった』(KADOKAWA)、阿津川辰海『紅蓮館の殺人』(講談社タイガ)、平石貴樹『潮首岬に郭公の鳴く』(光文社)など、ドイル、ルルー、クリスティー、クイーン、横溝正史などの名作を本歌取りした傑作が並んだので、伝統を継承発展させながらジャンルを進化させてきた本格の特性を感じることができた。

その他の本格ミステリでは、周到な伏線から驚愕のどんでん返しを作り、ミステリ・ベスト10で三冠を達成した相沢沙呼『ｍｅｄｉｕｍ　霊媒探偵 城塚翡翠』（講談社）、デビュー作『屍人荘の殺人』がミステリ・ベスト10で四冠を達成した今村昌弘の二作目『魔眼の匣の殺人』（東京創元社）、青春ミステリの浅倉秋成『教室が、ひとりになるまで』（ＫＡＤＯＫＡＷＡ）、誰もが知る昔話をミステリに仕立て直した青柳碧人『むかしむかしあるところに、死体がありました。』（双葉社）、日常の謎で青春小説色も強い青崎有吾『早朝始発の殺風景』（集英社）、孤島で殺人計画を進める少年が連続殺人鬼と対決する早坂吝『殺人犯 対殺人鬼』（光文社）、倒叙ミステリの降田天『偽りの春 神倉駅前交番 狩野雷太の推理』（ＫＡＤＯＫＡＷＡ）、ホラーとミステリを融合した三津田信三『魔偶の如き齎すもの』（講談社）と歌野晶午『間宵の母』（双葉社）、リドルストーリー風の結末ながら、読者に謎解きをうながす仕掛けを置いた道尾秀介の短編集『いけない』（文藝春秋）、剣と魔法の異世界を舞台にした片里鴎『異世界の名探偵 1 首なし姫殺人事件』（レジェンドノベルス）が印象に残っている。

著者が提示した七つの選択肢の中から、読者が好みの犯人を選ぶネット投票を行った深水黎一郎『犯人選挙』（講談社）は、ミステリへの読書参加の新たな挑戦といえる。

過疎に苦しむ地方都市の実像に迫った米澤穂信『Ｉの悲劇』（文藝春秋）、ＡＩ、遺伝子操作、ＶＲなどの先端技術を謎にからめた井上真偽『ベーシックインカム』（集英社）、無差別殺傷事件の生存者が、当日、何が起きたのかを語り合う呉勝浩『スワン』（ＫＡＤＯＫＡＷＡ）は、本格と社会派推理小説の要素が見事に融合していた。児童虐待を描いた小林由香『救いの森』（角川春樹事務所）、貧困問題に迫った原田ひ香『ＤＲＹ』（光文社）も、社会的なテーマ設定が秀逸である。

警察小説では、連続殺人事件を捜査する女性刑事が、戦争で勝利するも経済が悪化しているもう一つの日本のエリート警視になる大沢在昌『帰去来』（朝日新聞出版）、日露戦争に敗れてロシアに統治され、親露派と反露派がせめぎ合うもう一つの日本を舞台にした佐々木譲『抵抗都市』（集英社）と、ベテランが異世界転生、歴史改変ＳＦの手法を導入したことに驚かされたが、いずれも異世界を現代日本と重ね、リアルな社会問題を描く意図が感じられた。

公安を取り上げた先駆的な警察小説で、謎の殺し屋との戦いを描いた逢坂剛の〈百舌〉シリーズが、『百舌落とし』（集英社）で完結。その一方、黒川博行は大阪府警泉尾署に勤務する色男の新垣と映画マニアの上坂をコンビにした新シリーズ『桃源』（集英社）をスタートさせた。

公安の異端コンビが永田町周辺で起こる連続不審死を追う馳星周『殺しの許可証（ライセンス）』（毎日新聞出版）は、『アンタッチャブル』の続編。下村敦史『刑事の慟哭』（双葉社）は、間違った推理ばかり披露するため「オミヤ」と揶揄されている男の実像を掘り下げていた。若竹七海『殺人鬼がもう一人』（光文社）は、悪徳女性警察官が、現代日本の闇を象徴するような真相を暴いていた。捜査資料が流出した事件を監察係が追う伊兼源太郎『ブラックリスト　警視庁監察ファイル』（実業之日本社）は、警察内部の確執にリアリティがある。

ハードボイルド、クライムノベル系では、家族を殺され祖母の祖国日本に来たシチリアマフィアのガルシアが、復讐のため裏社会で生きる新堂冬樹〈悪の華〉シリーズが『神を喰らう者たち』（光文社）で完結、復員兵が敗戦後の日本でナチスの隠し財産をめぐる諜報戦に巻き込まれる藤田宜永『ブルーブラッド』（徳間書店）、法の目から逃れた殺人者たちの暗闘が、法とは正義とは何かを問い掛ける長浦京『マーダーズ』（講談社）が成果といえる。

ミステリ作家が歴史時代小説に進出することも、歴史時代小説作家がミステリを書くことも珍しくなくなったが、ミステリ出版の老舗・早川書房が、新レーベル「ハヤカワ時代ミステリ文庫」を立ち上げたのは、やはり特筆すべきだろう。その第一弾として捕物帳の稲葉一広『戯作屋伴内捕物ばなし』、ハードボイルドの誉田龍一『よろず屋お市深川事件帖』、冒険小説の稲葉博一『影がゆく』が出た。

文学賞では、第一六〇回直木賞を真藤順丈『宝島』（講談社）が、第一六一回直木賞を大島真寿美『渦　妹背山婦女庭訓　魂結び』（文藝春秋）が受賞した。

第二十一回大藪春彦賞は、河﨑秋子『肉弾』（ＫＡＤＯＫＡＷＡ）と葉真中顕『凍てつく太陽』（幻冬舎）が受賞。『凍てつく太陽』は第七十二回日本推理作家協会賞の長編および連作短編集部門も受賞。同賞の短編部門は澤村伊智「学校は死の匂い」（「小説野生時代」二〇一八年八月号）が、評論・研究部門は長山靖生『日本ＳＦ精神史【完全版】』（河出書房新社）が受賞した。第二十二回日本ミステリー文学大賞が綾辻行人に、同賞の特別賞が権田萬治に贈られた。第五十三回吉川英治文学賞は篠田節子『鏡の背面』（集英社）、第四十回吉川英治文学新人賞は塩田武士『歪んだ波紋』（講談社）と藤井太洋『ハロー・ワールド』

〈講談社〉、第四回吉川英治文庫賞は西村京太郎〈十津川警部〉シリーズ（各社）が受賞した。第三十二回柴田錬三郎賞は、姫野カオルコ『彼女は頭が悪いから』（文藝春秋）が受賞した。第十回山田風太郎賞は、月村了衛『欺す衆生』が受賞した。第十九回本格ミステリ大賞小説部門は、伊吹亜門『刀と傘　明治京洛推理帖』（東京創元社）に決定。第十八回の今村昌弘『屍人荘の殺人』に続き初単行本での受賞となった。評論・研究部門は、中相作の評伝『乱歩謎解きクロニクル』（言視舎）が受賞した。

新人賞では、第二十二回日本ミステリー文学大賞新人賞を自衛隊のPKO派遣をめぐる社会派推理小説の辻寛之『インソムニア』（光文社）、第十一回ばらのまち福山ミステリー文学新人賞を、かつての恋人の死を知った男が、消息不明になっている元彼女たちについて調べ始める酒本歩『幻の彼女』（光文社）が受賞した。第二十六回松本清張賞は作中に清張と同じく「西郷札」の逸話を取り込んだ坂上泉『へぼ侍』（文藝春秋）、第四十一回小説推理新人賞は戦前に警察署長をしていた祖父の告白が意外な展開をたどる上田未来「濡れ衣」（「小説推理」二〇一九年九月号）、第二十九回鮎川哲也賞はSFミステリの方丈貴恵『時空旅行者の砂時計』（東京創元社）、第十六回ミステリーズ！新人賞は動画配信をしていたという容疑者のアリバイを崩す床品美帆「二万人の目撃者」（「ミステリーズ！」vol.97）、第六回新潮ミステリー大賞の優秀賞をアパートを舞台にした日常の謎ものとして進む村木美涼『箱とキツネと、パイナップル』、第三回大藪春彦新人賞は人殺しを告白した男が本当に犯人なのかが議論される青砥瑛「ぼくのすきなせんせい」（「読楽」二〇二〇年一月号）が受賞した。ネット炎上を処理する仕事をしている女性が陰謀に巻き込まれる『ノワールをまとう女』（講談社）で第六十五回江戸川乱歩賞を受賞した神護かずみは、最年長の受賞者である。第九回アガサ・クリスティー賞は、正体不明のウイルスに感染したクルーとともに宇宙船が日本に墜落する穂波了『月の落とし子』（早川書房）、ヴィシー政権下の小さな村で匿われていたレジスタンスが殺される折輝真透『それ以上でも、それ以下でもない』（早川書房）と、同賞初の二作品同時受賞となった。横溝正史ミステリ大賞は、日本ホラー小説大賞と統合され第三十九回横溝正史ミステリ&ホラー大賞となった。昨年は一昨年と同じく大賞は該当作なしだったが、北見崇史『出航』（KADOKAWA）が優秀賞、滝川さり『お孵り』（角川ホラー文庫）が読者賞を受賞した。新たに始まった第一回警察小説大賞は、働かない警察官たちが難事件に挑む佐野晶『ＧＡＰ　ゴースト　アンド　ポリス』（小学館）が受賞した。

時代ミステリの夕木春央『絞首商會』（講談社）、ＳＮＳの炎上を題材にした真下みこと『＃柚莉愛とかくれんぼ』はそれぞれ、第六十回と六十一回のメフィスト賞受賞作。第十七回『このミステリーがすごい！』大賞からは、大賞の倉井眉介『怪物の木こり』、優秀賞の井上ねこ『盤上に死を描く』、Ｕ－ＮＥＸＴ・カンテレ賞の登美丘丈『名もなき復讐者　ＺＥＧＥＮ』（すべて宝島社文庫）などが刊行された。

アンソロジーは、日本推理作家協会編『沈黙の狂詩曲（ラプソディ）』『喧騒の夜想曲（ノクターン）』（共に光文社）、折原一ほか『自薦ＴＨＥどんでん返し３』、今野敏ほか『警官の目』（共に双葉文庫）、馳星周選『闇冥』（ヤマケイ文庫）、光文社文庫編集部編『街を歩けば謎に当たる』（光文社文庫）、アミの会（仮）『嘘と約束』（光文社）、同『初恋』（実業之日本社文庫）、長山靖生編『モダニズム・ミステリ傑作選』（河出書房新社）、村上貴史編『葛藤する刑事たち』（朝日文庫）、新保博久編『銀幕ミステリー倶楽部』（光文社文庫）などが刊行された。

作家による自伝、エッセイ、評論には、北村薫『本と幸せ』（新潮社）、桜庭一樹『小説という毒を浴びる』（集英社）、皆川博子『彗星図書館』（講談社）、柳広司『二度読んだ本を三度読む』（岩波新書）、森博嗣『森遊びの日々』『森語りの日々』（共に講談社）、森村誠一『永遠の詩情』（ＫＡＤＯＫＡＷＡ）、豊田有恒『日本ＳＦ誕生　空想と科学の作家たち』（勉誠出版）などがある。北上次郎『書評稼業四十年』（本の雑誌社）は、書評家から見たミステリ業界が興味深かった。

作家研究では、栗本薫の没後十年ということで里中高志『栗本薫と中島梓　世界最長の物語を書いた人』と今岡清『世界でいちばん不幸で、いちばん幸福な少女』（共に早川書房）が刊行された。松本清張研究は相変わらず多くみうらじゅん『清張地獄八景』（文春ムック）、川本三郎『東京は遠かった』（毎日新聞出版）、原武史『「松本清張」で読む昭和史』（ＮＨＫ出版新書）が出た。石川巧・落合教幸・金子明雄・川崎賢子編『江戸川乱歩新世紀』（ひつじ書房）は、最新の理論で乱歩研究にアプローチした意欲作。浅子逸男『御用！「半七捕物帳」』（鼎書房）は、捕物帳の古典に作品が執筆された当時の時代背景を重ねながら論じた労作である。

古橋信孝『ミステリーで読む戦後史』（平凡社新書）は

戦後ミステリの通史。長山靖生『モダニズム・ミステリの時代　探偵小説が新感覚だった頃』（河出書房新社）は、モダニズム文学と探偵小説の接点を見据えたところが新しい。佳多山大地『トラベル・ミステリー聖地巡礼』（双葉文庫）は鉄道ミステリの舞台探訪記。川野京輔『推理ＳＦドラマの六〇年　ラジオ・テレビディレクターの現場から』（論創社）、鏡明『ずっとこの雑誌のことを書こうと思っていた』（フリースタイル）、日下三蔵編、鮎川哲也『幻の探偵作家を求めて［完全版］』（上下巻、論創社）には貴重な証言が満載だ。

復刻では、論創社、河出書房新社、光文社、筑摩書房、中央公論新社、東京創元社、早川書房、柏書房などの常連に加え、捕物出版、書肆盛林堂が気を吐いていた。

最後にお悔やみを。一月に横田順彌氏、橋本治氏、六月に橋口正明氏、七月に佐藤雅美氏、八月に加納一朗氏、十一月に眉村卓氏が逝去された。

横田氏は一九四五年生まれ。編集プロダクションなどを経て一九七〇年に「宇宙通信Ｘ計画」でデビュー、『宇宙ゴミ大戦争』などのハチャハチャＳＦで人気を集めた。古典ＳＦ研究家としても有名で、評伝『快男児押川春浪』（會津信吾との共著）で第九回日本ＳＦ大賞を受賞。『近代日本奇想小説史　明治篇』で第三十二回日本ＳＦ大賞特別賞と第六十五回日本推理作家協会賞評論その他の部門を受賞した。

橋本氏は一九四八年生まれ。東京大学在学中に駒場祭のポスターで注目を集め、イラストレーターを経て『桃尻娘』で作家デビューした。小説、評論、古典の現代語訳など多彩な活動を行い、『蝶のゆくえ』で第十八回柴田錬三郎賞、『双調平家物語』で第六十二回毎日出版文化賞、『草薙の剣』で第七十一回野間文芸賞などを受賞。ミステリに『ふしぎとぼくらはなにをしたらよいかの殺人事件』がある。

橋口氏は一九三一年生まれ。大映東京撮影所助監督、地方紙の記者などを経て『トランク商人』でデビュー、『殺しの決算報告　長篇企業推理』などを発表した。

佐藤氏は一九四一年生まれ。雑誌記者、フリーライターを経て『大君の通貨』でデビュー、同作で第四回新田次郎文学賞を受賞した。江戸の民事裁判を描く『恵比寿屋喜兵衛手控え』で第一一〇回直木賞を受賞。丹念な時代考証を施した捕物帳〈半次捕物控〉〈物書同心居眠り紋蔵〉シリーズなどを残した。

加納氏は一九二八年生まれ。地方公務員を経て出版社に勤務。一九六〇年、同人誌「宇宙塵」に発表したＳＦ「錆びついた機械」が雑誌「宝石」に転載された。ミステリ『歪んだ夜』『シャット・アウト』、ジュブナイル『夕焼けの少年』、テレビアニメ『エイトマン』『スーパージェッター』の脚本などを手掛けた。『ホック氏の異郷の冒険』で第三十七回日本推理作家協会賞長編部門を受賞。長年にわたり、日本推理作家協会の土曜サロンの幹事として活躍された。

眉村氏は一九三四年生まれ。大学卒業後メーカー勤務、嘱託コピーライターを経て「下級アイデアマン」でデビュー。〈司政官〉シリーズの『消滅の光輪』で第七回泉鏡花文学賞と第十回星雲賞日本長編部門を、同じシリーズの『引き潮のとき』で第二十七回星雲賞日本長編部門を受賞。ジュブナイルＳＦ『なぞの転校生』『ねらわれた学園』は何度もドラマ化や映画化されている。病床の妻に毎日ショートショートを贈ったエピソードは『僕と妻の１７７８の物語』として映画化された。

推理小説関係受賞リスト

探偵作家クラブ賞

第一回（一九四八年）
長編賞　「本陣殺人事件」　横溝　正史
短編賞　「新月」　木々高太郎
新人賞　「海鰻荘奇談」　香山　滋
第二回（一九四九年）
長編賞　「不連続殺人事件」　坂口　安吾
短編賞　「眼中の悪魔」他　山田風太郎
新人賞　受賞作品なし
第三回（一九五〇年）
長編賞　「能面殺人事件」　高木　彬光
短編賞　「私刑」他　大坪　砂男
新人賞　受賞作品なし
第四回（一九五一年）
長編賞　「石の下の記録」　大下宇陀児
短編賞　「社会部記者」他　島田　一男
新人賞　受賞作品なし
第五回（一九五二年）
「ある決闘」　水谷　準
「幻影城」　江戸川乱歩
第六回（一九五三年）　受賞作品なし
第七回（一九五四年）　受賞作品なし

日本探偵作家クラブ賞

第八回（一九五五年）
「売国奴」　永瀬　三吾
第九回（一九五六年）
「狐の鶏」　日影　丈吉
第十回（一九五七年）
「顔」（短編集）　松本　清張
第十一回（一九五八年）
「笛吹けば人が死ぬ」　角田喜久雄
第十二回（一九五九年）
「四万人の目撃者」　有馬　頼義
第十三回（一九六〇年）
「黒い白鳥」「憎悪の化石」　鮎川　哲也
第十四回（一九六一年）
「海の牙」　水上　勉
「人喰い」　笹沢　左保
第十五回（一九六二年）
「細い赤い糸」　飛鳥　高

日本推理作家協会賞

第十六回（一九六三年）
「影の告発」　土屋　隆夫
第十七回（一九六四年）
「夜の終る時」　結城　昌治
「殺意という名の家畜」　河野　典生
第十八回（一九六五年）
「華麗なる醜聞」　佐野　洋
第十九回（一九六六年）
「推理小説展望」　中島河太郎
第二十回（一九六七年）
「風塵地帯」　三好　徹
第二十一回（一九六八年）
「妄想銀行」　星　新一
第二十二回（一九六九年）　受賞作品なし
第二十三回（一九七〇年）
「玉嶺よふたたび」「孔雀の道」　陳　舜臣
第二十四回（一九七一年）　受賞作品なし
第二十五回（一九七二年）　受賞作品なし
第二十六回（一九七三年）
「腐蝕の構造」　森村　誠一
「蒸発」　夏樹　静子

第二十七回（一九七四年）
「日本沈没」　小松　左京

第二十八回（一九七五年）
「動脈列島」　清水　一行

第二十九回（一九七六年）
長編部門　受賞作品なし
短編部門「グリーン車の子供」　戸板　康二
評論その他の部門
「日本探偵作家論」　権田　萬治

第三十回（一九七七年）
長編部門　受賞作品なし
短編部門「視線」　石沢英太郎
評論その他の部門
「わが懐旧的探偵作家論」　山村　正夫

第三十一回（一九七八年）
長編部門「事件」　大岡　昇平
「乱れからくり」　泡坂　妻夫
短編部門　受賞作品なし
評論その他の部門
「ＳＦの時代」　石川　喬司
「課外授業　ミステリにおける男と女の研究」　青木　雨彦

第三十二回（一九七九年）
長編部門「大誘拐」　天藤　真
「スターリン暗殺計画」　檜山　良昭
短編部門「来訪者」　阿刀田　高
評論その他の部門
「ミステリの原稿は夜中に徹夜で書こう」　植草　甚一

第三十三回（一九八〇年）
三部門とも受賞作品なし

第三十四回（一九八一年）
長編部門「終着駅（ターミナル）殺人事件」　西村京太郎
短編部門「赤い猫」　仁木　悦子
「戻り川心中」　連城三紀彦
評論その他の部門
「闇のカーニバル」　中薗　英助

第三十五回（一九八二年）
長編部門「アリスの国の殺人」　辻　真先
短編部門「木に登る犬」「鶯を呼ぶ少年」　日下　圭介
評論その他の部門　受賞作品なし

第三十六回（一九八三年）
長編部門「天山を越えて」　胡桃沢耕史
短編および連作短編集部門　受賞作品なし
評論その他の部門　受賞作品なし

第三十七回（一九八四年）
長編部門「ホック氏の異郷の冒険」　加納　一朗
短編および連作短編集部門
「傷ついた野獣」（連作短編集）　伴野　朗
評論その他の部門　受賞作品なし

第三十八回（一九八五年）
長編部門「渇きの街」　北方　謙三
「壁　旅芝居殺人事件」　皆川　博子
短編および連作短編集部門　受賞作品なし
評論その他の部門
「金属バット殺人事件」　佐瀬　稔
「乱歩と東京」　松山　巖

第三十九回（一九八六年）
長編部門「チョコレートゲーム」　岡嶋　二人
「背いて故郷」　志水　辰夫
短編および連作短編集部門　受賞作品なし
評論その他の部門
「怪盗対名探偵」　松村　喜雄

第四十回（一九八七年）
長編部門「カディスの赤い星」　逢坂　剛
「北斎殺人事件」　高橋　克彦
短編および連作短編集部門　受賞作品なし

評論その他の部門
　「明治の探偵小説」伊藤　秀雄
第四十一回（一九八八年）
長編部門「絆」　小杉　健治
短編および連作短編集部門　受賞作品なし
評論その他の部門　受賞作品なし
第四十二回（一九八九年）
長編部門「伝説なき地」　船戸　与一
　「雨月荘殺人事件」和久　峻三
短編および連作短編集部門
　「妻の女友達」　小池真理子
評論その他の部門
　「87分署グラフィティ」　直井　明
第四十三回（一九九〇年）
長編部門「エトロフ発緊急電」　佐々木　譲
短編および連作短編集部門　受賞作品なし
評論その他の部門
　「夢野久作」　鶴見　俊輔
第四十四回（一九九一年）
長編部門「新宿鮫」　大沢　在昌
短編および連作短編集部門
　「夜の蟬」（連作短編集）　北村　薫
評論その他の部門
　「百怪、我ガ腸ニ入ル」　竹中　労
　「横浜・山手の出来事」　徳岡　孝夫
第四十五回（一九九二年）
長編部門「時計館の殺人」　綾辻　行人
　「龍は眠る」　宮部みゆき
短編および連作短編集部門　受賞作品なし
評論その他の部門
　「北米探偵小説論」野崎　六助
第四十六回（一九九三年）
長編部門「リヴィエラを撃て」　髙村　薫
短編および連作短編集部門　受賞作品なし
評論その他の部門
　「欧米推理小説翻訳史」　長谷部史親
　「文政十一年のスパイ合戦」　秦　新二
第四十七回（一九九四年）
長編部門「ガダラの豚」　中島　らも
短編および連作短編集部門
　「ル・ジタン」　斎藤　純
　「めんどうみてあげるね」　鈴木輝一郎
評論その他の部門
　「冒険小説論　近代ヒーロー像100年の変遷」北上　次郎
第四十八回（一九九五年）
長編部門「沈黙の教室」　折原　一
　「鋼鉄の騎士」　藤田　宜永
短編および連作短編集部門
　「ガラスの麒麟」　加納　朋子
　「日本殺人事件」（連作短編集）　山口　雅也
評論その他の部門
　「チャンドラー人物事典」　各務　三郎
第四十九回（一九九六年）
長編部門「ソリトンの悪魔」梅原　克文
　「魍魎の匣」　京極　夏彦
短編および連作短編集部門
　「カウント・プラン」　黒川　博行
評論その他の部門　受賞作品なし
第五十回（一九九七年）
長編部門「奪取」　真保　裕一
短編および連作短編集部門　受賞作品なし
評論その他の部門
　「沈黙のファイル」　共同通信社社会部
第五十一回（一九九八年）

長編部門「鎮魂歌」　馳　星周
「ＯＵＴ」　桐野　夏生
短編および連作短編集部門　受賞作品なし
評論その他の部門
「本格ミステリの現在」　笠井　潔
第五十二回（一九九九年）
長編部門「秘密」　東野　圭吾
「幻の女」　香納　諒一
短編および連作短編集部門
「花の下にて春死なむ」（連作短編集）　北森　鴻
評論その他の部門
「世界ミステリ作家事典［本格派篇］」　森　英俊
第五十三回（二〇〇〇年）
長編および連作短編集部門
「永遠の仔」　天童　荒太
「亡国のイージス」　福井　晴敏
短編部門「動機」　横山　秀夫
評論その他の部門
「ゴッホの遺言」　小林　英樹
第五十四回（二〇〇一年）
長編および連作短編集部門
「残光」　東　直己
「永遠の森」　菅　浩江
短編部門　受賞作品なし
評論その他の部門
「20世紀冒険小説読本（日本篇）（海外篇）」　井家上隆幸
「推理作家の出来るまで」　都筑　道夫
第五十五回（二〇〇二年）
長編および連作短編集部門
「ミステリ・オペラ」　山田　正紀
「アラビアの夜の種族」　古川日出男
短編部門「都市伝説パズル」　法月綸太郎
「十八の夏」　光原　百合
評論その他の部門　受賞作品なし
第五十六回（二〇〇三年）
長編および連作短編集部門
「石の中の蜘蛛」　浅暮　三文
「マレー鉄道の謎」　有栖川有栖
短編部門　受賞作品なし
評論その他の部門
「幻影の蔵」　新保　博久
山前　譲
第五十七回（二〇〇四年）
長編および連作短編集部門
「葉桜の季節に君を想うということ」　歌野　晶午
「ワイルド・ソウル」　垣根　涼介
短編部門「死神の精度」　伊坂幸太郎
評論その他の部門
「水面の星座　水底の宝石」　千街　晶之
「夢野久作読本」　多田　茂治
第五十八回（二〇〇五年）
長編および連作短編集部門
「硝子のハンマー」　貴志　祐介
「剣と薔薇の夏」　戸松　淳矩
短編部門　受賞作品なし
評論その他の部門
「不時着」　日高恒太朗
第五十九回（二〇〇六年）
長編および連作短編集部門
「ユージニア」　恩田　陸
短編部門「独白するユニバーサル横メルカトル」　平山　夢明
評論その他の部門
「松本清張事典決定版」　郷原　宏
「下山事件　最後の証言」　柴田　哲孝

第六十回（二〇〇七年）
長編および連作短編集部門
「赤朽葉家の伝説」桜庭　一樹
短編部門　受賞作品なし
評論その他の部門
「私のハードボイルド　固茹で玉子の戦後史」小鷹　信光
「論理の蜘蛛の巣の中で」巽　昌章

第六十一回（二〇〇八年）
長編および連作短編集部門
「果断　隠蔽捜査2」今野　敏
短編部門「傍聞き」長岡　弘樹
評論その他の部門
「幻想と怪奇の時代」紀田順一郎
「星新一　一〇〇一話をつくった人」最相　葉月

第六十二回（二〇〇九年）
長編および連作短編集部門
「カラスの親指」道尾　秀介
「ジョーカー・ゲーム」柳　広司
短編部門「熱帯夜」曽根　圭介
「渋い夢」田中　啓文
評論その他の部門
「『謎』の解像度（レゾリューション）ウェブ時代の本格ミステリ」円堂都司昭
「〈盗作〉の文学史」栗原裕一郎

第六十三回（二〇一〇年）
長編および連作短編集部門
「粘膜蜥蜴」飴村　行
「乱反射」貫井　徳郎
短編部門「随監」安東　能明
評論その他の部門
「英文学の地下水脈　古典ミステリ研究～黒岩涙香翻案原典からクイーンまで～」小森健太朗

第六十四回（二〇一一年）
長編および連作短編集部門
「隻眼の少女」麻耶　雄嵩
「折れた竜骨」米澤　穂信
短編部門「人間の尊厳と八〇〇メートル」深水黎一郎
評論その他の部門
「遠野物語と怪談の時代」東　雅夫

第六十五回（二〇一二年）
長編および連作短編集部門
「ジェノサイド」高野　和明
短編部門「望郷、海の星」湊　かなえ
評論その他の部門
「近代日本奇想小説史　明治篇」横田　順彌

第六十六回（二〇一三年）
長編および連作短編集部門
「百年法」山田　宗樹
短編部門「暗い越流」若竹　七海
評論その他の部門
「『マルタの鷹』講義」諏訪部浩一

第六十七回（二〇一四年）
長編および連作短編集部門
「金色機械」恒川光太郎
短編部門　受賞作品なし
評論その他の部門
「殺人犯はそこにいる　隠蔽された北関東連続幼女誘拐殺人事件」清水　潔
「変格探偵小説入門　奇想の遺産」谷口　基

第六十八回（二〇一五年）
長編および連作短編集部門
「土漠の花」月村　了衛
「イノセント・デイズ」

短編部門　早見和真
評論その他の部門　受賞作品なし
「本棚探偵最後の挨拶」　喜国雅彦
「アガサ・クリスティー完全攻略」　霜月蒼
第六十九回（二〇一六年）
長編および連作短編集部門
「孤狼の血」　柚月裕子
短編部門「おばあちゃんといっしょ」　大石直紀
「ババ抜き」　永嶋恵美
評論その他の部門
「マジカル・ヒストリー・ツアー」　門井慶喜
第七十回（二〇一七年）
長編および連作短編集部門
「愚者の毒」　宇佐美まこと
短編部門
「黄昏」　薬丸岳
評論その他の部門　受賞作品なし
第七十一回（二〇一八年）
長編および連作短編集部門
「いくさの底」　古処誠二
短編部門
「偽りの春」　降田天
評論その他の部門
「昭和の翻訳出版事件簿」　宮田昇
第七十二回（二〇一九年）
長編および連作短編集部門
「凍てつく太陽」　葉真中顕
短編部門「学校は死の匂い」　澤村伊智
評論その他の部門
「日本ＳＦ精神史【完全版】」　長山靖生
第七十三回（二〇二〇年）
長編および連作短編集部門
「スワン」　呉勝浩
短編部門「夫の骨」　矢樹純
評論その他の部門
「遠藤周作と探偵小説　痕跡と追跡の文学」　金承哲

江戸川乱歩賞（第三回より公募）

第一回（一九五五年）
「探偵小説辞典」　中島河太郎
第二回（一九五六年）
「ハヤカワ・ポケット・ミステリ」の出版　早川書房
第三回（一九五七年）
「猫は知っていた」　仁木悦子
第四回（一九五八年）
「濡れた心」　多岐川恭
第五回（一九五九年）
「危険な関係」　新章文子
第六回（一九六〇年）　受賞作品なし
第七回（一九六一年）
「枯草の根」　陳舜臣
第八回（一九六二年）
「大いなる幻影」　戸川昌子
「華やかな死体」　佐賀潜
第九回（一九六三年）
「孤独なアスファルト」　藤村正太
第十回（一九六四年）
「蟻の木の下で」　西東登
第十一回（一九六五年）
「天使の傷痕」　西村京太郎
第十二回（一九六六年）
「殺人の棋譜」　斎藤栄
第十三回（一九六七年）
「伯林—一八八八年」　海渡英祐
第十四回（一九六八年）　受賞作品なし
第十五回（一九六九年）
「高層の死角」　森村誠一

第十六回（一九七〇年）
「殺意の演奏」　大谷羊太郎
第十七回（一九七一年）　受賞作品なし
第十八回（一九七二年）
「仮面法廷」　和久　峻三
第十九回（一九七三年）
「アルキメデスは手を汚さない」
小峰　元
第二十回（一九七四年）
「暗黒告知」　小林　久三
第二十一回（一九七五年）
「蝶たちは今……」　日下　圭介
第二十二回（一九七六年）
「五十万年の死角」　伴野　朗
第二十三回（一九七七年）
「透明な季節」　梶　龍雄
「時をきざむ潮」　藤本　泉
第二十四回（一九七八年）
「ぼくらの時代」　栗本　薫
第二十五回（一九七九年）
「プラハからの道化たち」
高柳　芳夫
第二十六回（一九八〇年）
「猿丸幻視行」　井沢　元彦
第二十七回（一九八一年）
「原子炉の蟹」　長井　彬

第二十八回（一九八二年）
「黄金流砂」　中津　文彦
「焦茶色のパステル」
岡嶋　二人
第二十九回（一九八三年）
「写楽殺人事件」　高橋　克彦
第三十回（一九八四年）
「天女の末裔」　鳥井加南子
第三十一回（一九八五年）
「モーツァルトは子守唄を歌わない」
森　雅裕
「放課後」　東野　圭吾
第三十二回（一九八六年）
「花園の迷宮」　山崎　洋子
第三十三回（一九八七年）
「風のターン・ロード」
石井　敏弘
第三十四回（一九八八年）
「白色の残像」　坂本　光一
第三十五回（一九八九年）
「浅草エノケン一座の嵐」
長坂　秀佳
第三十六回（一九九〇年）
「剣の道殺人事件」　鳥羽　亮
「フェニックスの弔鐘」
阿部　陽一

第三十七回（一九九一年）
「ナイト・ダンサー」
鳴海　章
「連鎖」　真保　裕一
第三十八回（一九九二年）
「白く長い廊下」　川田弥一郎
第三十九回（一九九三年）
「顔に降りかかる雨」
桐野　夏生
第四十回（一九九四年）
「検察捜査」　中嶋　博行
第四十一回（一九九五年）
「テロリストのパラソル」
藤原　伊織
第四十二回（一九九六年）
「左手に告げるなかれ」
渡辺　容子
第四十三回（一九九七年）
「破線のマリス」　野沢　尚
第四十四回（一九九八年）
「果つる底なき」　池井戸　潤
「Twelve Y.O.」　福井　晴敏
第四十五回（一九九九年）
「八月のマルクス」　新野　剛志
第四十六回（二〇〇〇年）
「脳男」　首藤　瓜於

第四十七回（二〇〇一年）
「13階段」　高野　和明
第四十八回（二〇〇二年）
「滅びのモノクローム」　三浦　明博
第四十九回（二〇〇三年）
「マッチメイク」　不知火京介
「翳りゆく夏」　赤井　三尋
第五十回（二〇〇四年）
「カタコンベ」　神山　裕右
第五十一回（二〇〇五年）
「天使のナイフ」　薬丸　岳
第五十二回（二〇〇六年）
「東京ダモイ」　鏑木　蓮
「三年坂　火の夢」　早瀬　乱
第五十三回（二〇〇七年）
「沈底魚」　曽根　圭介
第五十四回（二〇〇八年）
「誘拐児」　翔田　寛
「訣別の森」　末浦　広海
第五十五回（二〇〇九年）
「プリズン・トリック」　遠藤　武文
第五十六回（二〇一〇年）
「再会」　横関　大
第五十七回（二〇一一年）
「完盗オンサイト」　玖村まゆみ
「よろずのことに気をつけよ」　川瀬　七緒
第五十八回（二〇一二年）
「カラマーゾフの妹」　高野　史緒
第五十九回（二〇一三年）
「襲名犯」　竹吉　優輔
第六十回（二〇一四年）
「闇に香る嘘」　下村　敦史
第六十一回（二〇一五年）
「道徳の時間」　呉　勝浩
第六十二回（二〇一六年）
「ＱＪＫＪＱ」　佐藤　究
第六十三回（二〇一七年）　受賞作品なし
第六十四回（二〇一八年）
「到達不能極」　斉藤　詠一
第六十五回（二〇一九年）
「ノワールをまとう女」　神護かずみ

小説推理新人賞

第一回（一九七九年）
「感傷の街角」　大沢　在昌
第二回（一九八〇年）　受賞作品なし
第三回（一九八一年）
「第九の流れる家」　五谷　翔
第四回（一九八二年）　受賞作品なし
第五回（一九八三年）　受賞作品なし
第六回（一九八四年）　受賞作品なし
第七回（一九八五年）
「手遅れの死」　津野　創一
「カウンター　ブロウ」　長尾　健二
第八回（一九八六年）　受賞作品なし
第九回（一九八七年）
「湾岸バッド・ボーイ・ブルー」　横溝　美晶
第十回（一九八八年）
「グラン・マーの犯罪」　相馬　隆
第十一回（一九八九年）　受賞作品なし
第十二回（一九九〇年）
「夜の道行」　千野　隆司
第十三回（一九九一年）
「ハミングで二番まで」　香納　諒一
第十四回（一九九二年）
「雨中の客」　浅黄　斑
第十五回（一九九三年）
「砂上の記録」　村雨　優
第十六回（一九九四年）

第十七回（一九九五年）
「眠りの海」　本多　孝好
第十八回（一九九六年）
「ボディ・ダブル」久遠　恵
第十九回（一九九七年）
「隣人」　永井するみ
「退屈解消アイテム」　香住　泰
第二十回（一九九八年）
「ツール＆ストール」　円谷　夏樹
第二十一回（一九九九年）
「見知らぬ侍」　岡田　秀文
第二十二回（二〇〇〇年）
「影踏み鬼」　翔田　寛
第二十三回（二〇〇一年）
「風の吹かない景色」　山之内正文
第二十四回（二〇〇二年）
「過去のはじまり未来のおわり」　西本　秋
第二十五回（二〇〇三年）
「真夏の車輪」　長岡　弘樹
第二十六回（二〇〇四年）
「キリング・タイム」　蒼井　上鷹
第二十七回（二〇〇五年）
「竜巻ガール」　垣谷　美雨
第二十八回（二〇〇六年）
「消えずの行灯」　誉田　龍一
第二十九回（二〇〇七年）
「聖職者」　湊　かなえ
第三十回（二〇〇八年）
「寿限無」　浮穴　みみ
第三十一回（二〇〇九年）
「通信制警察」　耳　目
第三十二回（二〇一〇年）
「遠田の蛙」　深山　亮
第三十三回（二〇一一年）
「ジャッジメント」小林　由香
第三十四回（二〇一二年）
「慕情二つ井戸」　加瀬　政広
第三十五回（二〇一三年）
「マグノリア通り、曇り」　増田　忠則
「スマートクロニクル」　悠木シュン
第三十六回（二〇一四年）
「鬼女の顔」　蓮生あまね
第三十七回（二〇一五年）
「電話で、その日の服装等を言い当てる女について」　清水杜氏彦
第三十八回（二〇一六年）
「エースの遺言」　久和間　拓
第三十九回（二〇一七年）　受賞作品なし
第四十回（二〇一八年）
「五年後に」　松沢くれは
第四十一回（二〇一九年）
「濡れ衣」　上田　未来

横溝正史ミステリ＆ホラー大賞

（第二十一回に横溝正史賞を改称、第三十九回に横溝正史ミステリ大賞と日本ホラー小説大賞を統合）

第一回（一九八一年）
「この子の七つのお祝いに」　斎藤　澪
第二回（一九八二年）
「殺人狂時代ユリエ」　阿久　悠
第三回（一九八三年）
「脱獄情死行」　平　龍生
第四回（一九八四年）　受賞作品なし
第五回（一九八五年）
「見返り美人を消せ」　石井　竜生　井原まなみ

第六回（一九八六年）　受賞作品なし
第七回（一九八七年）
「時のアラベスク」服部まゆみ
第八回（一九八八年）　受賞作品なし
第九回（一九八九年）
「消された航跡」阿部　智
第十回（一九九〇年）　受賞作品なし
第十一回（一九九一年）
「動く不動産」姉小路　祐
第十二回（一九九二年）
「レプリカ」羽場　博行
「恋文」松木　麗
第十三回（一九九三年）　受賞作品なし
第十四回（一九九四年）
「ヴィオロンのため息の　高原のＤデイ」五十嵐　均
第十五回（一九九五年）
「ＲＩＫＯ　女神（ヴィーナス）の永遠」
柴田よしき
第十六回（一九九六年）　受賞作品なし
第十七回（一九九七年）　受賞作品なし
第十八回（一九九八年）
「直線の死角」山田　宗樹
第十九回（一九九九年）
「Ｔ．Ｒ．Ｙ．」井上　尚登
第二十回（二〇〇〇年）
「ＤＺ（ディーズィー）」小笠原　慧
「葬列」小川　勝己
第二十一回（二〇〇一年）
「長い腕」川崎　草志
第二十二回（二〇〇二年）
「水の時計」初野　晴
第二十三回（二〇〇三年）　受賞作品なし
第二十四回（二〇〇四年）
「風の歌、星の口笛」村崎　友
第二十五回（二〇〇五年）
「いつか、虹の向こうへ」伊岡　瞬
第二十六回（二〇〇六年）
「ユグドラジルの覇者」桂木　希
第二十七回（二〇〇七年）
「首挽村の殺人」大村友貴美
「ロスト・チャイルド」桂　美人
第二十八回（二〇〇八年）　受賞作品なし
第二十九回（二〇〇九年）
「雪冤」大門　剛明
第三十回（二〇一〇年）
「お台場アイランドベイビー」伊与原　新
第三十一回（二〇一一年）
「消失グラデーション」長沢　樹
第三十二回（二〇一二年）
「さあ、地獄へ堕ちよう」菅原　和也
「デッドマン」河合　莞爾
第三十三回（二〇一三年）
「見えざる網」伊兼源太郎
第三十四回（二〇一四年）
「神様の裏の顔」藤崎　翔
第三十五回（二〇一五年）　受賞作品なし
第三十六回（二〇一六年）
「虹を待つ彼女」逸木　裕
第三十七回（二〇一七年）　受賞作品なし
第三十八回（二〇一八年）　受賞作品なし
第三十九回（二〇一九年）　受賞作品なし
第四十回（二〇二〇年）
「火喰鳥」原　浩

鮎川哲也賞

第一回（一九九〇年）
「殺人喜劇の13人」芦辺　拓
第二回（一九九一年）
「不連続線」石川　真介
第三回（一九九二年）

第四回（一九九三年）
「ななつのこ」　加納　朋子
第五回（一九九四年）
「凍える島」　近藤　史恵
第六回（一九九五年）
「化身」　愛川　晶
第七回（一九九六年）
「狂乱廿四孝」　北森　鴻
第八回（一九九七年）
「海賊丸漂着異聞」　満坂　太郎
第九回（一九九八年）
「未明の悪夢」　谺　健二
第九回（一九九八年）
「殉教カテリナ車輪」　飛鳥部勝則
第十回（一九九九年）　受賞作品なし
第十一回（二〇〇一年）
「建築屍材」　門前　典之
第十二回（二〇〇二年）
「写本室（スクリプトリウム）の迷宮」　後藤　均
第十三回（二〇〇三年）
「千年の黙」　森谷　明子
第十四回（二〇〇四年）
「鬼に捧げる夜想曲」　神津慶次朗
「密室の鎮魂歌」　岸田るり子
第十五回（二〇〇五年）　受賞作品なし
第十六回（二〇〇六年）
「ヴェサリウスの柩」　麻見　和史
第十七回（二〇〇七年）
「雲上都市の大冒険」　山口　芳宏
第十八回（二〇〇八年）
「七つの海を照らす星」　七河　迦南
第十九回（二〇〇九年）
「午前零時のサンドリヨン」　相沢　沙呼
第二十回（二〇一〇年）
「ボディ・メッセージ」　安萬　純一
「太陽が死んだ夜」　月原　渉
第二十一回（二〇一一年）
「眼鏡屋は消えた」　山田　彩人
第二十二回（二〇一二年）
「体育館の殺人」　青崎　有吾
第二十三回（二〇一三年）
「名探偵の証明」　市川　哲也
第二十四回（二〇一四年）
「B（ビリヤード）ハナブサへようこそ」　内山　純
第二十五回（二〇一五年）　受賞作品なし
第二十六回（二〇一六年）
「ジェリーフィッシュは凍らない」　市川　憂人
第二十七回（二〇一七年）
「屍人荘の殺人」　今村　昌弘
第二十八回（二〇一八年）
「学校に行かない探偵」　川澄　浩平
第二十九回（二〇一九年）
「時空旅行者の砂時計」　方丈　貴恵
第三十回（二〇二〇年）
「誤認五色」　千田　理緒

日本ミステリー文学大賞

第一回（一九九七年）
大　賞　佐野　洋
新人賞　「クライシスF」　井谷　昌喜
第二回（一九九八年）
大　賞　中島河太郎
新人賞　「パレスチナから来た少女」　大石　直紀
第三回（一九九九年）
大　賞　笹沢　左保
新人賞　「サイレント・ナイト」　高野裕美子

第四回（二〇〇〇年）
大　賞　　山田風太郎
新人賞　　受賞作品なし
第五回（二〇〇一年）
大　賞　　土屋　隆夫
新人賞　「太閤暗殺」　岡田　秀文
第六回（二〇〇二年）
大　賞　　都筑　道夫
特別賞　　鮎川　哲也
新人賞　「アリスの夜」　三上　洸
第七回（二〇〇三年）
大　賞　　森村　誠一
新人賞　　受賞作品なし
第八回（二〇〇四年）
大　賞　　西村京太郎
新人賞　「ユグノーの呪い」　新井　政彦
第九回（二〇〇五年）
大　賞　　赤川　次郎
新人賞　　受賞作品なし
第十回（二〇〇六年）
大　賞　　夏樹　静子
新人賞　「水上のパッサカリア」　海野　碧
第十一回（二〇〇七年）
大　賞　　内田　康夫
新人賞　「霧のソレア」　緒川　怜

第十二回（二〇〇八年）
大　賞　　島田　荘司
新人賞　「プラ・バロック」　結城　充考
第十三回（二〇〇九年）
大　賞　　北方　謙三
新人賞　「ラガド　煉獄の教室」　両角　長彦
第十四回（二〇一〇年）
大　賞　　大沢　在昌
新人賞　「煙が目にしみる」　石川　渓月
　　　　「大絵画展」　望月　諒子
第十五回（二〇一一年）
大　賞　　高橋　克彦
新人賞　「クリーピー」　前川　裕
　　　　「茉莉花（サンパギータ）」　川中　大樹
第十六回（二〇一二年）
大　賞　　皆川　博子
新人賞　「ロスト・ケア」　葉真中　顕
第十七回（二〇一三年）
大　賞　　逢坂　剛
新人賞　「代理処罰」　嶋中　潤
第十八回（二〇一四年）
大　賞　　船戸　与一
特別賞　　連城三紀彦
新人賞　「十二月八日の幻影」　直原　冬明

第十九回（二〇一五年）
大　賞　　北村　薫
新人賞　「星宿る虫」　嶺里　俊介
第二十回（二〇一六年）
大　賞　　佐々木　譲
新人賞　「木足の猿」　戸南　浩平
第二十一回（二〇一七年）
大　賞　　夢枕　獏
新人賞　「沸点桜（ボイルドフラワー）」　北原　真理
第二十二回（二〇一八年）
大　賞　　綾辻　行人
特別賞　　権田　萬治
新人賞　「インソムニア」　辻　寛之
第二十三回（二〇一九年）
大　賞　　辻　真先
新人賞　「暗黒残酷監獄」　城戸　喜由

本格ミステリ大賞

第一回（二〇〇一年）
小説部門　「壺中の天国」　倉知　淳
評論・研究部門
　　「日本ミステリー事典」　権田　萬治
　　　　　　　　　　　　　新保　博久
特別賞　　鮎川　哲也
第二回（二〇〇二年）

小説部門「ミステリ・オペラ」　山田　正紀
評論・研究部門
「乱視読者の帰還」若島　正
第三回（二〇〇三年）
小説部門「オイディプス症候群」　笠井　潔
「ＧＯＴＨ リストカット事件」　乙　一
評論・研究部門
「探偵小説論序説」笠井　潔
第四回（二〇〇四年）
小説部門「葉桜の季節に君を想うということ」　歌野　晶午
評論・研究部門
「水面の星座　水底の宝石」　千街　晶之
特別賞　宇山日出臣
戸川　安宣
第五回（二〇〇五年）
小説部門「生首に聞いてみろ」　法月綸太郎
評論・研究部門
「天城一の密室犯罪学教程」　天城　一
第六回（二〇〇六年）
小説部門「容疑者Ｘの献身」東野　圭吾
評論・研究部門
「ニッポン硬貨の謎」　北村　薫
第七回（二〇〇七年）
小説部門「シャドウ」　道尾　秀介
評論・研究部門
「論理の蜘蛛の巣の中で」　巽　昌章
第八回（二〇〇八年）
小説部門「女王国の城」　有栖川有栖
評論・研究部門
「探偵小説の論理学」　小森健太朗
特別賞　島崎　博
第九回（二〇〇九年）
小説部門「完全恋愛」　牧　薩次
評論・研究部門
「『謎』の解像度（レゾリューション）　ウェブ時代の本格ミステリ」　円堂都司昭
第十回（二〇一〇年）
小説部門「密室殺人ゲーム2.0」　歌野　晶午
「水魑の如き沈むもの」　三津田信三
評論・研究部門
「戦前戦後異端文学論」　谷口　基
第十一回（二〇一一年）
小説部門「隻眼の少女」　麻耶　雄嵩
評論・研究部門
「エラリー・クイーン論」　飯城　勇三
第十二回（二〇一二年）
小説部門「虚構推理　鋼人七瀬」　城平　京
「開かせていただき光栄です」　皆川　博子
評論・研究部門
「探偵小説と叙述トリック」　笠井　潔
第十三回（二〇一三年）
小説部門「密室蒐集家」　大山誠一郎
評論・研究部門
「本格ミステリ鑑賞術」　福井　健太
第十四回（二〇一四年）
小説部門「スノーホワイト　名探偵三途川理と少女の鏡は千の目を持つ」　森川　智喜
評論・研究部門
「ロジャー・アクロイドはなぜ

殺される？　言語と運命の社会学」　内田　隆三

第十五回（二〇一五年）
小説部門「さよなら神様」　麻耶　雄嵩
評論・研究部門
「アガサ・クリスティー完全攻略」　霜月　蒼

第十六回（二〇一六年）
小説部門「死と砂時計」　鳥飼　否宇
評論・研究部門
「ミステリ読者のための連城三紀彦全作品ガイド　増補改訂版」　浅木原　忍

第十七回（二〇一七年）
小説部門「涙香迷宮」　竹本　健治
評論・研究部門
「本格力　本棚探偵のミステリ・ブックガイド」
喜国　雅彦
国樹　由香

第十八回（二〇一八年）
小説部門「屍人荘の殺人」　今村　昌弘
評論・研究部門
「本格ミステリ戯作三昧　贋作と評論で描く本格ミステリ十五の魅力」　飯城　勇三

第十九回（二〇一九年）
小説部門「刀と傘　明治京洛推理帖」　伊吹　亜門
評論・研究部門
「乱歩謎解きクロニクル」　中　相作

『このミステリーがすごい！』大賞

第一回（二〇〇二年）
「四日間の奇蹟」　浅倉　卓弥

第二回（二〇〇三年）
「パーフェクト・プラン」　柳原　慧

第三回（二〇〇四年）
「果てしなき渇き」深町　秋生
「サウスポー・キラー」　水原　秀策

第四回（二〇〇五年）
「チーム・バチスタの栄光」　海堂　尊

第五回（二〇〇六年）
「ブレイクスルー・トライアル」　伊園　旬

第六回（二〇〇七年）
「禁断のパンダ」　拓未　司

第七回（二〇〇八年）
「臨床真理」　柚月　裕子
「屋上ミサイル」　山下　貴光

第八回（二〇〇九年）
「トギオ」　太朗想史郎
「さよならドビュッシー」　中山　七里

第九回（二〇一〇年）
「完全なる首長竜の日」　乾　緑郎

第十回（二〇一一年）
「弁護士探偵物語　天使の分け前」　法坂　一広

第十一回（二〇一二年）
「生存者ゼロ」　安生　正

第十二回（二〇一三年）
「警視庁捜査二課・郷間彩香　特命指揮官」　梶永　正史
「一千兆円の身代金」　八木　圭一

第十三回（二〇一四年）
「女王はかえらない」　降田　天

第十四回（二〇一五年）
「神の値段」　一色さゆり
「ザ・ブラック・ヴィーナス　投資の女神」　城山　真一

第十五回（二〇一六年）
「がん消滅の罠　完全寛解の謎」　岩木　一麻
第十六回（二〇一七年）
「オーパーツ　死を招く至宝」　蒼井　碧
第十七回（二〇一八年）
「怪物の木こり」　倉井　眉介
第十八回（二〇一九年）
「模型の家、紙の城」　歌田　年

ミステリーズ！新人賞

第一回（二〇〇四年）　受賞作品なし
第二回（二〇〇五年）
「漂流巌流島」　高井　忍
第三回（二〇〇六年）
「殺三狼」　秋梨　惟喬
「田舎の刑事の趣味とお仕事」　滝田　務雄
第四回（二〇〇七年）
「夜の床屋」　沢村　浩輔
第五回（二〇〇八年）
「砂漠を走る船の道」　梓崎　優
第六回（二〇〇九年）　受賞作品なし
第七回（二〇一〇年）
「強欲な羊」　美輪　和音
第八回（二〇一一年）　受賞作品なし
第九回（二〇一二年）
「かんがえるひとになりかけ」　近田　鳶迩
第十回（二〇一三年）
「サーチライトと誘蛾灯」　櫻田　智也
第十一回（二〇一四年）
「消えた脳病変」　浅ノ宮　遼
第十二回（二〇一五年）
「監獄舎の殺人」　伊吹　亜門
第十三回（二〇一六年）　受賞作品なし
第十四回（二〇一七年）　受賞作品なし
第十五回（二〇一八年）
「屍実盛」　齊藤　飛鳥
第十六回（二〇一九年）
「ツマビラカ～保健室の不思議な先生～」　床品　美帆

アガサ・クリスティー賞

第一回（二〇一一年）
「黒猫の遊歩あるいは美学講義」　森　晶麿
第二回（二〇一二年）
「カンパニュラの銀翼」　中里　友香
第三回（二〇一三年）
「致死量未満の殺人」　三沢　陽一
第四回（二〇一四年）
「しだれ桜恋心中」　松浦千恵美
第五回（二〇一五年）
「うそつき、うそつき」　清水杜氏彦
第六回（二〇一六年）　受賞作品なし
第七回（二〇一七年）
「窓から見える最初のもの」　村木　美涼
第八回（二〇一八年）
「入れ子の水は月に轢かれ」　オーガニックゆうき
第九回（二〇一九年）
「月よりの代弁者」　穂波　了
「それ以上でも、それ以下でもない」　折輝　真透

新潮ミステリー大賞

第一回（二〇一四年）
「サナキの森」　彩藤アザミ
第二回（二〇一五年）

「レプリカたちの夜」　一條　次郎
第三回（二〇一六年）
「夏をなくした少年たち」　生馬　直樹
第四回（二〇一七年）　受賞作品なし
第五回（二〇一八年）
「名もなき星の哀歌」　結城真一郎
第六回（二〇一九年）　受賞作品なし

＊紙幅の制約上、推理小説限定の賞で、現在継続中のものに限った。また、地方主催の賞も省略した。日本推理作家協会賞、本格ミステリ大賞、日本ミステリー文学大賞（新人賞を除く）以外は公募である。受賞者には、その後に改名、あるいは別名の場合もあるが、受賞時の筆名とした。

The Best Mysteries 2020
推理小説年鑑

収録作品初出

夫の骨　矢樹純
『夫の骨』（祥伝社）
神様　秋吉理香子
「小説推理」２０１９年１月号（双葉社）
青い告白　井上真偽
「小説推理」２０１９年２月号（双葉社）
さかなの子　木江恭
「小説推理」２０１９年８月号（双葉社）
ホテル・カイザリン　近藤史恵
『嘘と約束』（光文社）
コマチグモ　櫻田智也
「ミステリーズ！」vol.94（東京創元社）
傷の証言　知念実希人
「STORY BOX」２０１９年７月号（小学館）
ウロボロス　真野光一
「小説 NON」２０１９年６月号（祥伝社）
嫌疑不十分　薬丸岳
「小説すばる」２０１９年５月号（集英社）

※各作品の扉に掲載した著者紹介は、（K）佳多山大地氏、（S）新保博久氏、（N）西上心太氏、（Y）吉田伸子氏が、執筆しました。

推理小説年鑑

ザ・ベストミステリーズ２０２０

２０２０年10月12日　第１刷発行

編　者　日本推理作家協会
発行者　渡瀬昌彦
発行所　株式会社　講談社
郵便番号　１１２－８００１
東京都文京区音羽２－12－21
電話　出版　０３（５３９５）３５０５
販売　０３（５３９５）５８１７
業務　０３（５３９５）３６１５

本文データ制作　講談社デジタル製作
印刷所　豊国印刷株式会社
製本所　株式会社国宝社

ISBN 978-4-06-520009-4　N.D.C. 913 278p 19cm